CHRISTIANE WÜNSCHE
Kinderleicht

TATORT EIFELWIND Auf dem idyllischen Campingplatz Eifelwind von Jule und Michael wird bei Bauarbeiten eine Kinderleiche gefunden – ausgerechnet vorm Pfingstwochenende. Die Polizei sperrt das Gelände weiträumig ab, die Gäste sind in heller Aufruhr und fürchten um die Sicherheit ihrer Kinder. Der Platz befindet sich zudem in einem miserablen Zustand, weil sich Benny, der Sohn eines Kumpels von Michael, lieber die Zeit mit der 13-jährigen Annalena, Tochter reicher Industrieller aus Neuss, vertreibt als mit der Instandhaltung des Areals. Jule schiebt dem einen Riegel vor, aber schon überschlagen sich die Ereignisse: Annalena verschwindet, ein weiteres blutiges Verbrechen erschüttert die Nordeifel. Der Campingplatz steht vor dem Aus. Das können Jule und Michael nicht hinnehmen. Was sie herausfinden, führt nach Kaarst und Neuss am Niederrhein und weit zurück in die Vergangenheit …

Christiane Wünsche, geboren 1966, tischte bereits als Kind ihren Geschwistern glaubhaft das Märchen vom Tiger im Rhabarberfeld *auf. Die seit über zwanzig Jahren in ihrer Heimatstadt Kaarst in der Kinder- und Jugendarbeit tätige Autorin bringt dort ihr Faible für alles Literarische in Form von Theaterstücken, Artikeln, Gedichten und Krimispielen zur Geltung.*

Christiane Wünsche hat eine mittlerweile erwachsene Tochter, zwei Hunde und einen knallroten Oldtimer-Wohnwagen, mit dem sie auch weite Strecken in ganz Europa zurücklegt. Camping ist neben dem Schreiben und allem Kreativen ihre große Leidenschaft.

Bisherige Veröffentlichungen im Gmeiner-Verlag:
Bleischwer (2012)

CHRISTIANE WÜNSCHE
Kinderleicht

Kriminalroman

GMEINER

Original

Besuchen Sie uns im Internet:
www.gmeiner-verlag.de

© 2014 – Gmeiner-Verlag GmbH
Im Ehnried 5, 88605 Meßkirch
Telefon 07575/2095-0
info@gmeiner-verlag.de
Alle Rechte vorbehalten
1. Auflage 2014

Herstellung: Mirjam Hecht
Umschlaggestaltung: U.O.R.G. Lutz Eberle, Stuttgart
unter Verwendung eines Fotos von: © montecarlo/photocase.de
und © GoldPix – Fotolia.com
Druck: GGP Media GmbH, Pößneck
Printed in Germany
ISBN 978-3-8392-1620-0

Personen und Handlung sind frei erfunden.
Ähnlichkeiten mit lebenden oder toten Personen
sind rein zufällig und nicht beabsichtigt.

Camping ist wie ein Entkommen
Von jenem Berg an schweren Dingen
Die mich in die Knie zwingen.
Sorgen, Probleme, Ängste, Pflichten
Schatten, die sich selten lichten.
Mühen, Ballast, Putzen, Räumen …
Möchte von was anderem träumen,
Hab mir darum frei genommen.

Flugs den Hausrat mitgenommen,
Klamotten gestapelt, Essenseinkauf,
Klappstuhl und Tisch pack ich oben drauf.
Wohnwagen schwitzend angehängt,
Losgefahren, hoppla, sehr beengt!
Mein Haus auf Rädern ruckelt sacht.
Nichts vergessen? Alles bedacht?
Camping ist wie ein Entkommen?

Auf dem Stellplatz angekommen,
Flugs Wohnwagen aufgebockt,
und ans Stromnetz angedockt.
Die Vorzeltstangen wehren sich,
Wollen nicht so recht wie ich.
Mühen, Ballast, Putzen, Räumen …
Vom Nichtstun kann man da nur träumen,
Denk ich nunmehr ganz benommen.

Der nächste Morgen naht verschwommen;
Ich lieg in meiner kleinen Welt.
Ein Sonnenstrahl durchs Fenster fällt.
Vögel zwitschern, Blätter rauschen,
Auch fremden Stimmen kann ich lauschen.
Ich wanke müd zum Sanitär
Durch Wind und Wetter, bitte sehr.
Nun bin ich endlich angekommen.

Brötchen hab ich noch bekommen
Im Laden an der Rezeption
Frühstück im Grünen ist mein Lohn.
Sitze still im Klappstuhl da,
Bin ganz selten mir so nah.
Bekannte Sorgen flüstern leise,
Einzeln, zart und häppchenweise.
Und Passendes wird angenommen,
Denn Camping ist Entgegenkommen.

Wenn ihr nicht umkehrt
und werdet wie die Kinder,
so werdet ihr nicht ins Himmelreich kommen.

Matthäus 18,3

PROLOG

Es war dunkel, die Zähne des Kindes schlugen klappernd aufeinander. Ob es vor Kälte oder vor Furcht zitterte, konnte es nicht unterscheiden – das Gefühl der Verlassenheit überlagerte alles andere.

Daher wusste es nur eins mit absoluter Sicherheit: Es wollte und konnte nicht länger allein sein. Und es ahnte, dass etwas Schlimmes passieren würde. Ein Grauen war in der Stille zu spüren, die das Kind von allen Seiten umgab, ihm ein Summen in den Ohren verursachte und als Druck auf dem Bauch lastete.

Warum kam niemand, um nach ihm zu sehen? So lange schon nicht?

Nur mit Mühe erinnerte es sich, dass alles auch anders sein konnte. Licht, Wärme, Mama und Papa, zärtliche Blicke, freundliche Sätze. Geborgenheit. Liebe.

Das war vorbei.

Aber warum?

In seinem tiefsten Inneren vermutete das Kind, dass es selbst die Schuld an seiner schlimmen Lage trug. Aber das half nicht, sich besser zu fühlen, im Gegenteil.

Es verstärkte nur die Ahnung, verloren zu sein. Für immer.

Das Kind konnte nicht einmal mehr weinen. Sein Mund wurde trocken; es lehnte den Kopf an die Wand und schloss die Augen.

DIE BÜCHSE DER PANDORA

Das Dröhnen des Dieselmotors zerriss die Stille; dann erstarb es wieder. Michael Faßbinder war genervt. Seit Stunden hatten sie geackert, und inzwischen versengte ihm die Mittagssonne Nacken und Arme. Aber es ging nicht voran. Mit dem Bagger hatten sie es bisher nicht vermocht, ein Loch in den harten Boden zu reißen, nicht die Spur von einem Loch! Und das würde sich so bald wohl auch nicht ändern. Eddie mit dieser rostigen Schrottkarre, bei der dauernd der Motor ausging. Eddie mit seinen leeren Versprechungen, dem Sammelsurium im Werkzeugkoffer und einer Fahne von hier bis Holland. Es war zum Kotzen!

Michael setzte sich im Schatten eines Haselstrauchs auf einen Baumstumpf, trank einen Schluck Bier aus der Flasche und nahm sich vor, ganz ruhig zu bleiben. Das war nicht leicht, weil er dabei Eddie, Miro und Heinz vor Augen hatte, wie sie langatmig darüber beratschlagten, warum der Bagger zum zigsten Mal innerhalb der letzten halben Stunde verreckt war. Als hätten sie alle Zeit der Welt!

Hatten sie aber nicht, denn heute war Freitag und damit die letzte Chance, die Grube für den neuen Pool am Rande des Campingplatzes *Eifelwind* auszuheben. Morgen begann das Pfingstwochenende – Hochsaison. In Scharen würden die Gäste anreisen – einige schon heute Nachmittag, mit Wohnwagen, Wohnmobil oder Zelt und Kind und Kegel. Sie alle würden allerhöchstens zartes Vogelgezwitscher oder das Rauschen des Steinbachs in den Ohren haben wollen, aber garantiert keinen Baulärm. Michael verzog unwillig das Gesicht.

Das hier lief nicht so, wie er es sich vorgestellt hatte.

Eine dicke Hummel brummte behäbig an ihm vorbei und ließ sich auf einer Distelblüte nieder. Nach einer Weile flog sie weiter zur nächsten Blume, taumelnd und träge. Micha wünschte sich, sich an ihrer Gelassenheit ein Beispiel nehmen zu können. Stattdessen machte ihn das Gerede der Männer einfach nur kirre.

»Der kriegt nicht genug Saft«, vermutete gerade Miro, gebürtiger Kroate, seit letztem Winter Angestellter auf dem Campingplatz, und kratzte sich den kahl geschorenen Schädel. »Ist zu schlapp, deshalb säuft der immer ab. Vielleicht ist die Einspritzpumpe kaputt.«

»Blödsinn, das liegt am harten Untergrund. Die Maschine ist fit«, verteidigte Eddie seine uralte Rostlaube und tätschelte zärtlich das verbeulte Blech. Er hatte, bevor er in der *Eifelwind*-Kneipe kellnerte, als Kfz-Meister in einer Autowerkstatt gearbeitet und liebte es, gebrauchte Fahrzeuge aller Art anzukaufen und zu reparieren. »Außerdem habe ich den Motor doch gerade durchgecheckt.«

»Mit dem Boden könntest du recht haben. Das klappt so nicht«, pflichtete ihm Heinz Metzen bei, ein Landwirt Ende 50. Sein Land grenzte unmittelbar an das Grundstück des Campingplatzes an. Bedächtig fuhr er sich mit seiner Riesenpranke über die grauen Bartstoppeln im Gesicht und am Hals, hoch und runter, sodass es rhythmisch schabte, bis er – nach einer Ewigkeit – nickte wie ein Wackeldackel. »Am besten hol' ich meinen Traktor mit dem Grubber hinten dran. Der soll den Boden ordentlich durchpflügen. Den Rest kann dann dein mickriger Raupenbagger erledigen, Eddie. Was sagst du dazu, Micha?«

Michael guckte skeptisch. Bis Heinz seinen Traktor herbeigeschafft hatte, verging garantiert eine halbe Stunde; viel Zeit blieb ihnen dann nicht mehr. Aber welche Alternative hatten sie?

»Okay, dann mal los.« Er grinste müde und wischte sich mit dem Handrücken den Schweiß von der Stirn. »Aber beeil dich, ja?«

»Klar.«

Worauf Metzen in aller Gemütsruhe auf sein Fahrrad stieg und ein lustiges Liedchen pfeifend im Zeitlupentempo losradelte, um in Schlangenlinien über den Schotterweg am Spielplatz vorbei Richtung Angelsee und Rezeption zu eiern. Micha stöhnte auf; er fühlte sich an die Hummel von eben erinnert.

Miro ging derweil zum Pinkeln rüber aufs Männerklo, und Eddie ließ sich neben Micha auf einen Holzklotz plumpsen. Die Äderchen auf seiner Nase und den hängenden Wangen leuchteten blaulila, seine Augen blinzelten gelblich trüb. Eddie war ein Säufer vor dem Herrn, dennoch war er immer zur Stelle, wenn man ihn brauchte. Micha schätzte das sehr an ihm.

»Knüppelhart, die Erde, wundere mich, dass du es überhaupt geschafft hast, hier zu roden. Aber, warte mal: Ungefähr an dieser Stelle müssen die Grundmauern von Hannis Hütte gestanden haben.«

Michael runzelte die Stirn. »Ich hab' mich schon gefragt, warum in den Büschen so viele Bruchsteine lagen. Da stand mal ein Haus?«

»Haus ist zu viel gesagt. War vor Urzeiten. Ich weiß, dass der Hermann – Gott hab' ihn selig! – damals, als er den Campingplatz aufgebaut hat, ist mindestens 40 Jahre her, Steine und alte Balken davon für das erste Sanitärgebäude verwendet hat. Die brauchte ja keiner mehr. Und das Gelände hier am Steinbach war damals schon ganz zugewuchert.« Eddie nickte gewichtig Richtung Waldrand und Hang.

Micha folgte seinem Blick und blieb mit den Augen in den Wipfeln der Tannen und Laubbäume hängen, die zusammen mit dem Bachlauf die natürliche Grenze des Campingplatzes bildeten. Dann drehte er den Kopf und schaute hinüber zu den saftigen Wiesen voller Gänseblümchen, auf denen bislang nur vereinzelte Wohnwagen aufgebockt waren, und schließlich zum Rezeptionsgebäude.

Was Jule wohl gerade machte? Hatten sie und Gerti, seine Großtante, viel zu tun? Meldeten sich heute noch viele Campinggäste an? Sagten welche ab? Hoffentlich nicht! Sie brauchten die Einnahmen dringend. Der Winter war lang gewesen und der Frühling außergewöhnlich kalt, schlecht fürs Geschäft. Aber jetzt, kurz vor Pfingsten, war es endlich wärmer geworden. Fast schon zu warm.

Scheiße, Jule würde sauer sein, wenn die Baugrube heute nicht ausgehoben werden würde. Sehr sauer! Die Wanne für den Pool war seit Monaten bestellt und sollte in einer Woche angeliefert werden. Und eigentlich hatte er ihr schon im März versprochen, die Sache mit Eddie und Miro durchzuziehen und mit Eddies tollem Bagger … Oh Mann, er hatte doch nicht ahnen können, dass die Karre dermaßen marode war. Er atmete tief durch und stand auf. Michael wollte Jule nicht schon wieder enttäuschen. »Ich hol mir noch ein Bier. Willst du auch eins, Eddie?«

»Immer.«

Er ging die paar Schritte zum Steinbach und fischte zwei volle Flaschen aus dem Kasten, den er dort im kühlen Wasser deponiert hatte. Ein Schwarm winziger Fischlein stob auseinander. Das Sonnenlicht flirrte zwischen den Schatten der Blätter über die Wasseroberfläche.

Er seufzte. Manchmal, besonders in den letzten Monaten, stieg ihm die Verantwortung für den *Eifelwind* über den Kopf. Dann wünschte er sich zurück in eine Zeit, als er nicht Mitbesitzer des Platzes gewesen war, sondern nur einfacher Arbeiter, so wie Miro, der gerade, eine Zigarette lässig im Mundwinkel, über die Wiese zu ihnen zurückschlenderte.

Jule Maiwald ärgerte sich. Die vierköpfige Familie mit Hund aus Duisburg, die eben mit einem verbeulten und bemoosten Knaus angereist war, weigerte sich, den ihr zugewiesenen Stellplatz einzunehmen.

»Das Gras steht kniehoch«, beschwerte sich der bierbäuchige Vater mit Halbglatze und seiner griesgrämig dreinblickenden Ehefrau im Schlepptau, während die beiden Kinder im Hintergrund miteinander stritten und ihr Zwergpudel enervierend grell kläffte. »Und die Hecke nimmt uns die ganze Sonne und den Platz für den Wohnwagen. Die hätte längst beschnitten werden müssen. Das ist eine Zumutung.«

Jule kniff verärgert die Augen zusammen, bevor sie bemüht freundlich antwortete: »Ich werde es mir gleich anschauen. Aber wie wär's, wenn Sie einfach einen der freien Premiumplätze mit Seeblick nähmen, zum gleichen Preis wie der von Ihnen gebuchten Standardplatz am Wald?«

Der Dicke und seine Frau nickten gnädig. Jule lächelte angestrengt und zeichnete mit dem Kugelschreiber Kringel um die entsprechenden Plätze auf dem Plan, der vor ihnen auf dem Tresen lag.

»Gut, dann suchen Sie sich bitte einen von diesen aus … Sie fahren dazu links an der Rezeption und an der *Eifelwind*-Gaststätte vorbei …« Geduldig beschrieb sie den Leuten den Weg, während sie innerlich vor Wut kochte. *Benny Zierowski, dich nehme ich mir vor!*

Wenige Minuten später hatte Gerti Weyers sie an der Rezeption abgelöst, und Jule schlappte eilig in Flipflops über den Platz. Beiläufig fragte sie sich, wie Micha und seine drei Freunde vorankamen. Den Dieselmotor des Baggers hörte sie jedenfalls nicht. Gut so, denn gleich, um 13 Uhr, begann die Mittagsruhe im *Eifelwind*. Dann sollten die lautesten Arbeiten erledigt sein.

Wo steckte Benny bloß?, fragte sie sich und strebte dem Waschhaus zu. Aber weder vor noch hinter dem Gebäude erspähte sie den hoch gewachsenen jungen Mann in der grünen Arbeitslatzhose. Auch von dem Traktorrasenmäher, mit dem er unterwegs war, sah und hörte sie nichts. Jule runzelte die Stirn. Ihr Blick wanderte hin zum Angelsee und zur Zeltwiese.

Auch dort stand das Gras viel zu hoch. Benny hätte es längst mähen sollen. Schließlich hatte sich für heute Nachmittag eine Gruppe Jugendlicher mit sechs Zelten angemeldet. Jule schimpfte unflätig vor sich hin. Es war nicht das erste Mal, dass sie sich über Bennys Unzuverlässigkeit aufregte. Wie oft hatte sie Micha schon gebeten, mit dem neuen Saisonarbeiter ein ernstes Wörtchen zu sprechen.

»Es geht nicht an, dass er sich hier alle Freiheiten rausnimmt, nur weil du mit seinem Vater befreundet bist«, war sie in ihn gedrungen.

»Okay, ich rede mit ihm«, hatte Micha versucht, sie zu besänftigen, »aber du weißt, der Junge hat es nicht leicht. Es bringt nichts, ihm zu viel Druck zu machen. Warte mal ab, der fängt sich schon.«

Na, von wegen! Statt besser war es in den letzten Wochen immer schlimmer mit Benny geworden. Selbst jetzt, kurz vor dem Pfingstwochenende, was hier im *Eifelwind* nichts anderes als Hochsaison bedeutete, kapierte der Junge nicht, worauf es ankam. Und das mit immerhin fast 20 Jahren!

In dem Moment sah sie den Rasenmäher gelb hinter einer Buchenhecke hervorblitzen. Sie lief näher, wobei sie sich den nackten Zeh an einem spitzen Stein auf dem Schotterweg stieß. Fluchend bog sie um die Kurve, wo sie Benny und ein junges Mädchen entdeckte, die einträchtig im Gras beisammen hockten, die Gesichter dem See zugewandt. Über ihnen kräuselte sich ein dünner Rauchfaden im Sonnenlicht. Sie hörte das sonore Brummen von Bennys Stimme, kurz darauf das helle Lachen des Mädchens. Annalena! Nicht schon wieder Annalena, dachte Jule. Ständig hing Benny mit der 13-Jährigen herum. Das gehörte sich nicht, und zwar nicht nur, weil Annalena Dyckerhof fast noch ein Kind war, nein, vor allem zählte sie zu den Campinggästen. Mit schmerzendem Zeh humpelte sie näher.

Da roch sie es. Sie fokussierte die beiden Gestalten genauer und beobachtete, wie Benny gerade etwas Schmales, Weißes an Annalena weitergab.

Sie glaubte, sich verguckt zu haben, aber schon war sie bei den beiden angelangt, und das Ding in Annalenas Hand war genau das, was sie vermutet hatte.

»Ich glaube, ich spinne!«, polterte sie los. Benny und Annalena zuckten zusammen, während Jule ungläubig auf den Joint in der Hand des Mädchens starrte.

»Annalena, gib mir das, und dann läufst du mal ganz schnell zu eurem Wohnwagen«, sagte sie mit mühsam unterdrücktem Ärger. »Ich werde mit deiner Mutter sprechen müssen. Und du, Benny, packst sofort deine Sachen. Ich will dich hier im *Eifelwind* nicht mehr sehen! Mach, dass du verschwindest. Du bist fristlos gekündigt, verstanden?« Mit spitzen Fingern nahm sie den Joint entgegen, warf ihn auf den Boden und trat ihn gründlich mit der Sohle ihres Flipflops aus.

»Aber … Frau Maiwald …« Das kam von Annalena, deren grünbraune Augen sie mit einer Mischung aus Erschrecken und Rebellion ansahen. Bennys sowieso schon blasses Gesicht mit den Aknenarben war kalkweiß geworden, doch er sagte nichts. Stattdessen stand er ungelenk auf, klopfte sich die Grashalme von der Arbeitshose und schlurfte mit gesenktem Kopf in Richtung *Eifelwind*-Kneipe davon.

»Ich werde dich anzeigen!«, rief Jule ihm noch hinterher, aber es verschaffte ihr keine Erleichterung. Stattdessen baute sich die Wut turmhoch in ihr auf. *Du kleines Arschloch*, dachte sie. *Man gibt dir hier die letzte Chance, die du kriegen kannst, nimmt dich freundlich auf und verschafft dir einen guten Job, und du trittst das mit Füßen und kiffst mit minderjährigen Gästen!*

Annalena hatte sich ebenfalls erhoben. Jule bemerkte nicht zum ersten Mal, wie erwachsen sie ihr vorkam. Obwohl ihre Figur altersgemäß schmal wie kurvenlos war und nur ein winziger Brustansatz ihr T-Shirt ausbeulte, wirkte ihre Miene unter den dünnen braunen Haaren reif und abgeklärt. Auch sah sie überhaupt nicht zerknirscht aus. Im Gegenteil! Verblüfft erkannte Jule, was es war, das in den Augen des Mädchens aufblitzte, bevor es sich abwandte und über die Wiese davonging: der reinste Triumph.

Jule nahm das Knattern des Traktors am Waldrand lediglich am Rande wahr; zu sehr war sie mit dem beschäftigt, was sie gerade erlebt hatte. Schnaubend vor Entrüstung rannte sie zur Rezeption, wo Gerti, Michas alte Großtante, gerade telefonierte.

»Joh, dat jing noch«, schnarrte ihre rauchige Altstimme im gemächlichen Nordeifeler Dialekt durch den Raum. In einen magentafarbenen Strickpulli mit Dreiviertelärmeln gezwängt, der ihre ausladenden Formen und den enormen Busen noch betonte, thronte sie hinter der Theke, die goldenen Armreifen an den Handgelenken klimperten bei jeder Bewegung. Ihr gutmütiges, zerknittertes Gesicht verzog sich zu einem breiten Lächeln, als sie Jule gewahr wurde. »Do hann mir noch zwei Plätz nevvenenanner freij. Soll ich reserviere? Op Lohfelder? Jut, ess jebonkt.«

»... Also hab' ich ihn rausgeschmissen!«, schloss Jule ihren Bericht wenige Minuten später.

»Sollste net besser mit Micha dorövver schwätze?« Gerti Weyers guckte besorgt. »Ich mejne, secher wor et de richtije Entschluss. Äwwer dä Micha muss doch och dem Willi Bescheijd soohn, äwwer net?«

Willi Zierowski war Bennys Vater und ein alter Freund Michas, der in Kaarst-Holzbüttgen einen Gebrauchtwagenhandel betrieb. Jule und Micha hatte er für die Sommermonate seinen schwierigen Sohn anvertraut, der nach mehreren Ehrenrunden die Schule geschmissen und ohne Beschäftigung in den Tag hinein gelebt hatte. Benny sollte auf dem Familiencampingplatz in der Nordeifel lernen, regelmäßig zu arbeiten, sein Leben ordnen und nebenbei ein bisschen Geld verdienen.

»Ich erzähl es ihm später.« Jule schenkte sich Kaffee aus der Thermoskanne ein, die hinter ihr auf dem schmalen Sideboard stand. »Jetzt soll er erst mal die Grube für den Pool ausheben. Ich bin so froh, wenn das endlich erledigt ist. Außerdem will ich nicht, dass er womöglich die Kündigung zurücknimmt. Er hat einfach ein zu weiches Herz.«

»Do häss de wohl reäch«, nickte Gerti. »Ävver mit disser Geschiech hät Benny dä Bohje endjültich övvertrocke. Das wi-et dä Micha jenau esu sehn.«

»Hoffentlich.« Jule seufzte und nahm einen Schluck Kaffee. »Jetzt muss erst mal dafür gesorgt werden, dass jemand den Rasen auf der Zeltwiese mäht.«

»Ich kann doch bei Maria en dr Pangsion in Eischwieler aahnroofe«, schlug Gerti vor. »Ihren Ählste, dä Kevin, dä hät letzte Woche ahjefroch, ob mir eine Job für hänn hann. Dä hät bestemmp Zick.«

»Gute Idee! Dann gehe ich rüber zu Annalenas Mutter. Das wird unangenehm, aber ich komme wohl nicht darum herum ...«

Heinz war tatsächlich mit seinem Traktor angeknattert gekommen. Nur 20 Minuten hatte er gebraucht. Grinsend hockte er oben auf dem Bock, eine Pfeife zwischen die Zähne geklemmt, versenkte den Grubber nach unten – Micha hatte keine Ahnung, warum das Ding »Grubber« hieß und was der Unterschied zu einem stinknormalen Pflug sein sollte – und riss damit tiefe Furchen in den Boden. Dann setzte er zurück und fuhr wieder an. Dreck und Steine spritzten zur Seite; Micha sah einen großen Gesteinsbrocken wegkippen. Gleichzeitig sackte ein Rad des Traktors ab. Heinz, jetzt in Schräglage, gab Gas und befreite das Fahrzeug souverän aus der Vertiefung. Erneut legte er den Rückwärtsgang ein, bevor er mehrmals mit dem Grubber das Areal umgrub. Bald war die Luft angefüllt mit Staub und Dieselgestank und der Boden ein zerwühlter Acker.

»Genug! Das dürfte für meinen Bagger ausreichen!«, schrie Eddie gegen den Lärm an.

Heinz brüllte ein »Jou!« zurück und parkte den Traktor auf der Wiese am Spielplatz. Micha hustete sich den Staub aus den Lungen und leerte sein Bier, während jetzt endlich Eddie zum Zug kam. Ein ums andere Mal grub sich die Schaufel seines Raupenbaggers in die gelockerte Erde. Bald bildete sich ein Berg aus Erdreich und Gesteinsbrocken am Waldrand, den Micha, Heinz und Miro mit ihren Spaten zu einem ordentlichen Wall auftürmten. Micha freute sich. Endlich ging es voran. So, wie es aussah, schafften sie es heute doch noch fertigzuwerden.

In dem Moment passierte das Unfassbare. Eddie feixte gerade noch triumphierend, stolz wie Oskar auf die Power seines Baggers, als urplötzlich der Boden unter ihm nachgab und die Maschine mit der Schaufel nach vorn kippte. Das Raupenband hing rotierend in der Luft. Mit einem Schrei stürzte Eddie aus der offenen Fahrerkabine kopfüber in das Loch, das sich wie aus dem Nichts mitten in der Baustelle aufgetan hatte. Es polterte ohrenbetäubend, Staub wirbelte auf, der Bagger gab ein röchelndes Geräusch von sich und verstummte. Dann war alles still.

Heinz Metzen reagierte als Erstes. Er warf seinen Spaten weg, rannte zu der Öffnung im Boden und starrte hinein. Miro folgte. Dann kraxelte er, wilde kroatische Flüche ausstoßend, hinunter zu Eddie. Nur Micha war wie erstarrt. Erst nach ein paar Sekunden konnte er sich regen. Er traute seinen Augen kaum. Unten in dem Loch, etwas tiefer als der abgestürzte Bagger, hockte ein verwirrter Eddie zwischen alten Brettern. Erde, zerbrochene Backsteine und Holzstücke bedeckten seine Beine, seitlich und halb über ihm sah man eine Art gekrümmtes Mauerwerk. Auf einem Berg aus Dreck und Gestein aber stand Miro und zeigte mit zitternden Fingern auf etwas, das direkt neben Eddies Kopf lag: ein gelblicher Totenschädel.

Wenige Minuten später hatten sie Eddie von Brettern und Geröll befreit. Gott sei Dank war er bis auf ein paar Schürfwunden an Schienbein und Rücken unverletzt. Micha verständigte per Handy die Polizei. Was blieb ihm auch anderes übrig?

Anschließend hockten sich die vier Männer, jeder mit einem kalten Bier ausgestattet, an den Rand der Baugrube und stierten fassungslos auf die menschlichen Überreste, die Eddies Bagger zutage gefördert hatte.

»Das da drüben ist, glaube ich, ein Hüftknochen«, mutmaßte Heinz und deutete auf ein tellerförmiges, schmutzig weißes Ding, an dem Fetzen von dunklem Stoff hingen.

»Ja, und dort liegt was, das wie ein Stück von 'ner Wirbelsäule aussieht.« Miro schüttelte sich.

»Am schlimmsten finde ich das da«, murmelte Micha. In der Ansammlung von Skelettteilen hatte er rostige Eisenteile entdeckt, Ketten, die mit einem Ende in der Gewölbewand verankert waren und am anderen Ringe aufwiesen. In einem von diesen steckte ein langer, dünner Knochen. Unangenehme Erinnerungen wurden in ihm wach.

Er schluckte. »Ich glaub, der, den man hier verbuddelt hat, ist angekettet worden.«

»Was heißt hier verbuddelt?« Eddie feixte müde und rieb sich das Knie. »Mein Bagger ist in den Keller von Hannis Hütte gestürzt, schätz' ich. Ich wusste gar nicht, dass das Haus einen hatte. Das Skelett – ich meine, der Mensch, zu dem es mal gehörte – war garantiert da unten eingesperrt. Und die Holzlatten hier vorn, mit dem Riegel dran, auf denen ich vorhin gelandet bin, gehörten vielleicht zu 'ner Tür.«

»Ach du Scheiße«, stöhnte Micha.

»Allerdings.« Heinz nickte gewichtig. »Sieht mächtig nach einem Gewaltverbrechen aus. Ich meine, offensichtlich hat sich jemand viel Mühe gegeben, sein Opfer zu verbergen. Dass hier ein Keller war, konnte doch keiner ahnen. Überall Gras und Büsche drüber. Micha, deinen Pool kannst du erst mal vergessen.«

Der zuckte schicksalsergeben mit den Schultern. »Das schätze ich auch.«

Ellen Dyckerhof wirkte wie immer leicht zerzaust, als Jule ihren Stellplatz und den zweiachsigen, luxuriösen LMC erreichte. Die Dyckerhofs hatten den riesigen Wohnwagen und das Vorzelt mit Erker auf einem der großen sonnigen Komfortplätze direkt am unteren Teil des Sees aufbauen lassen, nicht allzu weit von Rezeption und *Eifelwind*-Gaststätte entfernt. Ellen fläzte sich in einem Campingliegestuhl mit dicker Auflage, hatte die nackten Füße auf das Fußteil gelegt und kuschelte mit Lars-Friedrich, ihrem sechsjährigen Sohn. Ihre blonden Haare sahen von hinten aus wie ein Vogelnest, und wieder einmal wunderte Jule sich, wie eine so attraktive und wohlhabende Frau es schaffte, dauernd irgendwie ungepflegt zu wirken. Dabei trug sie ausschließlich Markenklamotten und hatte sauber manikürte und lackierte Finger- und Fußnägel. Als sie jetzt aufschaute, bemerkte Jule, dass ihre Wimperntusche unter den Augen verlaufen war. Außerdem hingen Krümel in ihrem Ausschnitt.

»Oh, hallo, Frau Maiwald.« Ellen lächelte wie von weit her und verwuschelte dabei das weizenblonde Haar ihres Jüngsten.

»Hallo, ist Annalena hier irgendwo?«

»Nö, die haben wir seit Stunden nicht mehr gesehen, nicht wahr, Larsemaus?«

»Frau Dyckerhof, könnte ich wohl bitte kurz allein mit Ihnen sprechen?« Jule räusperte sich. Dieses Gespräch zu führen fiel ihr nicht leicht. Ellen war ihr sehr sympathisch; außerdem hatte sie das Gefühl, dass die Frau Ruhe und Entspannung dringend nötig hatte. Mit beidem würde es wohl gleich vorbei sein.

Ellen richtete sich verwirrt auf, drückte »Larsemaus« ein Küsschen auf die Wange und flüsterte ihm etwas ins Ohr. Der Junge sprang sofort auf.

»Au ja! Wo ist denn das Geld? Soll ich Annalena und dir ein Eis mitbringen?«

»Im Vorzelt auf dem Schrank, Schatz. Nein, kauf nur eins für dich. Annalena holt sich nachher selbst eins.«

Kurz darauf lief Lars-Friedrich in fröhlichem Hüpfeschritt über den Rasen.

»So, jetzt sind wir allein.« Ellen Dyckerhof lächelte erneut, zog einen zweiten Campingstuhl heran, beförderte mit schwungvollem Griff eine halb volle Proseccoflasche unter den Beinen ihres Sitzmöbels zutage und schwenkte sie einladend. »Was gibt es denn Wichtiges? Ist es ernst? Trinken Sie trotzdem ein Gläschen mit?«

»Nein, danke.« Jule setzte sich. »Wenn ich jetzt Alkohol

zu mir nehme, bringe ich später bloß die Reservierungen durcheinander. Gleich, nach der Mittagspause, herrscht hier Hochbetrieb. Viele Feiertagsgäste reisen schon heute an.«

»Wie schön, dass Annalena, Lars-Friedrich und ich nicht in so einem Stress angekommen sind. Vor zwei Wochen war es hier noch ruhig und beschaulich.« Ellen schenkte sich Prosecco nach und nippte an ihrem Glas. Dann betrachtete sie Jule prüfend. »Sie sehen aus, als wollten Sie mir etwas beichten. Hat Annalena etwas ausgefressen?«

»Nun ja«, Jule wand sich, »ich würde nicht sagen, dass hauptsächlich Annalena …« Sie holte tief Luft und gab wieder, was sie hinter der Buchenhecke beobachtet hatte.

»Oh, Sie meinen, meine Tochter hat … Marihuana … geraucht mit diesem, diesem Hilfsarbeiter?« Ellen richtete sich auf und nestelte an der weißen Dolce-&-Gabbana-Sonnenbrille herum, die an einer Goldkette um ihren Hals hing.

»Ja, das war eindeutig. Leider. Ich habe den jungen Mann natürlich sofort rausgeschmissen, aber – sehen Sie – Ihre Tochter hat freiwillig mitgemacht. Es sah jedenfalls sehr … einvernehmlich aus. Ich denke, Sie sollten ein ernstes Wörtchen mit ihr sprechen. Sie können auch überlegen, ob Sie Benny anzeigen wollen. Schließlich ist er erwachsen und strafmündig, Ihre Tochter dagegen nicht …«

»Nein, das wäre keine gute Idee.« Ellen schüttelte heftig den Kopf. »Ich möchte nicht, dass Detlef etwas von dieser Geschichte erfährt, wenn er morgen kommt. Er würde sich nur unnötig aufregen, und Schuld hätte mal wieder ich. Und Marihuana, nun ja, das haben wir doch alle schon mal probiert, oder nicht?«

Jule guckte verblüfft. »Aber doch nicht mit 13!«

»Ach, die Kinder werden heute viel schneller erwachsen als früher. Aber selbstverständlich werde ich mit meiner Tochter schimpfen.« Sie nickte und setzte sich die Sonnenbrille auf die Nase. Jetzt sah sie aus wie eine zerrupfte Schneeeule. »Ich geh' sie mal suchen. Weit kann sie ja nicht sein.« Sie stand auf, schlüpfte in ein Paar hochhackige goldene Sandalen und schaute lächelnd auf Jule hinunter. Wie groß die Frau war, fast eins achtzig, schätzte Jule, und dabei gertenschlank wie ein Model. »Aber danke, dass Sie es mir gesagt haben. Und gut, dass Sie diesem jungen Mann gekündigt haben. Er war sowieso kein Umgang für meine Tochter. Und der fleißigste scheint er ja auch nicht zu sein.«

Und dann stöckelte sie davon, etwas wackelig auf den Beinen. Ob das an ihren Absätzen lag oder am Prosecco, wusste Jule nicht.

Als sie zurück zur Rezeption kam, begegnete ihr Lars-Friedrich, wie er genüsslich an einem Wassereis schleckte. Von seinen Fingern tropfte orangene Flüssigkeit auf das T-Shirt. Ein hübscher Junge, fand sie, allerdings ziemlich verträumt. In beidem kam er ganz nach der Mutter.

In dem Moment bogen ein silberner PKW und ein Van mit hoher Geschwindigkeit und quietschenden Reifen auf das Campingplatzgelände ein, die Schranke öffnete sich automatisch, und die Fahrzeuge rasten, Schottersteinchen zu den Seiten verspritzend, an ihr und dem Kind vorbei.

Mit offenem Mund starrte Jule ihnen nach. Was war denn jetzt los? Und hatte sie nicht gerade auf dem Beifahrersitz des ersten Fahrzeugs ein bekanntes, sehr feistes Gesicht gesehen? Verdattert und ziemlich beunruhigt lief sie hinterher.

»Wo ist die Leiche?«

Kriminalhauptkommissar Wesseling hatte erstaunlich

behände seine mindestens 180 Kilo vom Beifahrersitz des vorderen Wagens gewuchtet und war wie ein Pinguin zur Baugrube gewatschelt.

Bei seinem Anblick stöhnte Micha unwillkürlich auf. Was wollte der denn hier? Gab es bei der Nordeifeler Kripo eigentlich keine anderen Kommissare?

Der fette Polizist war ihm in äußerst unliebsamer Erinnerung geblieben. Vor zwei Jahren hatte er ihn zu Unrecht des Mordes verdächtigt. Dass Michael Faßbinder wegen Einbruchs, Diebstahls und Körperverletzung vorbestraft war, hatte die Vorurteile Wesselings zusätzlich geschürt. Und Micha war sich sicher, dass der Mann ihn weiterhin verachtete und allenfalls einen Loser in ihm sah. Und das würde sich vermutlich nie ändern.

Widerwillig stand er auf, ging zu Kriminalhauptkommissar Wesseling hinüber und wies mit dem Finger in das Loch mit dem umgestürzten Bagger darin. »Dort liegt der Schädel, sehen Sie? Die anderen Überreste sind überall verteilt.«

»Ach, Herr Faßbinder«, sagte der Kommissar gedehnt und lächelte süffisant. »Was für ein zweifelhaftes Vergnügen, Sie wiederzusehen – und wieder im Rahmen einer Mordermittlung.«

»Wir wissen doch noch gar nicht, ob es sich um ein Verbrechen handelt«, gab Wesselings kleine, spindeldürre Kollegin mit den rot gefärbten Wuschelhaaren zurück, die Fahrerin des Wagens. Sie gesellte sich nun zu ihrem Vorgesetzten.

»Nun, ich glaube kaum, dass jemand hier auf dem Campingplatz eines natürlichen Todes gestorben ist, um sich anschließend eigenhändig zu vergraben. Nein, meine Liebe. Es kann sich nur um Mord handeln. Und dass Faßbinder seine Finger im Spiel hat, ist wohl mehr als offensichtlich. Wir kennen ihn ja, und es ist immerhin sein Grund und Boden, auf dem wir stehen, stimmt's?«

Micha wurde blass. »Das ist doch Schwachsinn!«, gab er schließlich nur lahm zurück. »Warum sollte ich dann ausgerechnet an dieser Stelle das Loch für unseren Pool ausheben wollen?«

»Das werde ich schon noch herausfinden, aber der Hellste warst du ja noch nie.« Wesseling grinste provozierend.

Micha wusste, dass es dem Mann Spaß machte, ihn zu demütigen, und die beste Strategie, damit umzugehen, wäre sicher die, seine Unverschämtheiten zu ignorieren. »Seit wann duzen wir uns?«, rutschte ihm dennoch heraus.

»Kleinganoven wie du verdienen nicht allzu viel Höflichkeit.«

Micha ballte die Fäuste, als er Heinz' Pranke auf dem Unterarm spürte. »Ruhig, Brauner, der kann dir gar nix«, beschwichtigte er.

In dem Augenblick passierten mehrere Dinge gleichzeitig. Micha wusste kaum, wo er hingucken sollte. Vier Personen rückten mit diversen Gerätschaften aus dem Van an, darunter ein grauhaariger Hüne mit Sonnenbrille und einem Aluköfferchen. Mit geschmeidigem Sprung landete er in der Grube direkt neben dem Schädel.

Außerdem kam Jule mit hochrotem Gesicht angerannt, ihr Blick aus den blauen Augen war eisig. »Was ist hier los?«, wollte sie in schneidendem Tonfall wissen, wobei sie abwechselnd Wesseling und Micha ins Visier nahm. »Und warum rasen Sie derart über den Platz? Unter den Campinggästen sind viele kleine Kinder!«

»Frau Maiwald, wie es aussieht, stecken wir mitten in einer Mordermittlung«, gab der Kommissar kühl und ungerührt zurück. »Dies ist ein Tatort oder zumindest ein Leichenfundort. Sie können froh sein, wenn wir den Campingplatz nicht sofort dichtmachen. Hajo, kannst du schon eine erste Einschätzung abgeben?«

Den letzten Satz hatte er dem silberhaarigen Hünen zugeworfen. Dieser betrachtete gerade, Latexhandschuhe an den Fingern, von allen Seiten den Schädel. Jule machte große Augen und tappte unsicher in ihren Schlappen über das Geröll hin zu Micha, der ihre Hand nahm und ihr leise erklärte, was passiert war.

»Beim Ausheben des Loches haben wir Menschenknochen gefunden, Stücke einer Holztür und … Eisenketten. Stell dir vor, unter dem Gras befand sich der Keller eines alten Hauses. Jemand hat dort eine Leiche …«

»Also, meiner Meinung nach handelt es sich um keinen ausgewachsenen Menschen«, rief der Mann in der Grube mit tiefer Stimme nach oben, »ein Kind von höchstens zehn Jahren, würde ich vorsichtig schätzen. Ob Junge oder Mädchen, werden mir Hüftknochen und DNA-Spuren verraten, später im Labor. Dieter, jetzt brauchen wir eine Sicherung des Fundorts. Und diese Zeugen hier sind bei der Arbeit auch nicht gerade förderlich. Schick sie fort.« Ungnädig wedelte er mit einer Hand, als verscheuchte er lästige Fliegen.

»Moment mal!« Jule wollte sich das nicht gefallen lassen. »Wer sind Sie überhaupt?«

Micha musste grinsen. Seine Lebensgefährtin reagierte bockig auf den Kommandoton. Typisch Jule.

»Professor Doktor Hans Joachim Erckenried, Leiter des zuständigen Gerichtsmedizinischen Instituts«, leierte der Mann gleichmütig herunter. Jule klappte den Mund zu.

»Kannst du schon sagen, wie lange die Leiche hier ungefähr gelegen hat?«, wollte Wesseling jetzt wissen.

»Nein, Dieter.« Der Riese schüttelte den Kopf und hielt sich dann den Schädel dicht vor die Brille. »Völlige Skelettierung. Können zwei Jahre sein oder 20 oder mehr. Der Zersetzungsgrad der Knochen und die Korrosion an den

Eisenketten werden uns Hinweise geben; oder der Leder-schuh oder die Textilreste hier. Aber ich mag mich noch nicht festlegen. Nein, das ist zu früh. Auch für eine Kory-phäe wie mich.«

»Okay.« Wesseling nickte seiner Kollegin Angela Schneider zu. »Dann mal ran an die Arbeit. Notieren Sie die Personalien, während die Spurensicherung ihren Job macht. Ich fahre ins Büro. Bevor wir nicht ein ungefäh-res Zeitfenster für den Mord haben, kann ich nicht viel tun, höchstens die Vermisstendatei durchgehen. Ein Kind, na ja. Das ist sehr vage. Faßbinder und die anderen Zeu-gen sollen sich bis auf Weiteres zur Verfügung halten. Bis später.«

Sprach's, stapfte zum Wagen und brauste davon. Wie-der mit überhöhter Geschwindigkeit.

Eine halbe Stunde später beratschlagten sich Jule, Micha und Gerti im Nebenraum der Rezeption. Die Kripo hatte den Campingplatz nicht räumen lassen. Lediglich das Gelände um die Baugrube war von Erckenrieds Mitarbei-tern mit rot-weißem Flatterband abgesperrt worden, bevor sie sorgfältig alles einsammelten, was in dem alten Keller verdächtig erschien.

Außerdem hatte Angela Schneider sämtliche Zeugen um Verschwiegenheit nach außen gebeten. »Natürlich dürfen Sie Frau Weyers als Mitbesitzerin des Campingplatzes infor-mieren, aber ansonsten bitte ich Sie, das Ganze nicht an die große Glocke zu hängen. Was auch in Ihrem Sinne ist, denke ich. Die Entdeckung der Leiche wird im Übrigen früh genug für Wirbel sorgen. Dieser Vorgang muss nicht noch beschleunigt werden. Aber natürlich halten Sie sich jeder-zeit zu unserer Verfügung, okay?«

»Darf ich meinen Traktor wieder mitnehmen?«, fragte

Heinz. Er nahm den ganzen Trubel äußerst gelassen, fand Jule. »Ich brauche ihn dringend auf dem Hof.«

Erckenried hatte keine Einwände, also fuhr Heinz auf seinem Traktor davon, Miro und Eddie gingen erst mal duschen und Jule und Micha informierten Gerti.

»Dat doh ene Keller ess, hann ich net jewoss«, staunte die alte Frau. »Als dä Hermann die Ruin affjdrohn hät, wohr dovon reiin garnüß ze sehn. Un spähder wuhesen do doch jehde Meng Haselnossstrüch. Wie häv do eijner unbemerk an dä Keller rahnkomme un eijner drenn verstecke könne? Verstohn ich net.«

»Ich auch nicht.« Micha seufzte. »Aber Wesseling ist schon wieder drauf und dran, mir die Sache anzuhängen.«

»Das soll er mal versuchen!« Jule merkte, wie erneut die Wut in ihr hochkochte. »Das ist doch völlig abwegig.«

»Isch hoff nur, dat diss Saach, su gräulich sie och ess, net ohs Geschäff kapott määch. De Einnahme ze Pengste bruche mer huh nüedich.« Gerti legte die Stirn in tiefe Falten. Ihre verblichenen, mit schwarzem Kajal umrandeten Augen, guckten besorgt.

»Allerdings, sonst wird es bald knapp mit unseren Finanzen«, seufzte Jule. »Hoffentlich packt die Spurensicherung schnell ihre Sachen und transportiert die Knochen ab. Dann sieht es dort am Waldrand einfach nur nach Baustelle aus. Vielleicht wächst schnell Gras über die Sache.«

Sie schluckte, als ihr der doppelte Sinn der Formulierung bewusst wurde.

Auch über den Keller von Hannis Hütte war Gras gewachsen, und einem Mörder hatte das gut in den Kram gepasst. Sie dachte an die rostigen Ketten mit den Eisenspangen an den Enden, und ihr wurde mulmig zumute. Dieser Täter war nicht nur ein Mörder, sondern vielleicht auch ein sadistischer Kindesentführer. Hatte sie bereits mit Micha hier im *Eifelwind* gelebt, als das Kind in den verborgenen Keller gesperrt wurde und dort qualvoll starb? Kaum zu glauben, dass eine solche Tat niemand bemerkt haben sollte! Aber wer weiß, was sich die Perversen dieser Welt alles einfallen ließen. Mit Schaudern fiel ihr der Kinderspielplatz ein, der sich nur ca. 50 Meter vom Tatort befand. Hatte der Mörder etwa dort sein Opfer gesucht und gefunden?

Die Türglocke schreckte sie aus ihren düsteren Fantasien auf. Gäste. Sie ging nach vorn zur Rezeption. Gerti und Micha folgten.

»Ich schaue mal, ob die Putzfrauen die Mobilheime schon hergerichtet haben«, sagte Micha im Vorbeigehen und drückte ihr ein Küsschen auf die Wange. »Nützt ja alles nichts. Das Leben muss weitergehen. Bis später, Schatz.« Und weg war er.

Jule blickte ihm nach mit dem sicheren Gefühl, irgendetwas Wichtiges vergessen zu haben.

Erst gegen 16 Uhr, als die meisten Neuankömmlinge eingecheckt hatten, kam sie darauf, was es war: Sie hatte ihn immer noch nicht über Benny informiert. Kurz erwog sie, zu Micha in die Gaststätte *Eifelwind* rüberzulaufen. Um diese Uhrzeit stand er gewöhnlich hinter der Theke. In dem Moment bimmelte die Türglocke, und die Chance war verstrichen.

Zwei Männer traten ein und Jule begrüßte sie mit einem freundlichen Lächeln. Beide waren ausgesprochen gut aussehend. Der ältere, ein grauhaariger mit strahlend blauen Augen und sportlicher Figur, trat an den Tresen und präsentierte ihr einen Reservierungsbeleg.

»Schönen guten Tag, Schmidt mein Name, Martin Schmidt. Wir haben reserviert.«

»Ach, Mobilheim *Eichenblatt*, stimmt's?« Jules Blick wanderte hin zu seinem jüngeren Begleiter. Auch er war groß und schlank, allerdings deutlich graziler. Sein dichtes

Haar schimmerte dunkelblond, er hatte große braune Augen unter hellen Brauen und weiche, volle Lippen.

Jule nahm einen Schlüssel vom Brettchen hinter sich und reichte ihn dem Älteren.

»Schön, Sie bei uns im *Eifelwind* begrüßen zu dürfen. Ihr Mobilheim befindet sich rechts neben dem Haupteingang. Es ist das mittlere mit dem gedrechselten Eichenblatt an der Tür. Hier, nehmen Sie einen Plan vom Campingplatz mit – zu Ihrer Orientierung. Frische Brötchen gibt es jeden Morgen hier im Laden, auch an den Feiertagen; gerne können Sie sie schon heute vorbestellen.«

»Danke schön, vielleicht nachher. Jetzt richten wir uns erst einmal häuslich ein.« Martin Schmidt nahm den Schlüssel an sich, reichte den Plan an seinen Begleiter weiter, nickte, und beide Männer wünschten ihr höflich einen guten Tag.

Jule blickte ihnen versonnen nach. Der Ältere, Schmidt, kam ihr bekannt vor, besonders beim Klang seiner sonoren Stimme hatte sie aufgemerkt. Aber vielleicht lag es einfach daran, dass die ihr von der telefonischen Reservierung in Erinnerung geblieben war. Aber hatte sie seine Anfrage überhaupt entgegengenommen? Oder war es Gerti gewesen?

Nur zwei Steinbacher Urgesteine hingen um 17 Uhr in der *Eifelwind*-Kneipe herum, Stammgäste. Ihren Gesprächsthemen zufolge hatte sich der Leichenfund auf dem Campingplatz noch nicht herumgesprochen. Gott sei Dank. Die Männer kamen jeden Freitag her und vertilgten abwechselnd Korn und Pils, als ginge es um ihr Leben.

Da Micha wusste, dass sie ihn als neuen Platzbetreiber höchstens duldeten, beteiligte er sich nicht an ihrer Unterhaltung. Er hatte einmal mitgekriegt, wie der eine von ihnen dem anderen zugeraunt hatte: »Wart nur ab, der Micha richtet den Platz bald zugrunde. Der kriegt das eh nicht auf die Reihe!«

Seitdem hatte er die zwei gefressen. Allerdings waren sie Hermann Weyers, Gertis verstorbenem Ehemann, treu ergeben gewesen, und wurden nicht müde, immer wieder zu betonen, was für ein toller Hecht der ehemalige Platzbetreiber gewesen war. Auch heute nicht. Und sie waren treue Gäste in der *Eifelwind*-Kneipe.

Micha verdrehte die Augen und leerte sein Bierglas. Es kribbelte ihm in den Fingern nachzuschauen, ob die Leute von der Spurensicherung endlich die Baustelle geräumt hatten. Zurzeit konnte er aber nicht weg hinter der Theke: Eddie löste ihn erst um 18 Uhr ab und Gerti machte in der Küche die Drecksarbeit für den vor knapp einem Jahr eingestellten Koch.

Dirk Grotens, Mitte 40, alleinstehend, klein, drahtig und ein alter Schulfreund Michas, kochte exzellent, aber er delegierte auch gern. Dirk hatte in seinem Leben schon diverse Jobs annehmen müssen, um über die Runden zu kommen: Er hatte Zeitungen ausgetragen, als Paketbote gearbeitet und war Taxi gefahren – ein wahrer Lebenskünstler. Seit Ewigkeiten lebte er allein. *Sex, Drugs and Rock 'n' Roll* lautete von jeher sein Motto. Wobei der Sex inzwischen wohl ziemlich zugunsten der beiden anderen Faktoren vernachlässigt wurde.

Nun hatte also Micha Dirk die Chance gegeben, endlich in seinem erlernten Beruf zu arbeiten und seine Passion auszuleben. Seitdem waren selbst Gemüseschnippeln und Kartoffelnschälen unter seiner Würde. Dirk stand lieber draußen vor dem Seiteneingang der Küche, rauchte und ließ es sich gut gehen, während andere die lästige Arbeit verrichteten.

Michas Gedanken kehrten zu den aktuellen Geschehnissen zurück. Die Knochen eines Kindes hier auf dem Campingplatzgelände! Es kam ihm immer noch völlig verrückt und wie ein abgedrehter Traum vor.

Doch für Jule, Gerti und ihn konnte die Entdeckung knallhart zur realen Katastrophe werden. Noch ein Verbrechen verkraftete der *Eifelwind* bestimmt nicht. Micha dachte an seinen Jugendfreund Stefan zurück, und das Herz tat ihm weh. Er hatte ihm nicht helfen können, im Gegenteil. Aber wenigstens würde er sein eigenes Leben grundlegend ändern.

So sollte der Einzug Jules in sein Mobilheim vor zwei Jahren ein Neuanfang werden. Unbedingt hatte Micha beweisen wollen, was in ihm steckte. Alles würde er von nun an richtig machen, hatte er gedacht. Stattdessen verschuldeten Gerti, Jule und er sich mehr und mehr. Micha bekam die Aufgaben, die mit der Führung des Campingplatzes in Verbindung standen, nicht wirklich in den Griff. Langsam aber sicher festigte sich in ihm das Gefühl, dass dieses Vorhaben ein paar Nummern zu groß für ihn war. Klar konnte er anpacken, aber besaß er genug Biss? Nein, musste er sich eingestehen. Er, Michael Faßbinder, würde immer ein Versager bleiben.

In der Hinsicht lag Wesseling ganz richtig. Micha fuhr sich mit beiden Händen durch das kurze dunkelblonde Haar mit den grauen Schläfen. Der Jüngste war er auch nicht mehr. Aber eines hatte er zumindest richtig gemacht in seinem Leben: Er hatte keine Kinder in die Welt gesetzt. Was gäbe er auch für ein mieses Vorbild ab.

Micha kam Benny Zierowski in den Sinn, der erwachsene Sohn seines alten Kumpels Willi, den er für die Sommermonate im *Eifelwind* angestellt hatte.

»Hier kommt der Junge wieder auf die Spur«, hatte er großkotzig dem Freund gegenüber behauptet, »für mich war die Arbeit auf dem Campingplatz genau das Richtige, als ich total am Ende war. Wart's nur ab.«

Inzwischen musste Micha einsehen, dass er auch in dieser Hinsicht auf ganzer Linie versagt hatte. Benny erschien häufig zu spät zur Arbeit und vergaß die Hälfte. Er war kein Gewinn für den Campingplatz, sondern sorgte mit seiner Nachlässigkeit ständig für Ärger zwischen ihm und Jule.

Insgesamt kam Micha der Junge reichlich verquer vor. Benny schien nichts zu lernen aus der regelmäßigen Arbeit und der Verantwortung, die damit einherging. Micha wunderte sich auch über seinen abwesenden Blick und die tollpatschige Art. War Benny vielleicht wirklich nicht ganz richtig im Kopf, wie sein Vater schon länger vermutete?

Wo trieb der Junge sich heute eigentlich herum? Micha erinnerte sich, ihn morgens um sieben bei einem schnellen Kaffee in der Rezeption das letzte Mal gesehen zu haben. Seltsam, dabei hatte Benny jede Menge Gartenarbeiten erledigen müssen: Rasen mähen, Hecke schneiden, Unkraut aus den Beeten zupfen. Er runzelte die Stirn. Gleich, wenn Eddie ihn ablöste, würde er nicht nur bei den Überresten von Hannis Hütte vorbeischauen, sondern auch nach Benny Ausschau halten. Schließlich hatte er die Verantwortung für den Jungen übernommen. Das war er Willi schuldig.

Die Rezeption hatte bis 20 Uhr geöffnet. Als es so weit war, heftete Jule alle Unterlagen ordentlich in den Ordnern ab, fuhr den Computer herunter und schloss die hölzernen Fensterläden. Feierabend, endlich.

Jetzt freute sie sich auf ein Glas Wein und darauf, die Füße hochzulegen. Sie verriegelte die Tür am Eingang von innen, stellte die Alarmanlage an und verließ das Holzhaus durch den Hinterausgang. Noch immer war es draußen warm und sonnig. Der Abend schimmerte golden, Vögel zwitscherten.

Über den Hauptweg erreichte sie das Mobilheimareal.

Das winzige Fertighäuschen rechts außen hatten Micha und sie damals, als Jule von Kaarst herzogen war, zu einem richtigen Einfamilienhaus um- und ausgebaut. Gerti Weyers wohnte inzwischen über der Gaststätte *Eifelwind* in einer Wohnung mit Dachschrägen. Auch Benny hatte dort ein Zimmer bekommen.

Benny. Siedend heiß fiel Jule ein, dass sie Micha immer noch nichts von dem Rausschmiss erzählte hatte. Nun ja, wann auch? Seit heute Nachmittag hatten sie sich nicht mehr gesehen. Vermutlich machte Micha gerade die letzte Kontrollrunde über den Platz, in einer Stunde müsste er zu Hause sein.

Jule war froh, dass die Spurensicherung unter Leitung von Erckenried lange fort war. Der Gerichtsmediziner hatte noch kurz bei ihr an der Rezeption vorbeigeschaut und sie dann darüber informiert, dass alle Knochenfunde und freigelegten Utensilien fotografiert und für den Transport eingetütet worden seien. »Das Flatterband bleibt aber bitte noch an Ort und Stelle. Niemand hat den Fundort bis auf Weiteres zu betreten.« Seine Miene war bedeutungsvoll gewesen, sein Lächeln verschwörerisch und charmant. »Aber ich verlasse mich auf Sie und Ihre resolute Art. Sie kriegen es schon hin, dass kein Unbefugter das Gelände mit seinen Spuren verseucht.«

»Ja, ja … natürlich«, hatte sie gestottert. Dieser Erckenried war auf intellektuelle Art und Weise verdammt attraktiv, war ihr plötzlich aufgegangen. Und er verströmte eine Aura von Macht, der Jule sich nicht zu entziehen vermochte.

Unwillkürlich verglich sie ihn mit Michael, dessen Anziehungskraft weit von Intellektualität oder Macht entfernt war und der doch einen ungeheuren Reiz auf sie ausübte. Für sie war er der Inbegriff von Männlichkeit, gepaart mit anrührender Verletzlichkeit. Er war sich seiner Reize keineswegs bewusst, was ihn noch sympathischer machte, dabei hatte er mit fast 50 einen wirklich gut durchtrainierten und muskulösen Körper. Sein Lächeln, das bis in die eigentümlich grüngrauen Augen strahlte, war schüchtern.

Er hielt nicht viel von sich selbst, was Jule oft zu den zärtlichsten Gefühlen veranlasste, sie manchmal aber auch rasend wütend machte. Er hatte doch überhaupt keinen Grund, dermaßen bescheiden aufzutreten! Es war schließlich kein Pappenstiel, sein ganzes Leben umzukrempeln.

Micha konnte arbeiten bis zum Umfallen, war hilfsbereit und verlässlich. Allein seine depressiven Stimmungsschwankungen und die Trinkerei waren ihm im Weg. In solchen Phasen zog er sich zurück und wurde so einsilbig, dass man meinen konnte, er habe ein Schweigegelübde abgelegt. Aber dass der Campingplatz längst nicht so viel abwarf, wie sie eigentlich zum Leben brauchten, war nun wirklich nicht seine Schuld.

Obwohl, wenn sie ehrlich zu sich selbst war, dann hatte sie ihm des Öfteren genau das vorgeworfen. Zu großzügig sei er, zu wenig strukturiert. Das Geld werfe er mit vollen Händen zum Fenster raus.

Und wie hatte sie ihm die Hölle heißgemacht wegen dieses dämlichen Pools! Und was war das Ergebnis? Leichenteile auf dem Campingplatzgelände und eine Mordermittlung am Hals.

Nein, so durfte sie nicht denken, korrigierte sie sich entsetzt. Ein furchtbares Verbrechen war verübt worden. Selbstverständlich war es von elementarer Wichtigkeit, dass es aufgeklärt wurde. Der Täter musste gefasst werden. Allein, damit den Eltern des getöteten Kindes Gerechtigkeit widerfuhr.

Plötzlich verspürte sie den Drang, mit Tobi zu sprechen. Tobi, ihr inzwischen fast 20-jähriger Sohn, studierte in Düsseldorf Jura und wohnte in Bilk in einer ziemlich chaotischen WG. Sie griff nach ihrem Handy und warf sich aufs Sofa. Schon nach zweimaligem Klingeln ging er dran.

»Hi, Mama, geht's dir gut?« Seine Stimme klang frisch und unbeschwert. Ihr Mutterherz hüpfte.

»Ja, so weit.« Sie zögerte. Sollte sie Tobi von den neuesten Ereignissen erzählen? Nein, besser nicht. Er würde sich nur unnötig Sorgen machen. Außerdem hatte sie Erckenried Verschwiegenheit zugesagt.

»Ist echt alles in Ordnung?«, hakte Tobi sofort nach. »Du klingst so komisch.«

»Alles super, ehrlich. Ich wollte nur mal wieder deine Stimme hören. Wo bist du denn gerade?«

»Na, zu Hause«, lachte Tobi erleichtert. »Ich schreibe an einem Referat. Aber später geh ich noch mit Freunden in die Altstadt. Sag mal, ist Michael vielleicht in der Nähe? Ich hätte da eine Frage zum Fall Stefan Winter, für die Recherche, weißt du. Es geht um ein Urteil aus dem Jahr …, warte mal, hier, Anfang 1988. Um die Frage, ob der Tatbestand des Mordes tatsächlich erfüllt war. Der Verteidiger damals …«

»Ich denke nicht, dass du Micha damit behelligen solltest«, unterbrach Jule ihn hastig. »Für dich stellt der Fall vielleicht ein rein juristisches Problem dar, für ihn geht es um etwas sehr Persönliches. Er ist damit nicht fertig, weißt du.«

»Okay.« Sie hörte das Zaudern in seiner Stimme. »Verstehe ich, aber andererseits finde ich es total wichtig, solche Fälle nicht allein durch die strafrechtliche Brille zu betrachten. Wenn ich mal Verteidiger bin, möchte ich die menschliche Seite nie aus den Augen verlieren, weder die des Opfers noch die des Täters …«

Jule schmunzelte stolz. Tobi würde mit Leib und Seele Jurist sein, wenn er sein Studium beendet hatte.

Mit dem Telefon am Ohr ging sie zur Küchenanrichte, schenkte sich ein Glas Rotwein aus der offenen Flasche von gestern ein und trug es hinaus auf die Terrasse. Dort lümmelte sie sich in einen Gartenstuhl, lauschte, redete und blickte versonnen in die Dämmerung. Schon wurden die klaren Linien der Büsche und Bäume zu grauen Schemen, fedrige Wolken färbten sich purpurrot und lila. Eine orange Sonne verschwand langsam hinter dem Dach des Rezeptionsgebäudes. Was für ein schöner Abend. So friedlich.

Wären da nur nicht die Knochenfunde und Benny Zierowski! Gerade hörte sie zu, wie Tobi von einer Geburtstagsparty am letzten Wochenende erzählte, als sich ein schmaler Schatten von der spitzen Silhouette einer Zypresse löste und schnell näherkam.

»Hallo, Frau Maiwald, sind Sie da?«, rief eine Frauenstimme. Es klang panisch. »Frau Maiwald?«

»Ja, hier bin ich«, rief sie zurück, um sich dann eilig von Tobi zu verabschieden. Sekunden später schloss sie eine völlig aufgelöste Ellen Dyckerhof in die Arme.

»Annalena ist immer noch nicht wieder da«, schluchzte die Frau. »Und ich habe sie wirklich überall gesucht. Ans Handy geht sie auch nicht. Und … und dann höre ich von den Leuten, die mit ihrem Wohnmobil jetzt direkt neben uns stehen, dass hier auf dem Campingplatz eine Kinderleiche gefunden worden sein soll. Heute Mittag! Sie hätten das Gerücht von anderen Gästen gehört und …« Ellen zitterte am ganzen Leib.

»Nein, nein, beruhigen Sie sich!«, beschwichtigte Jule die Frau und drückte sie resolut in einen Gartenstuhl. »Das ist auf gar keinen Fall Annalena …«

»Aber, dann stimmt es tatsächlich, was geredet wird?« Ellens verquollene Augen wurden plötzlich sehr groß.

»Knochen. Man hat Knochen gefunden«, stellte Jule klar. »Keiner weiß, wie lange die dort lagen. Wahrscheinlich viele Jahre. Nein, machen Sie sich keine Sorgen um Annalena. Sie wissen doch, wie Teenager sind. Stur und manchmal völlig unberechenbar. Kommen Sie, ich bringe Ihnen ein Glas Wein, und Sie erzählen mir in aller Ruhe, wo Sie überall nachgeschaut haben.«

»Ich dachte halt, wenn Lars-Friedrich eingeschlafen ist, gehe ich ernsthaft nach ihr auf die Suche«, sagte sie, nachdem sie einen Schluck getrunken hatte. »Zu dem Zeitpunkt habe ich mir ja überhaupt noch keine Sorgen gemacht. Ich kenne doch meine Tochter! Wenn ihr etwas nicht passt, verkriecht sie sich. Wahrscheinlich hat sie ein schlechtes Gewissen wegen diesem Joint. Aber dann erzählen mir diese Leute von dem schrecklichen Fund und ich bin durchgedreht.«

»Das verstehe ich. Aber, sehen Sie, die Angst war unbegründet. Wissen Sie, was ich glaube? Annalena fühlt sich seit heute Mittag bestimmt ziemlich allein. Kennt sie eventuell andere Gäste hier? Vielleicht steckt sie bei denen. Bennys Gesellschaft wird ihr fehlen, seit ich ihn rausgeschmissen habe und er abgereist ist.«

»Was soll das heißen: Du hast Benny rausgeschmissen?«, erklang eine tiefe Stimme in ihrem Rücken.

Jule schrak zusammen und hätte fast ihren Wein verschüttet. Schon stand Micha neben ihr. »Ich suche ihn überall und höre jetzt, dass du ihn gefeuert hast?« Seine Stimme bebte vor Empörung. »Sag mal, spinnst du?«

Er knipste das Außenlicht an; die Helligkeit tat in den Augen weh. Sie blinzelte und schaute hoch in seines blasses, angespanntes Gesicht. Das schlechte Gewissen presste ihr die Eingeweide zusammen.

»Ich dachte, Gerti hätte es dir erzählt … Außerdem: Ich hatte meine Gründe.«

»Er hat meiner 13-jährigen Tochter Drogen verabreicht«, schaltete sich Ellen Dyckerhof ein. Sie klang wesentlich ruhiger als noch vor ein paar Minuten. »Und wahrscheinlich nicht zum ersten Mal. Es war völlig richtig, dass Ihre Frau so entschieden hat.«

Micha sackte förmlich in sich zusammen. Er lehnte sich an das hölzerne Terrassengeländer und sog scharf die Luft ein. »Aber du hättest es mir sagen müssen! Ich bin verantwortlich für den Jungen. Und vielleicht hätte man …«

»Micha, es war der berühmte Tropfen, der das Fass zum Überlaufen gebracht hat! Benny hat seit Wochen nur Mist gebaut, und du weißt das. Heute zum Beispiel hätte er die Hecken schneiden und auf den Stellplätzen Rasen mähen sollen, bevor die Gäste anreisen. Nichts hat er getan! Es hagelte Beschwerden an der Rezeption. Stattdessen erwische ich ihn mit Annalena beim Kiffen. Ich habe einfach rot gesehen.«

»Trotzdem hättest du mit mir sprechen müssen.« Micha stieß sich vom Geländer ab und verschwand im Inneren des Hauses. »Jetzt brauche ich ein Bier«, hörte Jule noch. Sie blickte ihm zerknirscht nach, während Ellen sich aus dem Stuhl schälte.

»Ich gehe besser mal«, sagte sie leise. »Aber … von Freunden hier auf dem Platz weiß ich nichts. Bis heute Mittag war ja auch sehr wenig los. Ich versuche es gleich noch mal über Annalenas Handy. Aber vielleicht liegt sie sogar längst in ihrem Wurfzelt und schmollt.« Sie verzog das Gesicht zu einem angestrengten Lächeln.

»Kommen Sie jederzeit wieder her, falls sie nicht auftaucht. Ich verstehe Ihre Sorgen, aber bestimmt wird sich alles als ganz harmlos herausstellen.« Jule wartete ab, bis Ellen in der Dunkelheit verschwunden war, atmete tief durch und ging ins Wohnzimmer. Wie sollte sie Micha begreiflich machen, dass sie ihm durchaus von ihrer Entscheidung hatte erzählen wollen, dass aber Polizei und die weiteren Ereignisse dazwischen gekommen waren? Nein, er hatte schon recht. Das war keine Entschuldigung. Sie hatte eigenmäch-

40

tig gehandelt und sich im Anschluss auch noch feige verhalten. Basta.

Michas Stimme ließ sie innehalten. Mit dem Telefon am Ohr stand er an der Küchenzeile.

»Was soll das heißen? Nicht aufgetaucht?«, hörte sie ihn fragen. Mit gerunzelter Stirn drehte er sich zu Jule um, während er weiter mit der Person am anderen Ende der Leitung sprach. »Ja, weißt du, Willi, es ging einfach nicht mehr. Benny ist … unzuverlässig. Es gab mehrere Abmahnungen. Ja, tut mir leid, ich hätte dir eher … Aber dein Sohn ist erwachsen, vergiss das nicht.« Er pausierte, lauschte und sagte dann mit deutlich lauterer Stimme: »Keine Ahnung, warum er noch nicht in Kaarst angekommen ist! Scheiße, Willi, ja, tut mir leid! Nein, ich weiß auch nicht, warum sein Handy aus ist. Okay, dann bis später.« Er knallte den Hörer auf die Arbeitsplatte und sah Jule mit einer Mischung aus Ratlosigkeit und Vorwurf an. »Wann, sagst du, hat er seine Koffer gepackt?«

Jule schluckte. »Gegen Mittag. Aber ich habe das nicht kontrolliert. Ich bin einfach davon ausgegangen, dass er fort ist.«

»Okay, ich lauf noch mal rüber zu Gerti und schau in seinem Zimmer nach. Warum geht der Junge bloß nicht ans Telefon?«

»Weil er sich nicht traut wahrscheinlich. Ihm ist doch klar, dass er Mist gebaut hat.«

»Verdammte Scheiße. Was für ein Tag! Erst fallen die Bullen wie Schmeißfliegen über uns her, dann das! Mensch, warum bist du nicht zu mir gekommen? Vertraust du mir eigentlich gar nicht mehr?«

Mit diesen Worten verließ er das Mobilheim. Die Tür krachte hinter ihm ins Schloss.

41

Jule seufzte und trat wieder auf die Terrasse hinaus. Wo mochte Benny stecken? Sie traute ihm glatt zu, dass er den Campingplatz überhaupt nicht verlassen hatte, sondern seelenruhig in seinem Zimmer herumlümmelte. Sie packte die Polster der Stühle zusammen und wollte sie gerade hineintragen, als sie noch einmal Gestalten jenseits des kleinen Gartens ausmachte. Diesmal waren es zwei. Im Licht einer Laterne erkannte sie sofort, wer es war: die beiden Männer, die so spät noch angereist waren. Schmidt und sein jüngerer Begleiter. Sie beobachtete, wie der Ältere dem Jüngeren einen Arm um die Schultern schlang, ihm einen Kuss auf die Wange gab und ihn innig an sich drückte.

Aha, hatte sie also recht gehabt, dass es sich bei den beiden um ein schwules Pärchen handelte. Sie lächelte. Ihr Instinkt hatte sie nicht getrogen. Aber woher kannte sie diesen Schmidt bloß? Nachdenklich trug sie die Stuhlauflagen ins Haus, räumte Wein sowie Weingläser fort und verriegelte die Terrassentür. Kurz darauf kuschelte sie sich unter die flauschige Decke ihres Bettes. Dieses Schlafzimmer hatten Micha und sie an das winzige Haus angebaut, als sie beschlossen hatten, zusammenzuziehen. Damals hatte sie sich nicht träumen lassen, wie unruhig ihr Leben hier werden würde.

Es war ein langer, anstrengender und chaotischer Tag gewesen. Einfach nur schlafen, was wäre das schön! Stattdessen stand die Frage im Raum, wo Benny und Annalena steckten. Außerdem musste sie den Streit mit Micha beilegen. Im Schummerlicht des Nachttischlämpchens lag sie da.

Wieder einmal keimten Zweifel in ihr auf, ob es tatsächlich der richtige Schritt gewesen war, ihre Zelte am Niederrhein abzubrechen und in den *Eifelwind* zu ziehen. In letzter Zeit stritten Micha und sie oft, und manchmal war er ihr sehr fremd. Dann sehnte sie sich nach ihrer Mutter – und sogar dem Stiefvater – sowie ihrer 14 Jahre jüngeren Halbschwester Jana mit Familie, die alle in Kaarst wohnten. Dann wünschte sie sich auch ihren Bürojob in der Neusser Innenstadt zurück. Der war manchmal langweilig, aber dafür wenigstens sicher gewesen. Man tat vorhersehbare Dinge, routiniert, beständig, in einem netten Team von Gleichgesinnten.

Hier im *Eifelwind* kam sie sich oft wie eine Außenseiterin vor. Wie eine, die einsam für eine Sache kämpfte, von der Gerti, Micha und die anderen Mitarbeiter auf dem Campingplatz gar nichts verstanden. Unweigerlich war sie zu einem Zugpferd geworden, dem sie nur widerwillig folgten. Beispielsweise die Idee mit dem Pool: Was hatte sie sich den Mund fusselig geredet, wie gewinnbringend eine solche Investition sein würde. Familien mit Kindern, die Hauptzielgruppe des Platzes, würden viel lieber herkommen. In den Sommermonaten direkt auf dem Platz schwimmen oder planschen zu können, anstatt jedes Mal in ein Schwimmbad fahren zu müssen, waren ihre letzten Gedanken, bevor sie wegdämmerte.

Micha genehmigte sich gleich mehrere Schnäpse an der Theke. Er war so außer sich und gleichzeitig voller Sorge, dass es nicht nüchtern auszuhalten war. Gerti und Dirk, der Koch, hatten zwar versucht, ihn zu beruhigen, aber keine Chance!

»Das Mädel wird irgendwo hier auf dem Platz sein. Wo soll es sonst sein? Die Kleine versteckt sich vor ihrer Mutter, was sonst? Und Benny wird schon noch wohlbehalten zu Hause ankommen, wart' s nur ab«, sagte Dirk, doch auch er hatte eine skeptische Miene aufgesetzt, die nicht dazu beitrug, Micha Mut zu machen.

Der Junge schien, genau wie die 13-Jährige, wie vom Erdboden verschluckt. Alle seine persönlichen Dinge waren aus dem Zimmer auf dem Dachboden verschwunden, ebenso seine Reisetasche. Micha hatte nach dieser Entdeckung noch einmal mit Willi Zierowski telefoniert. Zu Hause war Benny inzwischen jedenfalls nicht aufgetaucht. Und tatsächlich war sein Handy ausgeschaltet. Micha hatte schon drei Mal auf die Mailbox gesprochen.

Was für eine Scheiße! Klar, Jule hatte recht: Vor dem Gesetz war Benny erwachsen. Aber er benahm sich nicht so. Ganz und gar nicht! War der überhaupt in der Lage, Fahrpläne zu lesen und sich im Verkehrsnetz von Bussen und Bahnen zurechtzufinden? Micha bezweifelte das.

Er dachte daran zurück, wie er in Bennys Alter gewesen war: wild, ziellos und immer auf Ärger aus. Wie Benny hatte er keinen Schulabschluss oder Job gehabt; die Straße war sein Zuhause gewesen. Und er war auf die schiefe Bahn geraten. Nichts, womit man sich mit Ruhm bekleckerte. Klar.

Aber nie war er so durcheinander und so *verpeilt* gewesen. Was war mit dem Jungen los? Was für eine Schwachsinnsidee von ihm, mit einem der Gäste – einer 13-Jährigen! – mitten auf dem Campinggelände zu kiffen! Was fand er in seinem Alter überhaupt an so einem Kind? Micha hatte sich schon als junger Mann an gleichaltrige, hübsche, reife Mädchen gehalten, mit denen man Sex haben konnte. Er schüttelte verständnislos den Kopf und kippte einen weiteren Korn.

Nach dem fünften Schnaps sah er ein, dass er so nicht weiterkam. Einen kurzen Moment lang erwog er, Dirk zu fragen, ob der eine Nase Koks für ihn hatte. Er wusste, dass der alte Freund nicht von dem Zeug lassen konnte, um sich aufzuputschen und die Nächte am Computer durchzuzocken. Kokain bewirkte, dass man sich toll, unbesiegbar und sorgenfrei fühlte, daran erinnerte Micha sich gut aus alten Zeiten. Aber das Hochgefühl war nicht von Dauer, das Erwachen bitter. Und alle Drogen der Welt würden Benny und das Mädchen nicht herbeizaubern. Außerdem hätte er morgen früh bloß einen dicken Schädel, der ihn beim Arbeiten behinderte. Schleunigst verwarf er die Idee.

Aber sich jetzt einfach neben Jule ins Bett zu legen und zu tun, als sei nichts geschehen, war auch nicht sein Ding. Also verließ er die *Eifelwind*-Kneipe durch den Hinterausgang und spazierte im Mondlicht am Angelsee entlang. Ein Schwanenpaar dümpelte im Wasser. Das Weiß des Gefieders hob sich leuchtend von der dunklen, glatten Fläche ab. Von den Stellplätzen wehten Gesprächsfetzen und Gläserklingen herüber. Er sah Kerzen auf den Campingtischen glimmen.

Je näher er der Zeltwiese kam, umso lauter wurde es. Er hörte Gitarrengeklimper, Gelächter und kreischende Stimmen. Die Jugendgruppe, die heute angereist war, feierte ordentlich. Sollte er sie ermahnen, leiser zu sein? Ach was, noch war es nicht mal 23 Uhr. Sollten sie sich ruhig austoben.

Jetzt bog er rechts in einen Weg ein, der zu beiden Seiten von Wohnwagen und -mobilen gesäumt war. Unter den Sonnensegeln und hinter den Planen der Vorzelte unterhielten sich nur noch wenige Leute in gedämpftem Ton.

Zeit, nach Hause zu gehen. Die frische Luft hatte ihm gut getan. In dem Moment hörte er das Weinen eines Kindes. Laut und quengelig. »Nein, ich will nicht schlafen, Mami. Ich. Will. Nicht!« Die Stimme wurde mit jedem Wort greller.

Er musste grinsen. Wie oft hatte er solche Szenen zwischen Eltern und Kind hier auf dem Platz mitbekommen! Wohnwagenwände waren halt dünn. Am Abend wollten die Erwachsenen ihre Ruhe, um gemütlich etwas zu trinken und die Füße hochzulegen. Da störten die Sprösslinge. Und die spürten das genau und verweigerten sich.

»Du musst, Larsemaus! Es ist schon ganz spät!«

»Na und? Annalena muss auch noch nicht schlafen.«

»Schatz, du weißt, das ist etwas anderes. Deine Schwester ist fast 14, du bist erst sechs! Außerdem liegt sie immerhin schon brav in ihrem Zelt!«

»Aber Papa sagt immer, dass Jungs lange nicht so viel Schlaf brauchen wie Mädchen und …«

»Papa ist nicht hier. Bitte schlafe jetzt.«

Micha hörte den Unmut in der Frauenstimme und begriff erst jetzt, wer da sprach: die blonde Tussi von vorhin, die, die sich solche Sorgen um ihre Tochter gemacht hatte. Das Mädchen war also wohlbehalten zurück. Okay, dann hatten Jule und er zumindest ein Problem weniger. Er straffte die Schultern und beschleunigte seinen Schritt.

Zu Hause angekommen zog er sich im Bad aus, um sich anschließend nur in Unterhose ins dunkle Schlafzimmer zu schleichen. Leise schlüpfte er zu Jule ins Bett. Sie schlief tief und fest. Vorsichtig schmiegte er sich an sie, legte einen Arm um ihre Taille und atmete den blumigen Duft ihrer Haare ein. Ehe er sich's versah, war auch er eingeschlafen.

DAS UNHEIL ENTWEICHT

Am Pfingstsamstag um 9 Uhr war im Laden der Teufel los. Gerti packte den in der Schlange stehenden Gästen Brötchen ab; Jule kassierte. Dazwischen musste sie lästige Fragen beantworten.

Ob es stimmte, dass eine Kinderleiche am Spielplatz gefunden worden sei.

Ob die Knochen, die man ausgegraben hatte, einem Steinzeitmenschen gehörten.

Ob es korrekt sei, dass es eine Verhaftung gegeben habe. Der junge dunkelhaarige Campingplatzmitarbeiter mit dem pickeligen Gesicht sei dringend tatverdächtig, habe man gehört.

Jule musste sich zusammenreißen, um bei den hanebüchenen Gerüchten nicht aus der Haut zu fahren. Geduldig erklärte sie Mal um Mal den Knochenfund auf dem Gelände: »Wir wissen nicht, wie alt das Skelett ist, wie lange es dort unter der Erde lag und ob überhaupt ein Verbrechen zugrunde liegt. Das Ganze kann Jahrzehnte her sein. Sobald es Neuigkeiten gibt, werden wir Sie selbstverständlich informieren. Aber Sie müssen sich überhaupt keine Sorgen machen …«

Sobald niemand hinschaute, warfen Gerti und sie sich alarmierte Blicke zu. Wer hatte geplaudert? Wie viel Schaden würden die Gerüchte anrichten? Gottlob hatte noch keiner der Campinggäste ausgecheckt.

Um kurz vor elf bekam Jule einen Anruf von Kommissar Wesseling, der sie im Kommandoton anblaffte: »Sagen Sie Faßbinder, ich erwarte ihn um 14 Uhr auf der Wache. Er kennt ja den Weg. Die anderen Zeugen sind auch geladen.«

»Wissen Sie denn schon mehr über das Skelett?«

»Männlich, zwischen acht und zehn Jahren, mehr nicht. Keine äußeren Gewaltspuren, zumindest nichts, was an den Knochen festzustellen ist. Erckenried will einen weiteren Spezialisten hinzuziehen. Könnte sein, dass er mit dem nachher noch mal beim Fundort auftaucht.«

»Aha.« Jule war alles andere als begeistert. Es würde die Sensationslust der Leute weiteranfachen. Was sie jetzt brauchten, waren Fakten, die dem Gerede ein Ende setzten. »Ich sag Michael Bescheid. Er kommt, sobald er sich freimachen kann. Sie verstehen sicher: Bei uns ist Hochsaison.«

»Wenn er nicht pünktlich da ist, werde ich ihn in einem Streifenwagen abholen lassen. Zur Not in Handschellen«, bellte der Kommissar in den Hörer. »Und glauben Sie mir: Es würde mir das größte Vergnügen bereiten!«

Michael hockte an der Außenwand des vorderen Waschhauses und reparierte einen Wasserhahn. Jule blickte hinunter auf seinen gebeugten Rücken und die sehnigen, gebräunten Oberarme. Das weiße T-Shirt war am Rücken verschwitzt. Sein Haar kräuselte sich feucht im Nacken. Er war so vertieft in seine Arbeit, dass er sie gar nicht bemerkte.

Eine Welle der Zärtlichkeit stieg in ihr auf. Heute Morgen im Bett hatten sie sich versöhnt. Jule hatte sich für ihr Verhalten entschuldigt, worauf er ihr eröffnet hatte, dass Annalena Dyckerhof gestern offenbar gesund und munter auf dem Stellplatz der Familie aufgetaucht war. Dann hatten sie miteinander geschlafen, und für eine kurze Weile war die Welt wieder in Ordnung gewesen.

»Micha?«, sprach sie ihn jetzt an.

Er fuhr zusammen und ließ die Rohrzange fallen. »Mensch, hast du mich erschreckt!«

Sie informierte ihn über Wesselings Anruf, und Micha

nickte verdrossen. »Der lässt nicht locker, was? Pass auf, der findet noch einen Grund, um mich einzubuchten.«

»Quatsch, das wäre doch total an den Haaren herbeigezogen.«

»Der Bulle hasst mich«, widersprach Micha düster, »dem ist alles zuzutrauen.«

In dem Moment kamen zwei Personen über die Wiese auf sie zugelaufen. Der Mann, ein blonder Mittdreißiger mit tiefen Geheimratsecken, gekleidet in rosa Polohemd, weiße Shorts und Turnschuhe, stürmte vorn weg. Die Frau dahinter war zweifellos Ellen Dyckerhof. Sie trug ein hellblaues Minikleid, Riemchensandalen in der gleichen Farbe und hatte rote Flecken im Gesicht. Ihre Augen waren von derselben übergroßen Sonnenbrille bedeckt, die sie gestern schon getragen hatte. Als Ellen näher kam, konnte Jule trotzdem sehen, dass sie geweint hatte. Eine von Schminke verfärbte Tränenspur zog sich bis zum Kinn hinunter.

Der Mann dagegen wirkte bis aufs Äußerste erbost. Sein Gesicht glühte rot vor Zorn, die hellen, dichten Brauen über der großen, geschwungenen Nase waren grimmig zusammengezogen. Jule bemerkte den dicken Ehering an seinem Finger und die goldene Rolex mit eingesetzten Brillanten am Handgelenk.

»Sind Sie Frau Maiwald?«, herrschte er sie an und schnappte gleichzeitig besitzergreifend die Hand Ellens. »Meine Frau sagt, Sie kümmern sich kein bisschen darum, dass unsere Tochter seit gestern spurlos verschwunden ist!«

Jules Blick flog zu Michael. Der guckte verwirrt.

»Detlef, das stimmt so nicht«, jammerte Ellen. »Ich hab' dir doch schon gesagt, dass …«

»Hör auf zu flennen! Du hast ja wohl gesunde Augen im

Kopf, mit denen du erkennen kannst, ob jemand im Zelt liegt oder nicht …«

»Aber ich dachte, sie liegt in ihrem Schlafsack und hat sich die Decke über den Kopf gezogen! Es sah wirklich so aus, nicht nur wie ein Kissen!«

»Lass den Sekt aus dem Kopf, dann kriegst du auch mit, was Sache ist!« Detlef Dyckerhof atmete tief durch, wandte sich von seiner Frau ab und sagte schneidend zu Jule: »Fest steht, dass meine Tochter Annalena offenbar seit gestern Mittag vermisst wird; und Sie als Campingplatzbesitzerin haben nichts unternommen! Ich werde jetzt eine Vermisstenanzeige bei der Polizei aufgeben und Sie anzeigen!«

»Moment mal.« Michael war jetzt vorgetreten. »Immer langsam …«

Detlef Dyckerhof musterte ihn abschätzend von oben bis unten. »Was mischen Sie sich denn ein? Lassen Sie sich nicht von Ihrer Arbeit ablenken, Sie …«

»Faßbinder mein Name. Der *Eifelwind* gehört Jule und mir gemeinsam. Halten Sie mal die Luft an.«

»Sagen Sie mir nicht, was ich zu tun habe! Meine 13-jährige Tochter ist verschwunden. Nach einem Eklat mit Ihrer … Ihrer Lebenspartnerin! Meiner Meinung nach sind das unhaltbare Zustände hier!«

»Detlef, bitte!« Ellen trat einen Schritt vor.

Ihr Mann schubste sie grob zur Seite, worauf Micha ihn am Arm packte. Jule sah den gerechten Zorn in seinem Gesicht auflodern. Er verabscheute es, wenn Männer sich an Frauen vergriffen. Gleich würde die Situation eskalieren.

Schnell ging sie dazwischen. »Bitte«, beschwor sie Dyckerhof und bedachte gleichzeitig Micha mit scharfem Blick, »wir glaubten gestern Nacht wirklich, Annalena sei wohlbehalten aufgetaucht, wie Ihre Frau offensichtlich auch. Dass dem nicht so ist, ist natürlich furchtbar. Ich werde sofort sämtliche Mitarbeiter des Platzes mobilisieren, um das Gelände zu durchkämmen. Falls wir sie nicht finden, wird die Polizei verständigt. Aber Ihre Tochter ist aus eigenen Stücken abgehauen. Vergessen Sie das bitte nicht!«

Detlef schnaubte verächtlich, doch er schien langsam zur Vernunft zu kommen. »Okay.« Er nickte. »Ich hoffe, dass sich alles als harmlos aufklären wird. Wenn nicht, dann ...«

Er setzte sich in Bewegung, ohne seine Frau eines Blickes zu würdigen. Jule berührte Ellen besänftigend an der Schulter. »Kommen Sie ...«

Die Blondine lächelte verkrampft. Jule tat sie furchtbar leid, und das nicht nur wegen der quälenden Angst um Annalena. Ihr Mann war ja ein richtiger Widerling. Wie hielt die arme Frau das bloß aus?

Annalena blieb unauffindbar. Detlef und Ellen Dyckerhof fuhren schließlich im Konvoi hinter Michas Lieferwagen zur Polizeiwache nach Euskirchen. Detlef Dyckerhof hatte darauf bestanden, das eigene Fahrzeug, einen protzigen, schwarzen Q 7, zu nehmen, während sich in die Fahrerkabine von Michas Lieferwagen auch Eddie und Miro quetschten. Heinz hatte sowieso in Euskirchen zu tun. Während der Fahrt erörterten Miro und Eddie ausgiebig die Sachlage.

»Also, wenn ihr mich fragt, lag das Gerippe schon seit Ewigkeiten da«, verkündete Eddie, »hat garantiert nichts mit dem Verschwinden von diesem Mädchen zu tun.«

»Und wenn doch?« Miro, der in der Mitte der Bank saß, fuchtelte wild mit den Händen herum, sodass er Micha komplett die Sicht nahm. »Was, wenn die Kleine den Mörder dabei beobachtet hat, wie der sich an der Baugrube rumgetrieben hat? Dann musste er sie doch ausschalten, oder?«

»Mm, könnte was dran sein«, murmelte Eddie, »und der Benny hängt auch irgendwie mit drin.«

Micha verdrehte genervt die Augen und packte das Lenkrad fester. »Gleich erzählst du mir noch, dass es Benny Zierowski war, der vor wer weiß wie vielen Jahren hergekommen ist, einen kleinen Jungen umgebracht und im *Eifelwind* verscharrt hat«, höhnte er. »Als er selbst noch ein Kind war! Und jetzt ist er zum Tatort zurückgekehrt, um die Tat zu vertuschen.«

»Quatsch!« Miro boxte Micha gegen die Schulter. »Aber Benny könnte doch was beobachtet haben. Das hat ihn so sehr geschockt, dass er abgehauen und eben nicht nach Hause gefahren ist.«

»Wehe du erzählst diesen Schwachsinn den Bullen!« Micha funkelte Miro aufgebracht an. »Kein Wort darüber zu denen! Überhaupt: Ich will nicht, dass einer von euch den Jungen überhaupt erwähnt! Damit, dass er getürmt ist, macht er sich total verdächtig! Nicht wegen dem dämlichen Skelett – die Geschichte ist, wie Eddie sagt, bestimmt schon ewig her –, sondern wegen Annalena Dyckerhof! Ich kenne Wesseling! Wenn der rauskriegt, dass Benny und sie ständig zusammenhingen, schießt er sich voll auf den Jungen ein. Dann wird Benny ruck, zuck zum Kinderschänder abgestempelt, sag ich euch. Und ich muss euch doch nicht erklären, was das bedeutet: Großfahndung, durchgeknallte Bullen, bis an die Zähne bewaffnet, SEK. Also, haltet Benny raus!«

»Okay …«, meinte Eddie erschrocken. »Aber was, wenn Benny wirklich …? Ich meine, der Junge ist nicht ganz richtig im Kopf, oder? Und diese … Freundschaft zu einer 13-Jährigen. Das ist doch echt nicht normal.«

»Na ja, das Mädel ist ziemlich frühreif, ich meine nicht vom Aussehen, sondern von der Art. Wie sagt man: abgeklärt«, widersprach Miro sofort. »Ich hätte die nicht für so jung gehalten. Und der Benny ist zwar manchmal ein bisschen von der Rolle, aber eigentlich echt in Ordnung. Nee, ich glaube, der ist bloß deshalb nicht zu Hause erschienen, weil er mächtig Schiss vor seinem Alten hat. Micha hat schon recht, wir sagen nichts von Benny. Und überhaupt: Man wird uns doch nur wegen dieser ollen Knochen befragen, oder, Micha?«

»Hoffentlich. Aber ich bete darum, dass Annalena bald von selbst auftaucht. Ich kann mir nicht vorstellen, dass ihr was passiert ist. Die hat eben auch Muffensausen.«

Doch was, wenn sie nicht von allein zurückkam?, überlegte er gleichzeitig fieberhaft. Vielleicht hingen Bennys und ihr Verschwinden ja tatsächlich zusammen! Waren die beiden etwa im Doppelpack getürmt?

Verfickte Scheiße, warum war dieses Skelett bloß ausgerechnet jetzt aufgetaucht? Jetzt, wo es so knüppelvoll im *Eifelwind* war, dass jede Hand gebraucht wurde? Sonst würde er sich glatt heute Abend noch aufmachen, um nach den beiden zu suchen.

In der Mittagspause war es recht ruhig auf dem Platz, und die Rezeption hatte geschlossen. Jule saß zu Hause am Laptop, um E-Mails zu beantworten. Inzwischen machte sie sich schreckliche Sorgen um das verschwundene Mädchen. Auch befürchtete sie, dass Benny Zierowski etwas mit seinem Verschwinden zu tun hatte. Sie mochte den Gedanken nicht weiterverfolgen, denn der junge Mann war ihr nicht geheuer, und sie traute ihm tatsächlich einiges zu.

Also versuchte sie, sich auf die Anfragen und Reservierungen zu konzentrieren. Vergeblich! Ständig ertappte sie sich dabei, in Gedanken die Orte aufzuzählen, an denen sie noch nicht gesucht hatten: in Steinbach, in Eichweiler, in der Jagdhütte hinter dem Kamm, in Bad Münstereifel oder

Mechernich – vielleicht war Annalena mit dem Bus hingefahren. Als das Telefon klingelte, schrak sie zusammen. Die kurze Ziffernfolge auf dem Display des Hörers verriet ihr, dass es Gerti war.

»Kend, dä Jong määch mich verröck«, beschwerte sich die alte Frau mit brüchiger Stimme. »Dä stellt hieh alles op dr Kopp. Hä ess net ze bändije!!«

Jule runzelte die Stirn. Gerti hatte angeboten, auf Lars-Friedrich aufzupassen, während seine Eltern eine Vermisstenanzeige aufgaben. Aber anscheinend ging das über ihre Kräfte. Nun ja, Gerti hatte ziemlich abgebaut in den Jahren nach Hermanns Tod. Von ihrer kernigen Energie und der robusten Art war wenig übrig geblieben.

»Dann geht doch raus und macht einen Spaziergang«, schlug Jule vor. »Auf den Spielplatz würde ich allerdings zurzeit nicht gehen; kann sein, dass dieser Erckenried gleich anrückt. Der Fundort von diesen Knochen ist ja direkt nebenan. Das muss nicht sein, aber Enten füttern am Angelsee?«

»Hühr mir bloß op, hann mir alles schon henner oss. Dä Kleijn wär mir bahl in et Wasser jefalle, esu schlemm hät hä die ärm Diere jescheuch.«

Jule seufzte. Gerti war tatsächlich völlig überfordert mit der Kinderbetreuung. Dabei hatte sich Lars-Friedrich in den letzten beiden Wochen immer brav benommen. Es konnte doch nicht schwer sein, diesen zarten Sechsjährigen zu beschäftigen.

»Und was ist mit anderen Kindern? Geht mal zu den Stellplätzen am Waldrand. Dort sind einige Familien mit kleineren Kindern. Vielleicht möchte er mit denen spielen.«

»Johde Enfall.«

Im selben Moment hörte Jule ein Scheppern im Hintergrund, dann von Gerti ein: »Oh nä, net die johde Keramikschössel! Jule, danke, ävver jetzt moss i-esch ens mal de

Schirwele opkehre …« Dann wurde die Verbindung unterbrochen.

Jule musste grinsen. Gleichzeitig erwog sie, Michas Großtante bei der Beaufsichtigung zu helfen. Doch das Klingeln an der Haustür machte ihr einen Strich durch die Rechnung. Draußen standen Erckenried und ein kleiner, verschrumpelter Alter mit Glatze.

»Ich hatte Sie doch gebeten, die Campinggäste vom Fundort fernzuhalten«, bellte der Gerichtsmediziner anstelle einer Begrüßung. »Stattdessen finden der Kollege von der Archäologie und ich das hier in der Baugrube! Eindeutig der Beweis, dass jemand dort herumgekraucht ist!« Er hielt ihr vorwurfsvoll ein rechteckiges Stück Pappe vor die Nase. Es war eine ziemlich zerknickte Fußballsammelkarte. »Die war gestern noch nicht dort!«

Jule nahm das Corpus Delicti entgegen. »Mm, das tut mir leid. Aber so ein Flatterband reicht zur Absperrung auch kaum aus, oder? Ich kann meine Augen schließlich nicht überall haben. Deshalb brauchen Sie mich nicht gleich so anzupflaumen. Es wäre doch die Aufgabe der Polizei, die Stelle zu bewachen!«

»Genau das würde die Schaulustigen auf den Plan bringen. Ich dachte, wir tun Ihnen einen Gefallen, wenn wir es unterlassen. Aber jetzt ist es eh zu spät. Vorhin schlich schon ein Reporter von der *Eifeler Rundschau* über den Platz.« Unvermittelt lächelte Erckenried. »Aber okay, dafür können Sie wirklich nichts. Ist eben der Lauf der Dinge.« Er atmete durch und sah ihr tief in die Augen: »Hätten Sie vielleicht einen Kaffee für uns? Wir sind ziemlich erschöpft nach unserer Arbeit in dem alten Kellergewölbe. Obwohl es recht aufschlussreich war. Das ist übrigens Professor Dr. Manfred Lehmann, Archäologe. Manni, darf ich vorstellen? Frau Maiwald, Besitzerin dieses schönen Fleckchens Erde.«

»Ja klar, bitte kommen Sie rein.«

Bald saßen alle drei mit einem Latte macchiato aus Jules Kaffeevollautomaten auf der Terrasse. Es war sehr warm und drückend, doch im Schatten konnte man es aushalten.

»Gibt es neue Erkenntnisse?«, erkundigte sich Jule nach einer Weile harmloser Plauderei über das Wetter.

Erckenried und Lehmann nickten einmütig.

»Ja, könnte man so sagen, aber ...« Erckenried sah sie bedauernd an. »Leider dürfen wir Sie nicht ins Bild setzen.«

»Aber ... wir im *Eifelwind* müssen doch wissen, ob ein Verbrechen vorliegt und wie lange es ungefähr her ist. Besteht beispielsweise akute Gefahr für die Campinggäste?«

»Tut mir leid, Order von *oben*.« Beim letzten Wort verzog er ironisch das Gesicht. »Aber sagen wir es mal so: Machen Sie sich keine Sorgen. Wesseling hat alles im Griff. Und wenn wir gleich weg sind, ist der Fundort wieder freigegeben. Nicht, dass Sie dort in nächster Zeit weiterbauen sollten – das müssen Sie mit der Kripo abklären. Aber von uns aus war's das. Obwohl ...« Seine Augen hinter der Brille blitzten herausfordernd. »Eigentlich schade. Hier mit Ihnen Kaffee zu trinken, das hat schon etwas für sich. Könnte ich öfter genießen.« Er nahm noch einen Schluck aus seinem Glas, wobei er sie nicht aus den Augen ließ.

Sie spürte, wie sie errötete. Schleunigst wendete sie sich dem Archäologen zu. »Warum hat man eigentlich Sie zu dem Fall hinzugezogen, Herr Professor Lehmann? Ist Archäologie nicht eine Wissenschaft, die sich mit lange vergangenen Begebenheiten beschäftigt? Ich bringe sie, ehrlich gesagt, seit meiner Jugend mit der Antike und Schliemann in Verbindung? Die Entdeckung von Troja und so was.«

»Lange her – das ist relativ, wie überhaupt der Begriff der Zeit.« Der Alte schmunzelte, wobei sich sein Gesicht in tiefe Falten legte und die kleinen, blassen Augen fast darin verschwanden.«Ich kann Ihnen nur so viel verraten: Zu einem Tatort, an dem vor Tagen, Wochen oder Monaten ein Verbrechen geschehen ist, werde ich eher nicht hinzugezogen. Der Schwerpunkt meines persönlichen Wirkens liegt dann schon mindestens fünfz…«

»Manni!« Erckenried fasste Lehmann am Arm. »Sie horcht dich aus.«

»Oh.« Berger klappte den Mund zu, kurz blitzte der Schalk in seinen Augen auf, dann tätschelte er gönnerhaft Jules Hand. »Junge Frau, Sie müssen sich gedulden. Leider. Gern hätte ich Ihnen die Auskünfte gegeben, die Sie brauchen, damit Ihr Betrieb wieder normal laufen kann. Aber, wie Hajo schon sagte: Entspannen Sie sich. Die Kripo ist bereits über die Umstände informiert. Falls Sie sich allerdings für zeitgeschichtliche Archäologie interessieren: Ich habe 1998 ein Werk herausgebracht, das vielleicht etwas für Sie sein könnte. Der Titel lau…«

»Manni, es reicht!« Erckenried erhob sich geschmeidig zu seiner vollen Größe. »Lass die Andeutungen. Wesseling hat hier das Sagen, nicht wir.« Er rückte sich die Brille gerade, bevor er seine volle Aufmerksamkeit erneut auf Jule richtete. »Wir müssen uns leider verabschieden.« Der Rechtsmediziner griff in die Brusttasche seines zerknitterten Jacketts und entnahm ihr eine Visitenkarte. »Aber rufen Sie mich gern an, wenn Ihnen danach ist beziehungsweise Ihnen noch etwas zum Leichenfundort einfällt. Könnte ja sein. Komm, Manni … bevor du dich um Kopf und Kragen redest.«

Sie schaute zu ihm hoch. Seine Attraktivität war augenscheinlich, und dass er sich ihrer bewusst war, ebenso. Ihr wurde ganz schummerig zumute.

Kaum hatten sie das Grundstück verlassen, schnappte Jule sich ihren Laptop. Mit fliegenden Finger gab sie bei Google »Dr. Manfred Lehmann, Archäologe, Buch, 1998«

ein. Was sie Minuten später auf dem Bildschirm las, stimmte sie sehr nachdenklich.

Wesseling verhielt sich seltsamerweise ausgesprochen zahm. Er sprach relativ höflich und – für seine Verhältnisse – respektvoll mit Micha. Sogar ein Pappbecher mit lauwarmem Automatenkaffee wurde ihm kredenzt. Trotzdem überkamen ihn im aufgeräumten Büro des Kommissars, dessen Wände mit Fahndungsfotos gespickt waren, unbehagliche Gefühle. Seine Hände fingen an zu schwitzen. Hier auf der Polizeiwache in Euskirchen, umgeben von lauter Bullen, in der Höhle des Löwen sozusagen, war der letzte Ort, an dem er sich aufhalten wollte. Vor zwei Jahren hatte er sich fest vorgenommen, nie mehr in seinem Leben mit der Staatsgewalt in Berührung zu kommen. Na, das hatte ja super geklappt!

Wesseling bot ihm den Besucherstuhl jenseits des Schreibtisches an. Er selbst nahm in einem riesigen, ledernen Bürosessel Platz, rückte das einzige Foto gerade, das auf der Tischplatte in einem silbernen Rahmen stand und auf dem ein altes, beleibtes Ehepaar zu sehen war – vermutlich die Eltern des Kommissars – und schnappte sich einen Kugelschreiber. Rhythmisch ließ er die Mine vor- und zurückschnappen. Klick, klick, klick.

»Wie lange, sagen Sie, besaß Ihr Großonkel den Campingplatz?«, erkundigte er sich nach einer ganzen Weile und legte dann erst den Stift zur Seite.

Michael brauchte nicht lange zu überlegen, obwohl ihn die Frage verwunderte: »Seit 1970, so steht es in den *Eifelwind*-Broschüren. Aber das Land gehörte ihm schon länger, er hatte es von seinem Vater geerbt. Die Weyers stammen aus Steindorf, seit Generationen schon.«

»Und dieses Haus, in dessen Keller das Skelett des Kin-

des gefunden wurde: Wann wurde das erbaut, beziehungsweise seit wann existierte nur noch das Kellergewölbe?«

»Keine Ahnung. Dass da mal eine Hütte stand, hat mir
nie jemand gesagt. Sonst hätte ich ja nicht ausgerechnet an
der Stelle den Pool ausheben wollen. Der Untergrund war
knüppelhart. Erst als der Bagger in das Kellerloch gesackt
ist, ist es Eddie wieder eingefallen. Er sagte, dass dort einmal ›Hannis Hütte‹ gestanden habe. Keine Ahnung, was das
heißen soll. Fragen Sie doch ihn. Vielleicht weiß er mehr?
Und ich kann gehen.«

Er musste sich an die Armlehnen des Stuhles klammern,
um sich selbst am Aufspringen zu hindern, so stark war der
Impuls, auf der Stelle die Flucht zu ergreifen.

Wesselings kleine Augen wurden hart wie Kieselsteine.
Mit unvermittelter Aggression beugte er sich vor. »Nein,
wir sind hier noch nicht fertig. Ich bestimme, wann das
Gespräch zu Ende ist!«

»Schon gut.« Micha lehnte sich zurück, atmete durch
und war fast froh, dass der Hauptkommissar endlich sein
wahres Wesen an den Tag legte. Damit konnte er besser
umgehen als mit der Pseudofreundlichkeit zuvor. Er nippte
an seinem Kaffee, linste vorsichtig zu Wesseling rüber und
wartete ab.

»Wusste Ihre Großtante von dem Gebäude?«

»Klar, gehe ich von aus. Aber ich habe sie bisher nicht
danach gefragt.«

»Das überlassen Sie auch mal besser der Kripo.« Wesseling rollte mit den Füßen den mächtigen Bürosessel nach
hinten und erhob sich schnaufend. »Bestellen Sie Frau Weyers, dass ich sie zu sprechen wünsche. Morgen gegen Mittag werde ich zum Campingplatz kommen. Ich bin nämlich später noch in Eichweiler bei Verwandten zum Kaffee
eingeladen. Bis dahin …«

In dem Moment wurde die Bürotür aufgestoßen. Eine junge Blondine in blauer Polizeiuniform schneite herein. Ihr hübsches rundes Puppengesicht schaute höchst besorgt. »Hauptkommissar Wesseling? Hätten Sie einen Moment? Es gibt eine verdächtige Dopplung von Tatorten auf dem Steinbacher Campingplatz, wie mir scheint. Wir von der Vermisstenstelle …«

Es war ein reiner Reflex, dass Micha aufsprang. Bloß weg hier.

»Moment, Faßbinder. Setz dich. Aber dalli!«, schnauzte der Kommissar. Micha gehorchte ergeben. Dann traten Wesseling und die Blondine in den Flur hinaus. Micha hörte ihr Gemurmel durch die angelehnte Tür hindurch. Er seufzte. Das war's dann wohl. Jetzt würde es richtig Ärger geben.

Zwei Minuten später wurde er auf seinem Stuhl immer kleiner, während Wesseling äußerst aufgebracht und gleichzeitig triumphierend hin und her durch das Büro tigerte und auf ihn einredete: »Du hast wohl gedacht, wir würden nicht dahinter kommen, wie? Seit gestern Mittag wird das Mädel vermisst! Nachdem der Sohn von deinem Knastkumpan sie zum Kiffen verführt hat! Ungefähr zur gleichen Zeit als du und deine Freunde die Skelettteile gefunden haben. Das stinkt doch zum Himmel.«

Micha schwirrte der Kopf. Wie hatten die Beamten von der Vermisstenstelle so schnell herausfinden können, wer Benny Zierowski und wer sein Vater war? Selbst Eddie und Miro hatten keine Ahnung, dass Willi und er sich aus der Haftzeit in Bochum Krümmede kannten. Außerdem hatte man beide Campingplatzangestellte in den Räumen der Mordkommission befragt, nicht bei der Vermisstenstelle. Er kapierte gar nichts mehr. Doch allmählich kroch Panik in ihm hoch. Der fette Kommissar tat genau das, was Micha die ganze Zeit befürchtet hatte: Er warf beide Fälle in einen

Topf, rührte kräftig darin herum und fischte sich am Ende mal wieder ihn als Hauptverdächtigen heraus.

»Faßbinder, das alles sieht nicht gut für dich aus«, drohte er gerade, »und auch nicht für deinen kriminellen Schützling.«

»Er ist nicht kriminell!« Langsam wurde es Micha zu bunt. »Der Junge ist etwas neben der Spur, aber völlig harmlos. Ein großes Kind.«

»Warum ist er dann geflüchtet?«

»Ist er doch gar nicht! Wir haben ihm nach dem Vorfall gekündigt, also ist er zurück nach Hause gefahren.«

»Wo er bisher nicht aufgetaucht ist! Faßbinder, verkauf mich nicht für blöd. Meine Leute von der Vermisstenstelle waren verdammt flott. Benjamin Zierowski ist nie in Kaarst angekommen. Das wissen wir von seiner Stiefmutter. Seit gestern Mittag ist er wie vom Erdboden verschluckt!«

»Aber da kann ich doch nichts für!« Vor Zorn verschwamm alles vor Michas Augen. Wesseling wurde zu einem undeutlichen, riesigen Fettfleck. Er hatte ein Summen in den Ohren, das immer lauter wurde. Unerträglich laut. Micha stieß seinen Stuhl zurück, sodass er umfiel und auf den Linoleumboden knallte, und baute sich vor dem Kommissar auf. Wie von selbst ballten sich seine Fäuste, und er reckte das Kinn vor. »Mir reicht es, verdammt! Mit welcher Begründung hältst du Scheißbulle mich eigentlich hier fest? Ich habe mit der ganzen Sache nichts zu tun, und im *Eifelwind* wartet ein Haufen Arbeit …«

Wesseling wich zurück Richtung Bürotür. »Kollegen!«, brüllte er hinaus in den Flur, und Micha hörte Furcht, aber auch so etwas wie Genugtuung in seiner Stimme. »Könnte bitte mal jemand …?«

Im selben Moment klingelte Michas Handy. Die Melodie verriet ihm, dass es Jule war. Seine Wut fiel in sich zusammen wie ein Kartenhaus. Er ließ die Fäuste sinken und plumpste zurück auf seinen Stuhl.

»Schon gut, tut mir leid«, beschwichtigte er den Kommissar, »ich bin brav. Versprochen.« Mit zittrigen Fingern kramte er in der Jackentasche nach dem dudelnden Gerät.

Er hatte kaum Zeit, sich anzuhören, welche Neuigkeiten Jule für ihn bereithielt, denn schon kam Angela Schneider in Wesselings Büro gerannt.

»Dieter, alles klar?«, wollte sie beunruhigt wissen. Ihr Blick flog zwischen beiden Männern hin und her.

Wesseling nickte. »Alles wieder im Griff. Aber Faßbinder hat sich gerade einen tätlichen Angriff auf einen Staatsbeamten geleistet. Beamtenbeleidigung kommt noch dazu.« Wesseling wandte sich an Micha. »Leg das Ding weg, verdammt noch mal! Eine Nacht Gewahrsam hier in der Wache wird dir guttun. Hätten Sie mal ein Paar Handschellen für mich, Frau Kollegin?«

Micha legte auf und ließ das Handy zurück in seine Tasche gleiten. Er spürte, wie ihm vor Hass schwindelig wurde. »Du wirst mich nicht einbuchten, Fettsack«, hörte er sich selbst sagen. Es gelang ihm einfach nicht, ruhig und höflich zu bleiben. »Jule hat mir eben erzählt, dass das Skelett, das wir freigelegt haben, seit mindestens einem halben Jahrhundert dort lag, wahrscheinlich sogar noch länger! Der Spezialist, der hinzugezogen wurde, beschäftigt sich nämlich ausschließlich mit KZ-Ausgrabungen und Funden aus der Kriegs- und Nachkriegszeit des Zweiten Weltkriegs. Scheiße, das ist fast 70 Jahre her! Was soll ich damit zu tun haben? Ich bin erst 48! Was willst du mir eigentlich noch alles anhängen?«

Kommissarin Schneider stöhnte genervt auf, befestigte die Handschellen, die sie tatsächlich schon gezückt hatte, wieder an ihrem Gürtel und setzte sich auf die Schreibtischkante. »Dieter, hast du diese Informationen Herrn Faßbinder wirklich vorenthalten?«

»Mord verjährt nicht. Und ich muss doch diesen Leuten nicht alles auf die Nase binden, oder? Außerdem finde ich es höchst verdächtig, dass ausgerechnet am Tag des Leichenfundes zwei Personen vom Campingplatz verschwinden, die junge Tochter reicher Industrieller und der Sohn eines Komplizen von Faßbinder ...«

»Lass den Mann gehen.« Angela Schneider sagte es leise, aber bestimmt. »Benny Zierowski ist soeben zu Hause erschienen. Er hat wohl die Nacht in einem der alten Fahrzeuge auf dem Gelände des Gebrauchtwagenhandels seines Vaters verbracht. Der hat vor ein paar Minuten bei der Vermisstenstelle zurückgerufen.«

»Und was ist mit dem Annalena Dyckerhof?«

»Der Junge behauptet, sie seit dem Rausschmiss auf dem Campingplatz weder gesehen noch gesprochen zu haben.«

»Und das glaubst du?« Wesseling lachte trocken auf.

»Nicht unbedingt, aber Herr Faßbinder wird uns nicht dabei helfen können, das zu überprüfen.« Die Kommissarin ging zu ihrem Kollegen und legte ihm eine Hand auf die Schulter. »Lass ihn gehen. Steigere dich da nicht rein, bitte.«

»Aber, er hat mich bedroht ...«

»Das sah mir gar nicht danach aus, als ich reinkam. Entschuldige, Dieter. Das bringt doch alles nichts. Mach nicht aus einer Mücke einen Elefanten, so wie vor zwei Jahren.« Sie richtete sich an Michael. »Herr Faßbinder, wir brauchen Sie hier nicht mehr. Sie können gehen. Aber bitte halten Sie sich in den nächsten Tagen noch zur Verfügung und verlassen Ihren Wohnort nicht.«

Micha warf einen Blick zu Wesseling hinüber, der nicht widersprach, und machte dann, dass er weg kam. Er hatte es so eilig, dass ihm erst unten auf dem Parkplatz einfiel, dass er ja noch auf Miro und Eddie warten musste. Außerdem: Was war überhaupt mit Heinz? Und was machten eigentlich die Dyckerhofs?

Jule erwartete ihn auf der Terrasse unter der Markise mit einem eiskalten Bier. Inzwischen sah es mächtig nach Gewitter aus. Es war sehr schwül, und eine dichte Wolkenbank, dunkelgrau mit giftigem Gelbstich, verdunkelte den Himmel. Die Luft stand, sämtliche Vögel und Insekten waren verstummt.

Micha wirkte erschöpft, aber auch sehr erleichtert. Er ließ sich neben sie in einen Gartenstuhl fallen, griff mit der einen Hand nach der ihren und mit der anderen nach dem Glas.

»Danke, Schatz. Das kann ich jetzt gebrauchen.« Er nahm einen tiefen Schluck und lehnte sich zurück.

Sie strich mit dem Daumen über seinen Handrücken. »Wesseling hat also bestätigt, dass die Knochen aus der Zeit des Zweiten Weltkriegs stammen?«

»Indirekt, ja. Und die Schneider ist auch schon im Bilde gewesen. Aber dein Anruf war echt die Rettung in letzter Sekunde. Hat mich vor einer Nacht im Bau bewahrt. Ach ja, Benny ist übrigens aus der Versenkung zurück. Wohlbehalten. Zu Hause in Holzbüttgen, ohne die kleine Dyckerhof natürlich. Ich muss nachher unbedingt mit Willi sprechen. Er soll sich darauf einstellen, dass ihm die Bullen wegen dem Mädchen einen Besuch abstatten werden.« Ein Blitz zuckte über den Himmel, der inzwischen eine tiefviolette Färbung angenommen hatte. Dumpfes Grollen in weiter Entfernung folgte. Michael wischte sich den Schweiß von der Stirn. »Schöne Scheiße, aber immerhin können wir die Skelettstory abhaken. Zweiter Weltkrieg, Gott sei Dank. Wen juckt es heute noch, was vor 60 oder 70 Jahren passiert ist? Eine Sorge weniger …«

»Na ja«, Jule war skeptisch. »Immerhin könnte der Mörder noch leben. Und du weißt ja. Mord …«

»… verjährt nicht.« Micha feixte müde. »Schon klar, aber so ein 90- bis 100-Jähriger stellt wohl kaum eine Gefahr für unsere Gäste hier im *Eifelwind* dar. Und aller Wahrscheinlichkeit nach liegt auch der Täter seit Jahrzehnten unter der Erde – so wie sein Opfer.«

»Trotzdem wird Wesseling den Fall aufklären wollen. Du kennst ihn doch. Rechne damit, dass er uns noch ein paarmal belästigt.«

»Du meinst wohl Gerti. Wir beide sind viel zu jung, um ihm in der Sache behilflich sein zu können.« Er lehnte sich zurück und schloss die Augen. »Hoffentlich taucht dieser verdammte Teenie schnell von alleine wieder auf! Damit der Spuk endlich ein Ende hat ist und wir hier …«

Ein greller Blitz, fast zeitgleich mit einem lauten Krachen, unterbrach ihn. Jule zuckte zusammen. Wind kam auf, schon fielen die ersten Tropfen. Nach wenigen Sekunden war aus dem Nieseln heftiger Regen geworden. Im Garten bildeten sich tiefe Pfützen. Das Wasser floss in Bächen die Markise herunter auf die Terrassenbretter.

Micha sprang auf. »Ich dreh mal eine Runde über den Platz und überprüfe, ob auf den Stellplätzen alles in Ordnung ist«, rief er ihr durch das Rauschen hindurch zu.

»Warte, ich komme mit. Ich hole nur schnell einen Schirm!«

Bald waren sie trotzdem durchnässt bis auf die Haut. Das Gewitter tobte mit aller Macht. Der Himmel war zerklüftet von Blitzen, Donner krachte. Jule umklammerte Michas Hand und duckte sich unter den Schirm, den er wie ein Schild schräg über sie hielt. Trotz der entfesselten Naturgewalten um sie herum fühlte sie sich so glücklich wie seit Langem nicht mehr. Das hier war ihre Welt: der Campingplatz, seine warme Hand, die Souveränität und die Geborgenheit, die er ausstrahlte.

Bei den Campinggästen schien so weit alles in Ordnung zu sein. Die meisten Vorzelte waren mit Sturmgurten festgezurrt, die Menschen hockten einträchtig in den Wohnwagen oder Zelten. Verwaiste Campingstühle mit durchnässten Polstern zeugten von der Eile, in der die Leute in ihre Behausungen geflüchtet waren.

Jule und Michael kämpften sich gegen den Wind am Angelsee entlang bis zur Zeltwiese. Die Jugendlichen dort bereiteten ihnen die größte Sorge. Aber auch hier fanden sie weder zerfetzte Zeltplanen noch verstörte Camper vor. Stattdessen waren die Zelte fest verschlossen, gedämpftes Licht drang heraus. Nur der Müll, mit dem die Wiese trotz der vielen Mülleimer gespickt war und der durch den Wind über den Platz verstreut worden war, ärgerte die beiden.

»Morgen stoße ich denen mal ordentlich Bescheid«, rief ihr Micha durch das Tosen zu. »Komm, wir kehren um.«

»Ja, zu Gerti in die Rezeption!«, brüllte Jule zurück. Ihr Haar klebte ihr in nassen Strähnen am Kopf. In dem Moment stülpte sich der Schirm nach außen, und der Regen klatschte ihnen ungeschützt entgegen.

Micha lachte laut auf, klappte das kaputte Utensil notdürftig zusammen und stopfte es in den nächsten Mülleimer.

Jule sah ihn an, sein Haar, das sich ringelte und aus dem das Wasser tropfte, das nasse Gesicht, die blitzenden blaugrünen Augen.

»Das ist Freiheit!«, schrie er begeistert, breitete die Arme aus und umarmte sie plötzlich und heftig. »Ich liebe dich so sehr, weißt du das eigentlich?«

Es war nach 23 Uhr, als Jule und Michael die Rezeption verließen. Über ihnen spannte sich ein sternenklarer, hoher

Himmel; die Luft duftete rein. Die Wege und Wiesen waren noch matschig vom Regen.

Letztendlich hatte ihnen das Unwetter dann doch noch eine Menge Arbeit beschert.

Als sie zu Gerti in die Rezeption kamen, fanden sie dort ungefähr ein Dutzend Campinggäste vor, bei denen das Unwetter Schaden angerichtet hatte und die Hilfe brauchten. Die Dachluke eines uralten Wohnmobils war undicht geworden und hatte das Fahrzeug unter Wasser gesetzt, Vorzelte waren unter der Last der Wassermassen zusammengebrochen und der Strom war wegen defekter Kabeltrommeln mehrfach ausgefallen. Michael hatte den ganzen Abend unterwegs auf den Stellplätzen ausgeholfen, während Jule mit Panzerband, Werkzeug, Kabeln und heißen Getränken am Tresen die Stellung hielt.

Jetzt endlich war alles geschafft. Feierabend! Hand in Hand schlenderten sie nach Hause. Jule fröstelte in der kühlen Frühsommerluft. Ihre Kleidung war noch feucht. Eine Fledermaus flatterte in großen Bahnen über sie hinweg. Sie kuschelte sich an Micha. Es fühlte sich gut an, warm und richtig.

»Ich liebe dich auch«, flüsterte sie reichlich verspätet und küsste seinen Hals.

Eng umschlungen erreichten sie die Haustür zum Mobilheim. Jule nestelte den Schlüsselbund aus ihrer Hosentasche, als neben ihnen am Kirschlorbeer etwas raschelte. Dann ging alles sehr schnell. Etwas Großes flog auf sie beide zu und riss Micha zu Boden.

»Du sagst mir jetzt sofort, wo meine Tochter ist, du kleines Arschloch!«, brüllte jemand. Detlef Dyckerhof! Jule hörte einen heftigen Schlag, ein fieses Knirschen und danach Michas Stöhnen. Sie ließ ihren Schlüssel fallen und packte den Angreifer von hinten an den Schultern. »Aufhören!«

Aber sie wurde grob zur Seite gestoßen; die beiden Männer rollten über den Boden. Jule überlegte nicht lange und rannte um die Ecke zum Gartenschlauch, der ordentlich auf dem Schlauchwagen aufgerollt war. Heftig zog sie am Ende und drehte den Hahn weit auf. Ohne zu zögern, richtete sie den harten Wasserstrahl auf die Kämpfenden. Dyckerhof fuhr zusammen. Den Moment nutzte Micha, um ihm den Arm auf den Rücken zu drehen, so weit, bis er vor Schmerz aufbrüllte. Dyckerhof verlor jeglichen Kampfwillen; er entspannte sich und sein Körper erschlaffte. Schwer atmend standen beide Männer da – tropfnass.

»Na also. Ich hoffe, Sie sind jetzt vernünftig.« Jule warf den Schlauch ins Gebüsch und drehte das Wasser ab. Dann fischte sie ihren Schlüsselbund vom Boden. »Micha, bring Herrn Dyckerhof rein. So wie es aussieht, muss ich euch wohl erst trocken legen und dann verarzten.«

Im Lichte der Wohnzimmerbeleuchtung erschrak Jule vor allem bei Michaels Anblick. Seine Nase war stark angeschwollen und blutete. Detlef Dyckerhof sah auch nicht viel besser aus: Er hatte ein blaues Auge davongetragen.

»Ich glaube, du kannst ihn jetzt loslassen«, sagte Jule, und Dyckerhof nickte erschöpft. Während Micha im Bad verschwand, versorgte sie Dyckerhof mit Handtuch, T-Shirt und einer alten Jeans. »Sie können sich im Schlafzimmer abtrocknen und diese Sachen von Micha anziehen.«

Dyckerhof rümpfte zwar die Nase – wahrscheinlich ließ er sonst ausschließlich Designerklamotten an seine verwöhnte Haut –, gehorchte aber anstandslos.

Anschließend dirigierte sie die beiden Kampfhähne, die sich argwöhnisch beäugten und kein Wort wechselten, zum Sofa, wo sie sich in sicherem Abstand voneinander hinsetzten. Dort rückte sie den Blessuren mit nassen Waschlappen, Kühlpads, Salben und Pflastern zu Leibe.

Als sie Dyckerhofs Jochbein mit Kühlgel einrieb, sah sie die Tränen in seinen Augenwinkeln und die Verzweiflung in seinem Gesicht, die offensichtlich nicht von körperlichem Schmerz herrührten. Zum ersten Mal keimte in Jule Mitleid für den Mann auf.

»Es gibt also immer noch keinen Hinweis darauf, wo Annalena stecken könnte?«, erkundigte sie sich teilnahmsvoll.

»Die Polizei möchte mit der Suche noch bis morgen warten.« Dyckerhof klang zutiefst hoffnungslos. »Normalerweise leitet man eine Fahndung, wenn es um Kinder geht, sofort ein. Aber Ellen hat einiges über Annalena und unsere Probleme mit ihr ausgeplaudert. Jetzt sind sie davon überzeugt, dass sie abgehauen ist und bei Freunden steckt. Ich finde das absolut lächerlich!« Seine Lebensgeister schienen langsam zurückzukehren, denn er straffte sich; seine Stimme wurde deutlich lauter: »Es ist doch sonnenklar, dass der Sohn dieses Berufsverbrechers ihr etwas angetan hat! Und überhaupt: Wenn ich gewusst hätte, dass ich es hier mit kriminellem Gesocks zu tun habe, hätte ich diesen Campingplatz nie für meine Familie ausgesucht!« Böse fixierte er Micha, der den Kopf auf die Lehne des Sofas gebettet hatte und sich ein Kühlpad an die Nase hielt.

»Von wem wissen Sie eigentlich, woher ich den Willi kenne?«, murmelte der undeutlich.

»Ich habe meine Leute in Neuss. Die finden im Handumdrehen alles für mich raus. Ein Anruf hat genügt! Wer Sie sind und in welcher Verbindung Sie zu Zierowski stehen, haben meine Frau und ich schon während der Fahrt nach Euskirchen erfahren.«

»Bitte zappeln Sie nicht so herum!« Sanft drückte Jule ihn in das Polster. »Außerdem möchte ich, dass Sie sich in unserem Haus mäßigen. Michas Vergangenheit tut hier

69

überhaupt nichts zur Sache. Er hat lediglich einem Freund einen Gefallen getan, als er Benny im *Eifelwind* eingestellt hat. Und warum hätte der Junge Ihrer Tochter etwas antun sollen? Die beiden sind befreundet, Herrgottnochmal!«

»Aber wo steckt sie dann?« Ungehemmt flossen Dyckerhof jetzt die Tränen über das lädierte Gesicht. »Sie geht nicht ans Handy, ist einfach spurlos verschwunden. Nur weil Ellen sie nicht im Griff hat und sich immer nur um Lars-Friedrich kümmert! Sogar jetzt ist sie mir keine Hilfe, sondern springt bloß um unseren Jüngsten herum …« Ungeduldig wischte er sich die Wangen trocken. Jule bemerkte Schürfwunden an seinen Fingerknöcheln. Wieder regte sich Mitleid in ihr.

»Also sind Sie mit Ihrer Sorge völlig allein? Haben Sie denn gar keine Idee, wo Annalena hin sein könnte? Gibt es Freunde oder Verwandte …?«

Dyckerhof schüttelte den Kopf. »Keiner weiß was! Und alle sagen bloß: Ach was, die wird schon wieder auftauchen. Du weißt doch, wie sie ist.«

Jule runzelte die Stirn und hockte sich auf die Armlehne der Couch. »Also ist sie schon öfter abgehauen?«

»Ja, natürlich! Wegen dem Mobbing in der Schule. Deshalb hat meine Frau sie ja schon 14 Tage vor Pfingsten von der Schule befreien lassen. Sie sind doch hier auf dem Campingplatz, weil sie dreimal die Woche zu dieser Therapeutin nach Fringsheim fahren. Die Praxis ist nur einen Steinwurf entfernt.«

»Annalena wird in der Schule gemobbt?«

»Nein!« Dyckerhof schaute auf und blickte ihr trotzig in die Augen. In dem Moment ähnelte er frappant seiner Tochter. »Angeblich ist *sie* eine von denen, die ihre Mitschülerinnen mobbt! Sie besucht ein renommiertes katholisches Neusser Mädchengymnasium, wissen Sie. Vor Kurzem kassierte sie eine Klassenkonferenz wegen dieser Vorfälle. Jetzt droht ihr der Rausschmiss. Meine Frau und ich haben die Reißleine gezogen, indem wir sie vom Unterricht befreien ließen und wegen der Therapie in die Eifel kamen!«

Jule begriff. Sie hatte sich schon gewundert, dass das Mädchen nicht zur Schule musste. Auch Annalenas abweisende, schroffe Art passte nun ins Gesamtbild der Familiensituation, genau wie Ellen Dyckerhofs offensichtliche Überforderung.

»Das tut mir leid. Das alles muss furchtbar für Sie sein.« Sie lief in die Küche und kam mit einer Schnapsflasche sowie drei Gläschen zurück. »Ich schlage vor, wir beruhigen uns alle erst mal. Etwas Hochprozentiges kann nicht schaden, bevor wir überlegen, was wir tun können. Gemeinsam!«

Beschwörend schaute sie zu Micha herüber. Der nickte langsam.

»Gute Idee«, näselte er. Jule nahm mit Besorgnis wahr, wie sein malträtiertes Riechorgan mehr und mehr anschwoll.

UNTUGENDEN, LASTER
UND DER PFINGSTGEIST

Am Pfingstsonntag quälte sich Micha mit heftig schmerzendem Gesicht und einem schlimmen Kater aus den Federn, obwohl Jule ihn heute früh beschworen hatte, liegenzubleiben.

»Gerti und ich kriegen den Platz auch allein gemanagt. Bleib im Bett und kühle deine Nase. So kannst du dich ch nicht bei den Gästen blicken lassen. Außerdem hast du garantiert keine Lust, Hauptkommissar Wesseling zu begegnen, wenn der sich mit Gerti trifft.«

Dieses Gespräch hatte um halb sieben stattgefunden. Jetzt um elf hielt er es nicht mehr aus. In Unterhose und T-Shirt zog es ihn zum Kaffeevollautomat. Mit einem starken, schwarzen Kaffee setzte er sich auf die Terrasse und blinzelte in die helle Morgensonne. Ein strahlend blauer Himmel wölbte sich über dem *Eifelwind*. Es war sommerlich warm. Die feuchte Erde dampfte. Tief atmete Micha die frische Luft ein, allerdings durch den Mund. Anders ging es im Moment nicht. Dabei dachte er an gestern Abend zurück, an das Gespräch mit Detlef – man duzte sich jetzt – und an sein späteres Telefonat mit Willi.

Detlef Dyckerhof war, nachdem er zugegeben hatte, was für ein Früchtchen seine Älteste war, plötzlich total kleinlaut geworden. Und kooperativ. Micha kapierte nun auch, warum die Bullen gestern nicht sofort Alarm geschlagen und eine Fahndung veranlasst hatten, die Vorschriften dabei ignorierend, denn Annalena war des Öfteren von zu Hause ausgebüxt, manchmal tagelang.

Trotzdem verstand er Detlefs Besorgnis. Wohin hätte Annalena sich vom *Eifelwind* aus flüchten können? Sie kannte hier keine Sau. War sie vielleicht tatsächlich zusammen mit Benny an den Niederrhein gefahren? Weil auch Micha das für wahrscheinlich hielt, rief er bei den Zierowskis an, obwohl es inzwischen weit nach Mitternacht war.

Willi nahm sofort ab. Aber er beteuerte, dass sein Sohn allein nach Hause gekommen sei. Und er war extrem sauer. »Benny ist total von der Rolle und spricht kein Wort. Er hat sich in seinem Zimmer verbarrikadiert. Micha, was hast du mit meinem Jungen gemacht?«

Micha seufzte. Er stellte sich den Freund vor, wie er dasaß in seinem behelfsmäßigen Wohncontainer, die Bierwampe in ein Feinrippunterhemd gezwängt, Oberkörper, Arme und Hals bedeckt mit den typischen Knasttattoos. Willi hatte einige Jahre seines Lebens wegen Einbruch, Hehlerei und Körperverletzung gesessen. Inzwischen betrieb er gemeinsam mit seiner Lebensgefährtin diesen Gebrauchtwagenhandel im Industriegebiet von Holzbüttgen. Er trank und rauchte viel zu viel und spielte leidenschaftlich gern Karten – um Kohle natürlich.

Willi war ein guter Kumpel, immer großzügig und hilfsbereit und mit einem dröhnenden Lachen, das ansteckend war. Doch jetzt machte er sich ernsthaft Sorgen. Obwohl ihm sein einziger Sohn fremd war wie ein Marsmännchen und er sich dauernd fragte, warum der so falsch tickte, liebte er ihn offensichtlich von ganzem Herzen.

Benny hatte während Willis Haftzeiten im Heim gelebt, denn seine Mutter war früh gestorben. In Willi nagte ständig das Gefühl, bei dem Jungen etwas gutmachen zu müssen, weshalb er sehr nachsichtig mit ihm umging.

Dass Benny schlechte Noten mit nach Hause brachte, im Unterricht störte oder schwänzte, konnte Willi noch nachvollziehen. Er war selbst keine Leuchte in der Schule gewesen und hatte sie ohne Abschluss verlassen. Dass sein Sohn aber ständig sein Schulzeug verschlampte, am laufenden Band Fahrradunfälle baute, bei den Hausaufgaben herumzappelte, ohne ein Wort oder eine Zahl zu Papier zu bringen, oder nur vor sich hinträumte, machte Willi rasend. Manchmal war der Körper des Jungen nach dem Sportunterricht übersät mit blauen Flecken. Benny schien sie nicht mal zu bemerken.

Sonderbar war auch seine Fähigkeit, sich phasenweise geradezu manisch auf eine bestimmte Tätigkeit zu konzentrieren. Als Zwölfjähriger interessierte er sich urplötzlich für Modellflugzeuge. Stundenlang blätterte er in Fachzeitschriften, bastelte Modelle aus Balsaholz und warf mit Zahlen, Daten und Fakten nur so um sich, dass es Willi schwindelte. Mit 14 wurde er Fußballfan von Borussia Mönchengladbach, an sich nichts Besonderes in Kaarst und Umgebung. Aber nach kürzester Zeit kannte er nicht nur sämtliche Spielernamen und in welchen Vereinen sie bisher gespielt hatten, sondern auch deren Alter, die Größe, das Gewicht, die Schuhgröße, die Namen ihrer Frauen und Kinder und ihre bisherigen Wohnorte. Er ratterte alle Spiele und Meisterschaftsergebnisse auswendig herunter, an denen sie je teilgenommen hatten, und wusste die Höhe ihrer Ablösesummen.

Willi war das unheimlich, wie er Micha gestand. Stundenlang – oft bis spät in die Nacht hinein – hockte Benny vor dem Computer und brachte jede Kleinigkeit in Erfahrung, die es über seine Fußballstars zu wissen gab. Zu den Spielen selbst ging er so gut wie nie.

Mit knapp 18 verließ Benny ohne Abschluss die Schule – nach mehreren Ehrenrunden. Um seinen beruflichen Werdegang kümmerte er sich nicht. Stattdessen hatte er ein neues Hobby aufgetan: Erdbebenforschung.

Willi wurde fast wahnsinnig. Benny verkroch sich tagelang in sein Zimmer und rief Seiten von Wissenschaftlern, Geologen und Wetterdiensten auf. Sein Zimmer spickte er mit Fotos von Tsunamis und eingestürzten Häusern in irgendwelchen Erdbebengebieten der Welt. Außerdem kaufte er sich einen Seismografen.

Willi ließ ihn einige Zeit gewähren, dann wurde es ihm zu bunt. Kurzerhand besorgte er für Benny einen Job bei einem Kumpel an einer Kaarster Tankstelle. Anfangs schickte der Junge sich recht gut und freundete sich mit den Kollegen an. An der Kasse war er sogar ein echter Gewinn. In affenartiger Geschwindigkeit merkte er sich sämtliche Preise in dem kleinen Shop, von der Premium Spezialwäsche bis hin zum Schokoriegel. Allerdings vergaß er dafür, nach der Spätschicht den Laden abzuschließen, oder er verquatschte sich bei einem Bier mit dem Mechaniker, während die Kunden Schlange standen. Willis Kumpel sah sich die Sache ein paar Wochen lang an, ermahnte ihn ohne Erfolg, dann zog er die Konsequenzen. Benny musste gehen.

»Mit deinem Jungen stimmt was nicht«, orakelte der Tankstellenbesitzer noch. »Schick ihn mal zum Arzt.«

Und das tat Willi auch. Bloß, dass nichts dabei rauskam.

»Ich könnte noch einen IQ-Test machen«, sagte der Arzt im Abschlussgespräch zu Willi. Er musterte arrogant abwechselnd Vater und Sohn. »Aber ich sehe auch so, was los ist. Ihr Sohn hat ja nicht mal die Hauptschule gepackt. Meiner Meinung nach wäre er auf einer Förderschule besser aufgehoben gewesen. Und so ein Test wäre außerdem kostenpflichtig und ziemlich teuer für Sie.«

Als Benny und Willi das Behandlungszimmer verließen, hörte Willi den Mann noch etwas von »Der Apfel fällt nicht weit vom Stamm« murmeln, und er war lieber gegangen, bevor er die Beherrschung verlor.

Nach dem Arztbesuch gab Benny sich verstockter als je zuvor. Und nachdem er wiederum Monate vor dem Computer verbracht hatte und an den Wochenenden mit seinen Freunden von der Tankstelle regelmäßig saufen gegangen war, telefonierte Willi mit Micha, der ihm vorschlug, Benny könne im *Eifelwind* anfangen, zumindest für die Sommermonate.

Und nun hatte Micha es buchstäblich verkackt. Der Junge war ihm anvertraut worden, er hatte sich einfach nicht richtig um ihn gekümmert, und so war alles aus dem Ruder gelaufen. Die Kifferei mitten auf dem Platz mit einer Minderjährigen stellte nur die Spitze des Eisberges dar.

Micha blinzelte in die Sonne und überlegte, was zu tun war. Am liebsten würde er eher heute als morgen nach Kaarst fahren, um ein ernstes Wörtchen mit Benny zu reden. Aber leider ging das nicht. Kommissarin Schneider hatte ihm strikt untersagt, Steinbach und Umgebung zu verlassen. Was aber, wenn Jule …

Er konnte den Gedanken nicht zu Ende bringen, denn zwei Köpfe tauchten hinter den Rhododendren auf, ein grauhaariger und ein blonder.

»Frau Maiwald?«, fragte eine ausgesprochen tiefe Stimme ängstlich. »Sind Sie da? Bitte, es ist dringend. An der Rezeption war niemand, deshalb …«

Schwach erinnerte Micha sich, wen er vor sich hatte: das schwule Pärchen, das das Mobilheim *Eichenblatt* angemietet hatte. Er stand auf und ging auf die beiden zu. Der jüngere war weiß wie die Wand und umklammerte die rechte Hand des Grauhaarigen.

»Schmidt mein Name«, setzte der Ältere neu an. »Mein … Begleiter und ich haben gerade im Wald am Steinbach eine furchtbare Entdeckung gemacht. Ein Kind liegt dort im Wasser … tot. Bitte kommen Sie mit, es ist …«

»… schrecklich«, ergänzte der Blonde. Micha schätzte ihn auf höchstens 20 Jahre. »Wir haben es aus dem Wasser geholt und ans Ufer geschleppt.«

Erst jetzt sickerte die Nachricht in Michas Hirn. Annalena, Annalena Dyckerhof war tot. Ihn schwindelte. Seine geschwollene Nase pochte.

»Ich komme«, stieß er aus.

11 Uhr. Jule musste die Rezeption für ein paar Minuten schließen, da einige Campinggäste sich über die Lautstärke auf dem Zeltplatz beschwert hatten, während Gerti mit Hauptkommissar Wesseling in der *Eifelwind*-Kneipe zusammensaß. Schnell lief sie über die Wege Richtung Angelsee und Zeltwiese.

Schon von Weitem wummerten ihr die rhythmischen Bässe lauter Popmusik entgegen. Eine Horde Jugendlicher hockte im Gras um ein mickriges Feuer herum, das jemand in einer Grillschale angezündet hatte. Gelächter und Bierflaschengeklirr übertönten die Musik.

Jule stöhnte genervt auf und beschleunigte ihre Schritte. Das hier ging entschieden zu weit. Sie erreichte die Gruppe zwischen den Zelten, die vom Sturm gebeutelt windschief und schlapp dastanden, und sah sich nach der Quelle der Beats um. Sie entdeckte ein Smartphone in einer Art Ständer mit zwei kleinen Boxen daneben. Dieses winzige Ding verursachte solchen Lärm? Energisch trat sie näher und zog das Kabel heraus, das die Minianlage mit den Lautsprechern verband. Die Musik brach ab.

»Hey, was soll das?«, protestierten gleich mehrere Jungen und Mädchen.

»Es ist zu laut«, sagte Jule mit fester Stimme und sah sich in der Runde um. »Ich bin Frau Maiwald hier vom Campingplatz und muss euch bitten, etwas leiser zu sein …« Ihre

Augen überflogen jedes einzelne Gesicht, als sie plötzlich glaubte, sich verguckt zu haben. Das war doch gar nicht möglich, oder?

Es war gar kein Mädchen, das dort am Ufer des Steinbachs lag. Michael Faßbinder wurde leichenblass.

»Wer ist das?«, fragte er die beiden Männer perplex. »Das ist ja ein kleiner Junge!«

»Ja, ja, natürlich«, stotterte der Blonde, der sich Micha auf dem Weg zum Waldrand als Andreas Windinger vorgestellt hatte. »Hatten wir das nicht gesagt?«

»Nein.« Micha wurde eisig kalt. Sein Gesichtsfeld engte sich ein. In seinem Schädel hämmerte es. So schnell er konnte, kletterte er den mit Gräsern und Farn bewachsenen kleinen Abhang über Geröll, Stöcke und Moos bis zum Wasser hinunter. Währenddessen flimmerte der gelblich weiße Schädel in der Baugrube vor seinem inneren Auge auf – mit dem schockierten Eddie und dem Raupenbagger daneben. Der Junge lag mit dem Gesicht nach oben und geschlossenen Augen im Uferschlamm. Blondes Haar und Grünzeug verklebten sein Gesicht und machten es unkenntlich. Die Kleidung war durchnässt, der Reißverschluss der Jeansshorts stand offen, die Unterhose war verrutscht und gab den Blick auf das kleine Geschlechtsteil des Jungen frei. Ein Schuh fehlte. Als er näher kam, registrierte er eine klaffende Wunde am Kopf des Jungen. Vorsichtig schob er blonde Haarsträhnen und Algen zur Seite. Fliegen stoben auf. Der Junge hatte die Augen schlossen. Micha erkannte ihn sofort. Er kniete sich hin, um am Handgelenk den Puls zu fühlen. Dabei fielen ihm die blauen Flecken am Unterarm auf. Aber Moment, war da nicht ganz schwach etwas?

»Ich glaube, er lebt«, schrie er zu dem Pärchen hinauf, das Arm in Arm und totenbleich dastand. »Rufen Sie einen Rettungswagen, sofort! Außerdem brauche ich eine Decke und Verbandsmaterial. Und bitte, verständigen Sie die Dyckerhofs!«

Irritiert blieb Jules Blick an einem Mädchen mit braunen, glatten Haaren hängen, das versuchte, sein Gesicht hinter einer Alkopopflasche zu verstecken. »Annalena!«

Sie hob trotzig den Kopf. Ihr Gesicht sah verweint aus. »Ich geh' nicht mehr zu meinen Eltern und zu meinem nervigen kleinen Bruder zurück, das können Sie vergessen!«, fauchte sie. »Lassen Sie mich in Ruhe und hauen Sie bloß ab!«

Jule war sprachlos. Annalena hatte den Campingplatz gar nicht verlassen. Die ganze Zeit über, in der ihre Eltern sich Sorgen machten und die Suchaktion lief, hatte sie sich hier bei den Jugendlichen im Zeltlager befunden!

»Annalena, deine Eltern müssen doch wissen, dass es dir gutgeht«, stammelte Jule schließlich. »Sie haben fürchterliche Angst, dir könne etwas zugestoßen sein.«

»Ist es ja auch! 13 lange Jahre lang! Und mit Lars-Friedrichs Geburt wurde es noch schlimmer. Ich hasse sie! Ich hasse Lars-Friedrich! Und ich freue mich, wenn die drei sich wegen mir in die Hosen machen vor Schiss!« Sie lachte freudlos auf.

»Lassen Sie die Kleine in Frieden!«, mischte sich jetzt ein schwarz gekleideter dürrer Junge mit strähnigen blonden Haaren ein, der neben Annalena im Gras hockte. »Sie sind doch nicht ihre Mama, oder?«

»Nein, aber die glaubt, Annalena sei etwas Schlimmes zugestoßen! Und ihr alle hier habt dafür gesorgt, dass die Polizei alarmiert wurde, indem ihr sie bei euch versteckt habt. Die Kripo wird nachher hier auftauchen und sämtliche Campinggäste befragen, auch euch. Dann könnt ihr euch auf was gefasst machen …«

»Aber …« Der Junge wurde blass. Hilflos sah er in die Runde. Auch die anderen Teenager wirkten verstört und tauschten ratlose Blicke. Einige guckten böse zu Annalena rüber. In dem Moment ging ein Ruck durch das Mädchen.

»Okay, Sie haben gewonnen«, seufzte es ergeben und stand auf. »Ich komm' mit und sag meinen Alten, was Sache ist. Aber danach können die mich mal am Arsch lecken.« Annalena Dyckerhof warf die Flasche ins Gras und strich sich die Haare aus dem Gesicht, das immer noch denselben trotzigen Ausdruck trug. »Lassen Sie aber bloß meine Freunde hier in Ruhe. Die wollten nur helfen. Mehr nicht, okay?«

Micha zweifelte daran, dass dem kleinen Jungen noch zu helfen war. Trotz der stümperhaften Mund-zu-Mund-Beatmung und der Herzmassage, die er fieberhaft durchgeführt hatte, war er immer noch bewusstlos, der Körper unterkühlt. Die Decke, in die er ihn gewickelt hatte, schien nicht zu helfen.

Außerdem hatte Micha entdeckt, dass sich auch am Hinterkopf eine blutige Wunde befand – handtellergroß. Als Dirk Grotens in karierter Kochhose und fettbespritztem T-Shirt mit dem Erste-Hilfe-Koffer herbeigeeilt kam, versuchten sie gemeinsam, die Blutungen zu stoppen und die Wunden zu verbinden.

Martin Schmidt stand hilflos und wie erstarrt neben ihnen. Nachdem er telefonisch den Notarzt verständigt und Dirk geholt hatte, schien alle Lebensenergie aus ihm gewichen zu sein. Micha vermutete, dass das auf einen Schock zurückzuführen war. Endlich hörte er jetzt das Martinshorn des Rettungswagens. Im selben Augenblick erreichten Andreas Windinger, Ellen, Detlef und Annalena Dyckerhof sowie Jule die Böschung am Steinbach.

Beim Anblick ihres Sohnes schrie Ellen laut auf.

Und dann passierte etwas höchst Merkwürdiges. Anstatt auf direktem Weg zu Lars-Friedrich zu laufen, stürzte sie sich auf ihren Mann und schlug laut kreischend mit den Fäusten auf ihn ein. Völlig perplex hielt der schützend die Arme vors Gesicht, bevor er reagierte und Ellen hart an den Handgelenken packte, sie an sich riss und schließlich in eine Art Schwitzkasten nahm. Mehr konnte Micha nicht beobachten, denn gleichzeitig durchbrach etwas Großes laut schnaufend das Gebüsch.

»Was machst du da, Faßbinder?«, schrie Hauptkommissar Wesseling. In seinen Haaren hingen Blätter. Mit den feisten Händen umklammerte er seine Dienstwaffe und richtete sie auf Micha. »Hände weg von dem Kind!«

Automatisch riss er die Arme hoch.

Jetzt hast du endlich deinen Mordfall, Scheißbulle!, dachte er noch resigniert, *oder zumindest beinahe. Ich weiß, das wird dich freuen.*

Später hatte Jule das Gefühl, aus diesem Albtraum nie mehr aufwachen zu können. Annalena Dyckerhof war wohlauf, dafür würde Lars-Friedrich, ihr niedlicher Bruder, wahrscheinlich sterben.

Auch der Notärztin und den beiden Sanitätern war es nicht gelungen, ihn aus der Bewusstlosigkeit zu holen. Die Ärztin hatte von »Sauerstoffmangel, Koma und wahrscheinlicher irreversibler Schädigung des Gehirns« gesprochen, bevor der Junge mit einem nachbestellten Helikopter zur Uniklinik nach Aachen geflogen und die Mutter mit einem Nervenzusammenbruch per Rettungswagen ins nächste Krankenhaus abtransportiert worden war.

Jule konnte es immer noch nicht glauben. Dieser verträumte, zarte Kleine mit den strahlend blauen Augen, die ihn von innen leuchten ließen. Der so hübsch war, dass es schon fast weh tat. Irgendjemand hatte den Sechsjährigen laut Wesselings Rekonstruktion der Ereignisse hinterrücks niedergeschlagen und in den Steinbach geworfen. Der Kommissar wollte auch ein Sexualdelikt nicht ausschließen, wegen der geöffneten Hose des Kleinen.

Detlef und Annalena Dyckerhof waren im Auto hinter dem Rettungswagen hergefahren. Annalena hatte einen seltsam distanzierten Eindruck gemacht, so, als ginge sie das, was mit ihrem kleinen Bruder geschehen war, nicht das Geringste an. Merkwürdig war auch, wie sie sich Micha und Dirk Grotens gegenüber verhalten hatte: Sie würdigte die beiden keines Blickes und blieb in sicherem Abstand zu den Männern, die sich doch offensichtlich nach Kräften bemüht hatten, das Leben ihres Bruders zu retten.

Dirk seinerseits hatte Annalena immer wieder misstrauisch gemustert. Warum nur? Oder war es nur eine Einbildung gewesen?

Jule wurde das Gefühl nicht los, durch dichten Nebel zu waten und immer mehr an Bodenhaftung zu verlieren. Das, was zurzeit hier im *Eifelwind* geschah, war einfach zu viel. Sie konnte nur hoffen und bangen, dass Lars-Friedrich den Mordversuch überlebte. Der arme Kleine! Wer hatte ihm das bloß angetan?

Am Nachmittag nahm das Drama seinen Lauf: keine positive Kunde aus der Uniklinik. Im Gegenteil, Lars-Friedrich lag immer noch im Koma; es gab kaum mehr Hoffnung. Die Kriminalpolizei war mit mehreren Einsatzwagen angerückt, und auch die Spurensicherung hatte sich wieder eingefunden.

Derweil wurde an der Rezeption die Schlange der Campinggäste länger, die unbedingt abreisen wollten, aber von Wesseling daran gehindert wurden. Ohne zuvor durchgeführte, umfassende Befragung ließ er keinen der Gäste ziehen.

In der Wartezeit zahlten die Leute ihre Rechnungen, bauten die Vorzelte ab und packten Hab und Gut ein. Überall herrschte Aufbruchsstimmung. Gerti jammerte fortwährend vor sich hin, wie groß die finanziellen Einbußen sein würden und dass das der Campingplatz nicht verkrafte. Jule mochte so weit noch gar nicht denken.

Das Leid der Dyckerhofs hielt sie gefangen. Wer hatte etwas davon, diesen kleinen Jungen zu töten? Dass noch ein Fünkchen Leben in ihm steckte, hatte der Täter bestimmt nicht vermutet, und auch nicht, dass ihn zwei Spaziergänger so schnell finden würden – an jener einsamen Stelle im Wald, ein gutes Stück von dem Wanderweg entfernt, der vom *Eifelwind* nach Steinbach führte. War Lars-Friedrich einem Triebtäter zum Opfer gefallen? Oder steckte etwas völlig anderes hinter dem Anschlag?

Die Tatwaffe hatte die Spurensicherung übrigens bis jetzt nicht aufspüren können. Der Kleine war offensichtlich – den Gesprächen zwischen Erckenried und Wesseling zufolge, die Jule belauscht hatte – mit einem stumpfen Gegenstand mehrmals geschlagen worden. Infrage kam alles Mögliche: eine Waffe, die der Täter bei sich getragen hatte, oder aber etwas, das Wald oder Bachbett natürlich preisgaben, wie ein schwerer Ast oder ein handlicher Stein.

War der Angriff auf Lars-Friedrich spontan erfolgt oder handelte es sich um einen geplanten Mordversuch?

Jule erinnerte sich an Annalenas verstocktes Gesicht. Das Mädchen hatte völlig emotionslos auf das schreckliche Geschehen reagiert. Während die Eltern vor Verzweiflung und Angst fast wahnsinnig wurden, blieb es unnatürlich ungerührt. Das war doch höchst merkwürdig, oder? Hatte sie etwa …? Jule meinte, sich zu erinnern, dass sich die meisten Gewalttaten an Kindern innerhalb der Familie abspielten und es eher selten vorkam, dass der Täter ein Fremder war. Jule fiel wieder ein, dass der Hosenstall des Kleinen offen gestanden hatte. Das wies auf eine eher sexuell motivierte Tat hin, oder?

Und dann das seltsame Verhalten von Martin Schmidt und Andreas Windinger. Es war ihnen überhaupt nicht recht gewesen, länger als nötig im *Eifelwind* festgehalten zu werden. Abreisen wollten sie, und zwar sofort. Als Kommissarin Angela Schneider anordnete, dass sie ihre Zeugenaussage im Präsidium schriftlich niederlegen sollten, reagierte vor allem der ältere der beiden wichtigsten Zeugen reichlich ungehalten.

»Warum reicht unsere Aussage hier vor Ort denn nicht aus? Wir unterschreiben sie auch gerne. Außerdem wissen Sie doch auch von Ihrem Vorgesetzten, wie und wann wir das Kind vorgefunden haben. Wir waren spazieren. Gesehen haben wir niemanden außer den Kleinen, wie er kopfunter im Wasser lag. Es war schrecklich! Dann haben wir getan, was wir konnten.« Er hielt inne, räusperte sich und sprach mit belegter Stimme weiter: »Aber … wenn uns später noch etwas einfällt, werden wir die Kriminalpolizei selbstverständlich informieren. Bitte, wir müssen uns von diesem Schock erst einmal erholen, vor allem … Andi … Herr Windinger. Bedenken Sie sein Alter von gerade mal 21 Jahren. Er ist traumatisiert, das sehen Sie ja selbst.«

Aber die rothaarige Kommissarin hatte nur mit dem Kopf geschüttelt, bedauernd die Lippen zusammengepresst und war unerbittlich geblieben. »Die Vorschriften, verzeihen Sie, es geht leider nicht anders …«, hatte sie mit sanfter, aber fester Stimme erwidert, während ihr Blick nachdenklich zwischen Schmidt und dem blassen Windinger hin- und hergewandert war.

Jule versuchte, all diese verwirrenden Gedanken aus ihrem Hirn zu bannen und sich auf die Arbeit an der Rezeption zu konzentrieren. Gute Miene zum bösen Spiel. Mit betont freundlichem Gesicht stellte sie Rechnungen aus, nahm Geld oder EC-Karte entgegen und beantwortete höflich, aber zurückhaltend die Fragen der verstörten Gäste.

Irgendwann hielt sie es nicht mehr aus und rief in der Uniklinik an. Natürlich durfte die Sekretärin ihr keine Auskünfte geben, aber immerhin wurde sie auf die Intensivstation durchgestellt, nachdem sie erklärt hatte, wer sie war und dass die Dyckerhofs zu Besuch auf ihrem Campingplatz gewesen seien.

»Detlef und Ellen Dyckerhof sind mehr als Gäste«, behauptete sie. »Unser Kontakt ist inzwischen eher privat. Der Kleine hat sich bei uns sehr wohlgefühlt. Die Wiederbelebungsversuche hat mein Mann gemacht. Können Sie uns nicht wenigstens sagen, ob sein Zustand stabil ist? Wir machen uns solche Sorgen!«

Die Stationsschwester reagierte zunächst erwartungsgemäß zurückhaltend. Dann aber fasste sie sich ein Herz und sagte leise: »Es sieht nicht gut aus. Er ist immer noch komatös. Wir tun unser Bestes, aber das Gehirn war lange ohne Sauerstoff. Wenn er erst mal die Nacht übersteht … Bitte, aber mehr darf ich wirklich nic…« Dann wurde die Verbindung unterbrochen.

Jule starrte mit dem Hörer in der Hand ins Leere. »Es sieht nicht gut aus«, hallte die Stimme der Krankenschwester in ihr nach. Es sah nicht gut aus. Die Angst schnürte ihr die Kehle zu. Bitte nicht, bangte sie nur. *Lieber Gott, wenn es dich gibt, dann verschone diesen kleinen Jungen und seine Familie.*

Gerti schaute sie fragend an.

»Keine Veränderung«, sagte Jule kopfschüttelnd. »Es sieht nicht gut aus.« Mit Tränen in den Augen hatte sie Micha auf dem Handy angerufen.

Der reagierte genauso pessimistisch, wie sie es erwartet hatte. »Hab ich mir schon gedacht. Wer überlebt so etwas schon? Erst diese Kopfverletzungen und dann so lange unter Wasser …«

Um 20 Uhr machten Gerti und Jule die Rezeption dicht.

Inzwischen waren die meisten Gäste abgereist, auch die Gruppe der Jugendlichen auf der Zeltwiese. Der Platz leerte sich zusehends. Nur einige hartnäckige Dauercamper hatten sich zum Bleiben entschlossen. Und natürlich stand der Doppelachser der Dyckerhofs nebst Annalenas Vorzelt, Klappstühlen und Campingtisch noch an Ort und Stelle. Bei diesem und dem Anblick der verwaisten Rasenflächen darum herum traten Jule Tränen in die Augen.

Kurz vor dem Mobilheimareal trafen sie auf Micha, und Gerti verabschiedete sich.

»Ich ben möhd un moss mich hinläje, Kenner«, sagte sie nur und wankte davon. »Saht mr Beschejd, wenn ihr jet hürt, jo?«

Jule umarmte Micha, der ebenfalls aussah, als könne er sich kaum mehr auf den Beinen halten. Außerdem musste seine Nase mächtig schmerzen. Sie schillerte in allen möglichen Blau-, Lila- und Grünschattierungen. Der Bluterguss war inzwischen bis unter die Augen gezogen.

»Schatz, ich kann nicht mehr«, murmelte er, »bitte sag, dass das alles nicht wahr ist.«

Zu Hause sanken beide Arm in Arm auf die Couch und legten die Füße hoch. Binnen Minuten waren sie eingeschlafen.

Jule träumte. Sie saß am Ufer des Steinbachs auf einem Baumstumpf und schaute versonnen auf das sprudelnde, glucksende Wasser, das sich an bemoosten Steinen vorbeischlängelte. Die Sonne malte helle Flecken zwischen die Schatten der überhängenden Äste; die Stimmung war friedlich. Jule streckte ihr Gesicht ins Licht und genoss die warme Frühsommerluft. Im Wald hämmerte ein Buntspecht sein Tacktacktack an einen Baumstamm.

Jule ließ den Blick über den Bachlauf gleiten, als allmählich etwas Gelblich-Weißes herangetrieben wurde. Es schaukelte, hüpfte sacht auf und ab und trieb stetig näher. Jule konnte nicht so recht erkennen, was es war, bis die Strömung es kreiseln ließ. Schließlich blieb es an einem im Bach liegenden Ast hängen und verharrte in seiner Position.

Es war ein Totenschädel. An seiner Stirn klebte dichtes hellblondes Haar. Gerade als Jule vor Schreck und Ekel aufspringen wollte, um zu flüchten, öffnete der Schädel die Kieferknochen.

»Den *Eifelwind* kannst du vergessen. War kinderleicht, eure Gäste zu verjagen«, tönte er hohl mit Erckenrieds arroganter Stimme und lachte dann leise. Erst jetzt konnte Jule sehen, dass ihr aus den Augenhöhlen des Schädels hellblaue Augen entgegenleuchteten. »Kinderleicht.«

Jule erwachte mit wild schlagendem Herzen und eingeschlafenem linken Arm. Kein Wunder, Michas ganzes Gewicht ruhte darauf. Behutsam bettete sie seinen Kopf auf ihrer Hüfte. Langsam kam sie zu sich, und die unheimliche Stimmung aus dem Albtraum verflüchtigte sich.

Sie blinzelte müde und betrachtete Michas entspanntes Gesicht. Seine geschwollene Nase machte ihr langsam Sorgen. Wäre er nicht doch besser zum Arzt gegangen? Aber er hatte sich strikt geweigert und behauptet, die Nase sei nicht gebrochen; die Schwellung würde von allein abklingen. Hätte sie ihn hinprügeln sollen? Wohl kaum.

Sanft strich sie erst über seine Wange und dann über den mit Narben verunstalteten Unterarm. Hier im *Eifelwind* hatte Micha nach einem bewegten Leben, das von ständigem Scheitern geprägt gewesen war, endlich so etwas wie Frieden gefunden. Jetzt war diese Oase in ernster Gefahr.

»Kinderleicht, die Campinggäste zu verjagen«, hatte der Totenschädel in ihrem Traum gehöhnt. Ja, das stimmte zweifellos. Die Katastrophen der letzten Tage bescherten dem *Eifelwind* garantiert das Aus. Vor allem, wenn Lars-Friedrich starb.

Jule wurde von Verzweiflung gepackt, als ihr dies mit aller Härte klar wurde. Gleichzeitig kam sie sich unerträglich egoistisch vor, so zu denken. Das Wohl von Lars-Friedrich und seiner Familie hatte in ihren Gedanken an erster Stelle zu stehen, nicht der Campingplatz!

Und doch! Was konnten Micha und sie für die schrecklichen Dinge, die passiert waren? Und ausgerechnet wieder im *Eifelwind*. Es war so unfair. Fast irrwitzig.

Die Wut auf den Unbekannten, der Lars-Friedrich das angetan hatte, und die Wut auf den, der das Kind in Hannis Keller hatte sterben lassen, vermengten sich. Beide Fälle zerstörten die unschuldige Idylle des kleinen Tals mit dem malerischen Dorf, den Wäldern, dem Steinbach und den Wiesen und Weiden. Wer würde hier jetzt schon freiwillig Urlaub machen wollen?

Jule runzelte die Stirn. In ihrem Traum hatten sich die Opfer zu einem einzigen vereint. Sollte ihr das etwas sagen? Gab es einen wie auch immer gearteten Zusammenhang zwischen beiden Taten? Oder zumindest eine Parallele, die ihr das Unterbewusstsein aufzeigen wollte?

Bei beiden Opfern handelte es sich um Kinder, beides

Jungen. Jule tat das Herz weh, als sie an den quicklebendigen Lars-Friedrich zurückdachte, den seine Mutter so offensichtlich über die Maßen liebte.

Von dem anderen Kind, das vielleicht an die 70 Jahre unter der Erde gelegen hatte, wusste Jule hingegen nichts. Hatte auch dieser Junge, der wohl etwas älter als Lars-Friedrich gewesen war, eine Mutter gehabt, die für ihn gesorgt und ihn heiß geliebt hatte? Aber wer hatte ihn entführt, mit Eisenketten im Keller der Hütte gefesselt und getötet?

Sie musste sich unbedingt mal mit Gerti über das unterhalten, was der dicke Kommissar von ihr hatte wissen wollen. Ahnte Gerti Weyers vielleicht, wer der tote Junge war? Aber Michas Großtante stammte nicht von hier, fiel ihr dann ein, sondern ursprünglich aus Blankenheim. Erst nach der Heirat war sie hergezogen.

Plötzlich kam Jule Benny Zierowski in den Sinn, seine seltsame Beziehung zu Annalena Dyckerhof und sein hartnäckiges Schweigen. Waren gar Benny und Annalena der Schlüssel zu dem Anschlag auf Lars-Friedrich und nicht etwa ein Fremder?

Jule glaubte nicht, dass Annalenas Verschwinden, beziehungsweise ihr Auftauchen auf dem Campingplatz, und der Angriff auf ihren kleinen Bruder unabhängig voneinander zu sehen waren. Kaum hatten die Dyckerhofs eines ihrer Kinder zurück, verloren sie das andere – vielleicht unwiederbringlich. Das konnte doch kein Zufall sein.

Jule setzte sich auf und schob den immer noch tief schlafenden Micha ein Stück zur Seite.

Sie hatte das Gefühl, dringend etwas unternehmen zu müssen. Es machte sie verrückt, wie ihre Gedanken sich ständig im Kreis drehten. Plötzlich klingelte das Telefon. Sie hechtete zur Station, die sich auf der Kommode befand.

»Hallo?«, keuchte sie mit zusammengeschnürter Kehle.

»Detlef hier, Detlef Dyckerhof. Ich wollte euch nur Bescheid geben, dass der Zustand meines Sohnes jetzt … stabil ist, trotz Koma. Was mal wird, steht in den Sternen, aber die Maschinen halten ihn am Leben, sagen die Ärzte. Morgen wird er in die Düsseldorfer Uniklinik überführt. Ellen, Annalena und ich übernachten im Krankenhaus und fahren dann mit ihm gemeinsam dorthin.«

Jule wusste nicht, was sie antworten sollte. Mit dem Hörer in der Hand starrte sie auf Michael, dann auf die Wanduhr, die 1.37 Uhr anzeigte, und zwirbelte mit der anderen eine Locke ihres Haares um den Finger. »Detlef, ich … ich hoffe, dass …«, stammelte sie.

»Ja, wir hoffen auch! Etwas anderes können wir sowieso nicht tun. Hoffen und beten … Ich glaube nicht an Gott, weißt du. Aber gerade wünschte ich mir sehr, ich täte es.« Dann legte er auf.

Jule sank auf die Armlehne des Sofas und betrachtete nachdenklich Michas entspannte Züge. War es eine gute oder eine schlechte Nachricht, die sie gerade bekommen hatte? Was bedeutete es für Lars-Friedrichs Leben? Ein Koma ohne Chance auf Erwachen, eventuell jahrelang, oder die Aussicht auf Genesung? Mit einem zerstörten Gehirn?

Keine Ahnung, Jule konnte es nicht einschätzen. Wie auch? Sie war ja keine Medizinerin. Und überhaupt, sogar die Ärzte wussten offensichtlich wenig.

Sie seufzte und rieb sich den Nasenrücken. Ein Aufschub war es. Ein Aufschub, nicht mehr und nicht weniger. Und dann kam ihr eine Idee, wie sie diese Zeitspanne nutzen konnte. Würde der Mensch, der Lars-Friedrich überfallen und seinen Tod gewollt hatte, schnell gefunden werden, bestand vielleicht eine klitzekleine Chance, den *Eifelwind* zu retten. Und wenn man dann noch das Rätsel um das Skelett in Hannis Hütte lösen könnte …

»Kinderleicht!«, höhnte der Totenschädel aus Jules Traum. Sie schüttelte sich.

»Micha.« Sanft stupste sie ihn an. »Micha, aufwachen. Schatz, ich muss dir was erzählen. Dringend!«

Als er müde und zerschlagen die Augenlider hob, eröffnete sie ihm, was sie von Detlef Dyckerhof erfahren und was sie gerade eben beschlossen hatte. »Schatz, ich werde morgen früh nach Kaarst fahren und mich dort mit Benny unterhalten. Wir müssen herausfinden, wer dem Kleinen das angetan hat und warum. Du kümmerst dich bitte um das Skelett in der Baugrube und natürlich auch um Detlef Dyckerhof, falls der sich meldet. Ich habe den Eindruck, dass er Vertrauen zu uns gefasst hat, das dürfen wir nicht enttäuschen.«

Sie sah seiner verwirrten Miene an, dass sie zu schnell gewesen war. Er wusste überhaupt nicht, wovon sie redete. Zärtlichkeit überflutete sie. Sie lächelte, küsste ihn zart auf den Mund und erklärte ihm ihr Vorhaben noch einmal in aller Ruhe.

DAS UNHEIL ZIEHT KREISE

Um 7 Uhr am Pfingstmontag fühlte sich Michas Nase schon besser an. Soweit er es nach dem Duschen im beschlagenen Spiegel erkennen konnte, waren Schwellung und Verfärbung leicht zurückgegangen. Trotzdem graute ihm vor dem Tag.

Er seufzte, während er sich vorsichtig rasierte. Dann schlich er sich ins abgedunkelte Schlafzimmer, wo Jule noch selig schlief, und holte Unterwäsche, Jeans und T-Shirt aus dem Kleiderschrank. Im Bad kleidete er sich an und deckte anschließend den Frühstückstisch. Zeit satt. Er schlüpfte in die Turnschuhe und verließ das Mobilheim.

Der Tag draußen begrüßte ihn mit frischer, klarer Luft, wolkenlosem Himmel und Vogelgezwitscher. Er hielt das Gesicht in die Sonne und tappte, immer noch müde, den Schotterweg entlang zur Rezeption. Dabei versuchte er, die leeren Rasenflächen, auf denen der Morgentau glitzerte, zu ignorieren.

Es gelang ihm nicht. Das Herz tat ihm weh. Er war fest davon überzeugt, dass der *Eifelwind* diesen Sommer nicht überstehen würde. Zwei solch heftige Ereignisse an einem Wochenende, das schreckte auch die hartgesottensten Camping- und Eifelfreunde ab. Verdammte Scheiße, es war zum Heulen. Er glaubte auch nicht wie Jule daran, dass eine schnelle Aufklärung der Fälle ausreichte, die Leute zu beruhigen.

Der *Eifelwind* war mit Blut besudelt. Und die Opfer waren keine Schwerverbrecher wie damals vor zwei Jahren, sondern Kinder. Unschuldige Kinder. Mit diesen düsteren Gedanken im Kopf umrundete er die Gartenzwerge vor dem Rezeptionsgebäude und trat ein.

Gerti begrüßte ihn mit todernster Miene und neuen, tiefen Sorgenfalten auf der Stirn. Stumm deutete sie mit einem Finger auf einen Stapel Zeitungen, während sie ihm vier duftende Brötchen in eine Papiertüte packte.

Micha nahm sich ein Exemplar und blieb sofort an der Schlagzeile hängen:

Zweites Verbrechen auf Campingplatz bei Bad Münstereifel. Wer hat versucht, den kleinen Lars-Friedrich D. aus Neuss zu ermorden? Verdächtige festgenommen.

Micha schnappte nach Luft und studierte den Text unter dem Bild, das eine Luftaufnahme des *Eifelwind*-Geländes darstellte. Das war's, dachte er. Sie waren geliefert. Benommen las er weiter.

Nach dem Fund eines Kinderskeletts auf dem Grundstück des Familiencampingplatzes erschüttert nun die nächste Katastrophe die Nordeifel. Gestern entdeckten zwei Zeugen, selbst Gäste auf besagtem Campingplatz bei Steinbach, den schwer verletzten sechsjährigen Lars-Friedrich D., Sohn eines wohlhabenden Industriellen aus Neuss. Der Junge wurde offenbar brutal niedergeschlagen und in einen Bach geworfen. Dass er die Tat überlebt hat, grenzt an ein Wunder. Allerdings schwebt der Junge in akuter Lebensgefahr. Die Familie des Opfers, die zum Campen über Pfingsten in die Eifel gereist war, ist schwer traumatisiert.

»Dieses Tal ist verflucht«, so ein anonymer Campinggast, der es kaum erwarten konnte, nach Hause zu kommen. »Vernünftige Menschen sollten ihm fernbleiben. Ich kann nur hoffen, dass das Monster, das das getan hat, schnellstmöglich dingfest gemacht wird.«

Und das könnte nun der Fall sein, wie die Kriminalpolizei gestern Abend den Medien gegenüber bestätigte. Zwei verdächtige Männer wurden verhaftet. Es handelt sich um die Zeugen, die das Kind angeblich fanden. Der ältere von beiden hatte versucht, seine wahre Identität zu verschleiern.

»Wer unter falschem Namen auf einem Campingplatz eincheckt, steht in unserer Liste der möglichen Täter ganz weit oben. Auch können wir aufgrund bestimmter Indizien eine Sexualstraftat nicht ausschließen«, begründete Hauptkommissar Wesseling die Entscheidung der Staatsanwaltschaft. Einen Zusammenhang zwischen dem Skelettfund und dem Anschlag auf Lars-Friedrich sehe er dagegen nicht. »Diese Knochen lagen mindestens ein halbes Jahrhundert unter der Erde. Aber natürlich werden wir auch diesem Rätsel nachgehen, wobei der aktuelle Fall selbstverständlich Vorrang hat.«

Micha klemmte sich die Zeitung unter den Arm, nahm von Gerti die Brötchentüte entgegen und verließ niedergeschlagen den Laden.

Der Tag hatte ja gut angefangen! Was für ein Mist!

Jule fuhr nicht über die Autobahn, sondern über die B 477 an den Niederrhein. Sie brauchte Zeit zum Nachdenken, und das konnte sie beim Autofahren am allerbesten. Ihre Schwester Jana war begeistert gewesen, als Jule ihr vorhin telefonisch eröffnet hatte, für ein paar Tage nach Hause zu kommen.

»Gute Idee! Wir haben uns ja schon ewig nicht mehr gesehen! Klar kannst du bei uns übernachten. Ich freu mich. Du weißt aber, dass Mama und Papa immer noch auf ihrer Kreuzfahrt durchs Mittelmeer sind? Wäre ja auch ein Wunder, wenn die mal zu Hause wären. Rentner müsste man sein! Also, wann kann ich mit dir rechnen?«

»Ehrlich gesagt, am liebsten gleich.«

Jule war erleichtert gewesen, dass sich ihre 14 Jahre jüngere Halbschwester nicht gegen den überfallähnlichen

Besuch gesträubt hatte. Denn normalerweise war sie weder besonders flexibel noch spontan. Als Mutter von sechsjährigen, äußerst agilen Zwillingsjungen, die inzwischen gottlob die Grundschule besuchten, und einem Mann, der zu Hause vor allem durch Abwesenheit glänzte, fühlte sie sich sowieso permanentem Stress ausgesetzt. Umso erstaunlicher war es, dass Jana sich diesmal rückhaltlos auf das Wiedersehen mit ihrer großen Schwester freute.

Die Katastrophen, die den Campingplatz heimgesucht hatten, und die Probleme, die damit einhergingen, verschwieg Jule am Telefon. Und offenbar waren die schlechten Nachrichten noch nicht bis nach Kaarst durchgedrungen.

Jana zeigte nicht einmal Verwunderung darüber, warum die große Schwester sich trotz der Pfingstferien dermaßen kurzfristig vom Betrieb loseisen konnte. Wahrscheinlich hatte sie keine Ahnung von den Arbeitszeiten eines Campingplatzbetreibers oder interessierte sich nicht dafür. Auch besser so, fand Jule. Das ersparte ihr das Beantworten lästiger Fragen.

Jetzt, während sie Niederaußem durchquerte, dachte sie erneut über das nach, was sie heute Morgen in der Zeitung lesen musste, die Micha ihr auf den Frühstückstisch geknallt hatte. Martin Schmidt und Andreas Windinger galten als Hauptverdächtige im Fall Lars-Friedrich Dyckerhof. Hauptkommissar Wesseling hatte die Männer offenbar nicht nur verhört, sondern vom Fleck weg verhaftet.

Jule fand seine Entscheidung verwunderlich. Aus welchem Grund hätte das Pärchen, das doch offenbar ausschließlich mit sich und seiner Zweisamkeit beschäftigt war, den kleinen Lars-Friedrich aus dem Weg räumen sollen? Um ihn anschließend flugs aus dem Wasser zu bergen und Hilfe zu ordern? Andererseits, vielleicht hatten die beiden nach der Tat einfach in Panik gehandelt? Um irgendwie ihre Haut noch zu retten. Aber war das wahrscheinlich? Jule glaubte nicht so recht daran.

Je länger sie darüber nachdachte, umso mehr war sie davon überzeugt, dass Wesseling die Männer vor allem wegen ihres sexuellen Verhältnisses zueinander verdächtigte. Jule schüttelte missbilligend den Kopf, während sie den Wagen um eine weitläufige Linkskurve lenkte. Homophobie, dachte sie verächtlich. Das passte zu Wesseling. Allerdings kam ihr in den Sinn, was der Zeitungsartikel außerdem preisgegeben hatte: Martin Schmidt hieß eigentlich anders. Okay, das machte ihn tatsächlich verdächtig, aber gleich des Mordversuches? Ihrer Meinung nach musste es einen anderen Grund geben, warum der Mann seine wahre Identität verschleierte. Bestimmt hatte es mit seiner Beziehung zu Andreas Windinger zu tun.

Was, wenn Schmidt eigentlich ganz bürgerlich mit einer Frau verheiratet war, vielleicht sogar Familie hatte? Es gab heutzutage immerhin noch genug Menschen, die meinten, ihre sexuelle Ausrichtung abseits der Norm nicht öffentlich leben zu können. Ein derartiger Druck mochte sie im Extremfall dazu bewegen, Parallelwelten aufzubauen, zwischen denen sie hin und her switchten. Eine zweite Identität konnte hilfreich sein, um diese Welten voneinander getrennt zu halten.

Jule überlegte, in welchen Berufsgruppen Homosexualität den Betroffenen immer noch eindeutige Nachteile bescherte: Kirche, Sport ... Je intensiver sie darüber nachdachte, umso länger wurde die Liste. Frustriert schüttelte sie den Kopf. Was für ein Elend, und das in unserer angeblich modernen, aufgeklärten Welt!

Dabei konnte doch niemand etwas für seine sexuelle Orientierung. Hatte sie nicht sogar mal gelesen, dass die genetisch bedingt war?

Erbanlagen … Ihre Gedanken glitten hin zu Benny Zierowski. Wie verzweifelt sich Willi über dessen seltsame Ver-
haltensweisen gezeigt hatte. Sein Sohn blieb ihm ein Rätsel. Wahrscheinlich, weil er in seinem Charakter mehr der
Mutter ähnelte, mutmaßte Jule, was natürlich auch geneti-
sche Ursachen hatte.

Sie war froh, dass Tobi ihr selbst in vielen Punkten glich.
Das hatte es ihr als alleinerziehende Mutter leicht gemacht,
sich in ihn hineinzuversetzen und ihm eine verlässliche
Unterstützung zu sein. Sein Vater war für ihn von Kindheit
an nicht greifbar gewesen. Dass Mutter und Sohn sich ähnel-
ten, im Temperament, in den Vorlieben und in der Art, die
Welt zu sehen, war daher ein unschätzbar großer Glücksfall.

Willi und Benny Zierowski hatten es offensichtlich deutlich schwerer. Die beiden waren aber auch gegensätzlich
wie Feuer und Wasser. Der bärige, derbe und durchtrie-
bene Willi hatte kaum etwas mit dem introvertierten, chaotischen Benny gemein. Ebenso wenig fanden sich im Aussehen der zwei Übereinstimmungen. Benny war feingliedrig
und schlaksig; seine Gesichtszüge wirkten scharf und sensibel zugleich. Das dunkle, lange Haar hing strähnig über
die Stirn bis auf die schmale Nase. Er hatte dünne Lippen
und ein zurückhaltendes Lächeln.

An seinem Vater dagegen war alles rund. Wenn er lachte,
bebten die vollen Wangen, und die kleinen Knopfaugen
sahen aus wie Rosinen im Gesicht eines Weckmannes. Er
hatte einen kräftigen Bartwuchs und daher ständig Stop-
peln im Gesicht, dafür war er auf dem Kopf so gut wie kahl.
Nur wenige hellbraune Haare bildeten einen kurzgeschore-
nen Kranz. Willi war ungefähr so groß wie sein Sohn, allerdings sehr kräftig und breitschultrig. Seine Oberarme wirkten muskulös wie die eines Gewichthebers. Sein Bierbauch
brachte ihm allerdings eher die Statur eines Michelinmänn-

chens ein. Willis Hände waren Pranken; alles in und an ihm verströmte unbändige Energie. Sein Lachen war laut, seine Stimme dunkel und dröhnend.

Von Micha wusste sie, dass Willi eine schlimme Kindheit und Jugend gehabt hatte. Er stammte aus einer Familie, die seit Generationen vom Staat lebte. Seine Mutter war schwere Alkoholikerin gewesen, der Vater cholerisch und brutal. Willi geriet auf die schiefe Bahn. Was ihm nicht passte, verschaffte er sich mit Gewalt. Gesetze waren seiner Meinung nach lediglich dazu da, um sie zu brechen. Diese Einstellung hatte ihm insgesamt zwölf Jahre Gefängnis eingebracht. Erst nach der letzten Haftstrafe, die er hauptsächlich in Bochum verbüßt hatte, war er für seine Verhältnisse solide geworden.

Mittels Briefkontakten aus der Zelle hatte er seine jetzige Lebenspartnerin Simone Hermanns kennengelernt. Auch nach seiner Entlassung blieben sie ein Paar und eröffneten einen Gebrauchtwagenhandel im Holzbüttger Gewerbegebiet. Und Willi holte seinen Sohn zu sich.

Trotz seiner zwielichtigen Vergangenheit und anfänglicher Vorbehalte hatte Jule Willi Zierowski bald ins Herz geschlossen. Immer wieder war sie aufs Neue erstaunt über die Lebensfreude, die er ausstrahlte.

»Ich lass mich halt nicht kleinkriegen«, hatte er ihr einmal erklärt. »Und was andere von mir denken, geht mir am Arsch vorbei. Ich mach mein Ding, und glaub mir, das führt mich nie wieder in den Bau!« Dabei hatte er laut gelacht und ihr mit seiner tätowierten, ölverschmierten Hand auf den Oberschenkel gepatscht. »Und der Micha hält es genauso.«

Beides hoffte Jule von ganzem Herzen. Schließlich wusste niemand besser als sie, wie schwierig es war, mit seiner Vergangenheit abzuschließen und sich ein komplett neues Leben aufzubauen.

Warum sonst freute sie sich gerade in diesem Moment dermaßen unbändig auf Kaarst mit seinen schmucken Einfamilienhäusern zwischen alten Backsteinfassaden auf plattem, waldarmem Land?

Denn eigentlich war die Kleinstadt am Niederrhein mit rund 40.000 Einwohnern nichts Besonderes. Außer der Nähe zur Metropole Düsseldorf und einer Mischung aus dörflichem Charakter und Weltoffenheit hatte Kaarst nicht allzu viel zu bieten. Fünf Ortsteile, die mehr und mehr zusammenwuchsen, inmitten einer eher eintönigen Landschaft, durchsetzt mit Industrieanlagen, Autobahnen und Umgehungsstraßen zwischen Kappes-, Erdbeer-, Korn- und Maisfeldern. Kein Vergleich zur wildromantischen Eifel.

Nein, ihr Heimatgefühl war nicht rational zu erklären. Ebenso wenig wie der Drang, der Familie nahe sein zu wollen. Tatsächlich konnte sie es kaum abwarten, ihre Schwester und deren Anhang zu sehen, die ihr früher mit ihrer spießigen Art hauptsächlich auf die Nerven gegangen waren.

Warum flatterte ihr Herz erleichtert und frei wie schon lange nicht mehr?

Heimweh, sagte sie sich. Ja, so musste sich Heimweh anfühlen. Unwillkürlich schmunzelte sie. Wenn sie sich schon auf ihre wilden, ungebärdigen sechsjährigen Neffen freute, musste die Sehnsucht wirklich groß sein.

Denn üblicherweise empfand sie die Zwillinge als laut, anstrengend und unerzogen. Allein wie sie sich bei ihrer Taufe im letzten Jahr verhalten hatten! Ihre Zornesschreie, die in der Kirche widerhallten, als sie mit Mama und Papa nach vorn treten sollten, um von dem katholischen Priester … Reflexartig trat Jule auf die Bremse – mitten auf der Landstraße. Ihr Oberkörper schnellte nach vorn, ihr Herz wummerte gegen die Rippen. Die Fingerknöchel am Lenkrad wurden weiß, so sehr verkrampften sie sich.

Gerade eben war ihr eingefallen, woher sie Martin Schmidt kannte. Der Mann war der Geistliche, der ihre widerspenstigen Neffen getauft hatte! Pfarrer Weimann! Kein Wunder, dass sie sich vornehmlich an seine Stimme erinnert hatte. In farbenfroher Robe, die wie eine Verkleidung von seinem eigentlichen Äußeren abgelenkt hatte, hatte er die Messe geleitet, und durch das Mikrofon war seine Stimme noch um Nuancen volltönender und eindringlicher geworden. Pfarrer Weimann, natürlich.

Sie atmete tief durch. Langsam fuhr sie weiter. Gut, dass kein anderer Autofahrer hinter ihr auf der Fahrbahn gewesen war.

Ungläubig wog sie den Kopf hin und her. »Martin Schmidt« war katholischer Priester. Mit seinem Geliebten auf dem Campingplatz einzuchecken, wollte und konnte er nicht an die große Glocke hängen. Aber warum hatte er bei der Reservierung im *Eifelwind* einen falschen Namen angegeben? Stand er in seiner Position dermaßen in der Öffentlichkeit oder war er einfach übervorsichtig?

Der arme Mann! Jule war nach wie vor davon überzeugt, dass der Priester und sein junger Freund nichts mit dem Mordversuch an Lars-Friedrich zu tun hatten. Aber der unglaubliche Zufall, dass gerade diese beiden zum falschen Zeitpunkt am falschen Ort gewesen waren, ließ Weimanns Leben zusammenstürzen wie ein Kartenhaus. Selbst wenn man seine Unschuld beweisen würde, war seine Karriere in der katholischen Kirche mit Sicherheit beendet.

Nicht zum ersten Mal schätzte Jule Maiwald sich glücklich, Protestantin zu sein. In der evangelischen Kirche verhielt man sich zumindest etwas toleranter als in der katholischen. Und das Zölibat gab es auch nicht.

Die Taufe ihrer Neffen in Neuss war für Jule seit langer Zeit wieder eine Gelegenheit gewesen, katholischen Riten zu begegnen. Doch die Messe hatte ihr missfallen. Wiederholt war davon die Rede gewesen, sich vom Teufel loszusagen. Eltern und Paten mussten dies öffentlich bekunden. Damit konnte Jule einfach nichts anfangen. Es gab keinen Teufel. Warum auch? Die Verirrungen der Menschen reichten aus, sich gegenseitig das Leben zur Hölle zu machen. Spätestens nach ihren Erlebnissen im *Eifelwind*, als sie Micha kennen- und lieben gelernt hatte, war ihr klar geworden, dass das Böse als unabhängige Macht nicht existierte. Wer Böses tat, hatte aller Wahrscheinlichkeit nach zuvor Böses am eigenen Leib erfahren.

Nein, den Teufel brauchte man nun wirklich nicht, um Schlechtigkeit und Verbrechen zu erklären. Und es nützte auch nichts, sich von ihm loszusagen.

Sie seufzte auf und kehrte in Gedanken zum Mordversuch an Lars-Friedrich zurück. Wer konnte ein Interesse daran haben, diesen kleinen, süßen Jungen umzubringen?

War er Zeuge von etwas geworden, das er nicht sehen oder hören durfte? Hatte er Pfarrer Weimann und Andreas Windinger eventuell beim Liebesspiel im Wald beobachtet? Wollte das Paar ihn deshalb zum Schweigen bringen? Letzteres hörte sich plausibel an, trotzdem sträubte sich jede Faser in Jule gegen diese Idee. Jemand, der sich für das Priesteramt entschied, Kinder taufte, Paare verheiratete und sich um die Seelennot seiner Gemeindemitglieder kümmerte, erschlug doch nicht so mir nichts, dir nichts einen unschuldigen Jungen von sechs Jahren.

Bestand eventuell doch ein Zusammenhang zwischen dem Tod des Jungen in Hannis Hütte und dem aktuellen Mordfall? Im Grunde war es doch ein unglaublicher Zufall, dass zwischen dem Knochenfund und dem Anschlag auf Lars-Friedrich nur wenige Tage lagen – und wenige Meter, wenn man die Lage der Tatorte bedachte.

Völlig entsetzt hatte Micha ihr letzten Freitag von den rostigen Ketten erzählt, mit denen der Junge im Keller der Hütte offensichtlich gefesselt gewesen war. Handelte es sich um eine Art Ritualmord? War der Junge geopfert worden? Irgendeiner heidnischen Religion vielleicht, die auch heute noch fanatische Anhänger in der Eifel fand? Hatte jemand mit Lars-Friedrich etwas Ähnliches im Schilde geführt, und Schmidt und Windinger hatten es durch ihre Ankunft unwissentlich vereitelt? Möglich, aber nicht wahrscheinlich.

Jule schüttelte skeptisch den Kopf und stellte gleichzeitig fest, dass sie dank ihrer Grübeleien unbemerkt den Stadtrand von Neuss erreicht hatte.

Zügig fuhr sie unweit der Erft durch die kleinen Ortschaften Wehl und Speck. Jetzt musste sie nur noch Reuschenberg hinter sich lassen, um sich am Neusser Friedhof links Richtung Büttgen zu halten. In spätestens 20 Minuten würde sie bei ihrer Schwester im Kaarster Osten ankommen.

Resolut verbot sie sich alle weiteren Gedanken an die Tragödien auf dem Campingplatz und konzentrierte sich auf die Gegenwart und auf ihre Heimatgefühle, die in ihr sprudelten wie frisches Quellwasser.

Michael Faßbinder fühlte sich wie Falschgeld. Die gespenstische Ruhe, die auf dem Campingplatz nach der Abreise der Touristen eingekehrt war, machte ihm zu schaffen. Wer war er schon ohne Campinggäste und ohne Jule? Außerdem taten ihm der kleine Junge und seine Familie leid. Letztendlich war Detlef ja ganz in Ordnung, gar nicht das arrogante Ekelpaket, für das er ihn zunächst gehalten hatte.

Ziellos stromerte Micha über das Gelände, ersetzte eine Latte am Sichtschutzzaun der Entsorgungsecke, drehte neue Glühbirnen bei defekten Lampen am Hauptweg ein und schaute bei Dirk in der Küche der *Eifelwind*-Kneipe vorbei. Der Koch räucherte Forellen und gab sich einsilbig. Anscheinend hatte er weder Lust noch das Bedürfnis, sich mit seinem alten Freund die Zeit zu vertreiben. Micha wunderte sich zwar, tat ihm aber den Gefallen und ließ ihm seine Ruhe. Stattdessen flüchtete er sich zu Gerti an die Rezeption.

Aber auch hier wurde seine Laune nicht besser, im Gegenteil. Gerti Weyers verbreitete dermaßen viel Pessimismus, dass es kaum zum Aushalten war.

»Dä ärme, ärme Jong! Net üssedenke, wat die Ahle jetz metmache müsse! Un mir? Mir maachen dr *Eifelwind* noch disse Sommer dicht, saren ich dir«, jammerte sie, verschlang literweise schwarzen Kaffee und paffte eine Zigarette nach der anderen. Das allgemeine Rauchverbot hinderte sie heute nicht daran, die Luft in Laden und Rezeption zu verpesten.

»Kütt joh doch kejner. Wänn soll et stühre?«, lautete ihre Begründung.

Gegen Mittag hielt Micha die miese Stimmung nicht mehr aus, und er beschloss, sich in der *Eifelwind*-Kneipe das erste Pils des Tages zu genehmigen.

Bald gesellte sich dort auch Miro zu ihm, kurz darauf Eddie, dann gab sich ein muffeliger Dirk die Ehre, und zu guter Letzt schneite Heinz Metzen, den typischen grünen Jägerhut keck auf den Hinterkopf gestülpt, in den Schankraum. Im Kreise der Freunde und nach einem frisch gezapften Bier begann Micha endlich, sich zu entspannen. Leider wandte sich das Gespräch allzu schnell den aktuellen Vorfällen zu.

»Ich glaub ja nicht, dass die beiden Schwuchteln den Kleinen umbringen wollten!« Eine politisch korrekte Ausdrucksweise war noch nie Eddies Sache gewesen.

»Nee, ich auch nicht.« Heinz schüttelte gewichtig den Kopf und kratzte sich hinterm Ohr. »Warum auch? Eher glaub ich, dass hier vielleicht – Leute, erklärt mich nicht für verrückt! – ein Geist umgeht. Der Geist desjenigen, der damals den Jungen gewaltsam in Hannis Hütte festgehalten hat.«

»Gespenster?« Micha runzelte die Stirn. »Ach Blödsinn, Heinz, daran kannst du doch nicht wirklich glauben, oder?«

»Oh doch, und ob! Es gibt mehr zwischen Himmel und Erde, als man gemeinhin annimmt.« Heinz bleckte seine gelben Zähne. »Und ich bin kein Freund von Zufällen. Ihr müsst bedenken, indem mein Traktor den Boden über Hannis Hütte so aufgewühlt hat, dass Eddies Krücke von einem Bagger reinfallen konnte«, er grinste und spähte zu Eddie rüber, der auch gleich wie erwartet schnaubende Laute der Entrüstung von sich gab, »ist ein uraltes Geheimnis ans Licht gekommen. Was geschah hier im oder nach dem Zweiten Weltkrieg? Wer kettete ein Kind in einem Keller fest? Wenn so was aufliegt, geraten Heute und Gestern durcheinander. Zum Fürchten, aber ich glaube daran.«

Jetzt schaltete Miro sich ein. »Du tust ja gerade so, als ob du etwas darüber wüsstest.«

»Wundern würde es mich nicht«, sagte Dirk. »Die Metzens leben seit zig Generationen in Steinbach. Der Hof ist mindestens 500 Jahre alt.«

»Na, übertreib mal nicht: 350 trifft es eher. Aber klar, du hast recht. Wenn es um Wurzeln aus der Vergangenheit geht, muss man die Steinbacher Urgesteine befragen.« Heinz schaute bedeutungsvoll in die Runde. »Hat der fette Wesseling ja auch schon getan. Sogar bei Gerti hat er's versucht. Aber keine Chance. Wir Steinbacher halten dicht. Hier hat keiner das Verlangen, alte Geheimnisse aufzuwühlen.«

Dirk Grotens schlug ihm kräftig gegen die Schulter. »Hör auf mit deinen Andeutungen und spuck aus, was du weißt. Ich bin auch hier aufgewachsen, aber ich hab keinen blassen Schimmer, wovon du redest!«

»Heinz, alles, was hilft, die beiden Fälle aufzuklären, ist wichtig«, ergänzte Micha eindringlich. »Du weißt, dass wir sonst den *Eifelwind* dichtmachen müssen. Dann ist es aus mit lecker Bierchen hier in der Kneipe!«

»Klar, das wäre großer Mist.« Heinz Metzen gab sich zerknirscht. »Aber ich hab' meiner Großtante Elsie halt versprochen zu schweigen. Die alte Dame – ihr wisst, sie lebt bei Marie und mir auf dem Hof in der Einliegerwohnung – ist über 90. Wenn die Kripo der zu Leibe rückt, und vor allem dieser penetrante Fettsack, kriegt die womöglich einen Herzinfarkt. Das kann ich nicht riskieren.«

»Aber *uns* kannst du sagen, was Sache ist«, quengelte Eddie. »Immerhin sind wir deine besten Kumpels!«

Heinz Metzen nickte nachdenklich und schnalzte schließlich mit der Zunge. »In Ordnung, aber nur, wenn ich noch ein Pils krieg.« Er schob sein leeres Glas rüber zu Micha. »Und wenn ihr mit meinen Infos diskret umgeht. Also, wenn ihr versprecht, nicht zu tratschen!«

»Okay.« Die ganze Runde nickte einhellig, und Micha zapfte für jeden noch ein Bier.

»Also …« Heinz seufzte nach dem ersten Schluck wohlig auf und leckte sich den Schaum von den Lippen. »Sagt euch der Name Wollseifen etwas?«

Schweigen machte sich breit, bis Dirk zögernd fragte: »Du meinst dieses Geisterdorf bei Schleiden in der Nähe der Urfttalsperre? Da, wo nach dem Zweiten Weltkrieg der Truppenübungsplatz errichtet wurde?«

In Miros, Eddies und Michas Gesicht standen bloß Fragezeichen.

»Spann uns nicht auf die Folter, Heinz«, forderte Micha ungehalten. »Das ist keine Quizshow hier, sondern blutiger Ernst.«

»Allerdings«, pflichtete ihm Dirk trocken bei. »Und

noch mehr Blut können wir im *Eifelwind* nun wirklich nicht gebrauchen. Also … Was ist mit Wollseifen? Spuck's aus!«

»Tja, das Schicksal des Örtchens Wollseifen ist wohl eines der härtesten, das je ein Dorf im und nach dem Zweiten Weltkrieg durchgemacht hat. Es gibt heute noch einen Verein, der das, was geschehen ist, nicht hinnehmen will. Denn die Überlebenden von damals trauern immer noch um ihre verlorene Heimat, obwohl sie natürlich – das liegt in der Natur der Sache – immer weniger werden.« Er nickte gewichtig, nahm endlich seinen speckigen Jägerhut ab und legte ihn behutsam neben sich auf die blank polierte Theke. »Jedenfalls sind im Krieg viele Häuser von Wollseifen ziemlich beschädigt oder komplett zerstört worden. Gut, das war nichts Besonderes. Zerstörungen, Bombardierungen und Plünderungen standen an der Tagesordnung. Als die überlebenden Soldaten zurückkehrten, begannen sie, das Dorf wieder aufzubauen. Die Wollseifener krempelten also die Arme hoch, ackerten wie verrückt und fingen langsam an, wieder Mut zu fassen. Und dann der Schock: Im August 1946 befahl die britische Besatzungsmacht den Wollseifenern, ihr Dorf komplett zu räumen. Ein großer Truppenübungsplatz sollte an der Stelle entstehen. Natürlich erhoben die Einwohner Einspruch. Immerhin blickt Wollseifen auf eine Geschichte zurück, die bis ins 12. Jahrhundert reicht; es gab historische Gebäude wie die St.-Rochus-Kirche und die alte Schule. Aber keine Chance: Es blieb bei dem Befehl zur Räumung. Weniger als drei Wochen gab man den Wollseifenern, ihr Hab und Gut zu packen und sich ein neues Zuhause zu suchen. Endlich ergaben sie sich in ihr Schicksal. Was sollten sie auch machen?

Die Dorfgemeinschaft aus 120 Familien wurde zerschlagen. Die Leute kamen in benachbarten Gemeinden unter oder zogen fort zu Verwandten in andere Teile des Landes. Und Wollseifen? Tja, das Gebiet wurde großräumig eingezäunt und von der Umgebung abgeschnitten. Die Truppen begannen mit ihren Übungen. Sämtliche Privathäuser und Höfe wurden mit der Zeit durch Beschuss und Bombardement zerstört, ebenso fast alle öffentlichen Gebäude. Bald glich der Ort einer Geisterstadt. Erst 2006 wurde der Übungsplatz geschlossen, und auf die Initiative dieses Wollseifen-Vereins konnten Teile der Kirche wieder aufgebaut werden. Einmal im Jahr findet dort ein Gottesdienst statt, in Erinnerung an ein einst lebendiges, blühendes Dorf mit langer Geschichte ...«

Hier brach Heinz seinen Bericht ab. Herausfordernd schaute er die Freunde an, die verdattert zurückstarrten.

Micha brach als Erstes das Schweigen: »Okay, Heinz. Das war echt ... interessant und extrem hart für die Leute damals. Ich hab bis jetzt nichts davon gewusst, aber ... was hat das mit dem Kinderskelett im Keller von Hannis Hütte zu tun?«

»Immer langsam.« Heinz leerte sein Pils und schob Micha das Glas hin. »Erst muss ich meine Kehle ölen.«

Micha stöhnte auf, zapfte aber anstandslos die nächste Runde. Sie prosteten sich zu; anschließend fuhr der Bauer fort: »Also, meine Großtante Elsie sagt, dass die Hanni 'ne Wollseifenerin war. Im Herbst 1946 tauchte sie plötzlich in Steinbach auf, ihren kleinen Sohn im Schlepptau, völlig abgebrannt. Sie war eine ansehnliche, aber auch sehr verschlossene Frau. Den Steinbachern erzählte sie, dass ihr Mann, ein Landwirt aus Wollseifen, der als Soldat an der Front gekämpft hatte, vermisst wurde und aller Wahrscheinlichkeit nach gefallen sei. Sein Hof war im Krieg zum Großteil zerstört worden, weshalb sie und ihr gemeinsamer Sohn, klein Georg, bei Nachbarn unterschlüpften.

Nach der Räumung des Dorfes wusste Hanni nicht, wohin. All die Jahre hatte sie gehofft, ihr Mann würde doch noch nach Hause zurückkehren, aber das geschah nicht. Also packte sie ihre Habseligkeiten zusammen, schnappte sich ihren Sohn und suchte für sie beide eine neue Heimat.

Die fand sie in Steinbach. Denn der damalige Bürgermeister hatte großen Respekt vor den Wollseifenern, die ein so unbarmherziges Schicksal zu tragen hatten. Er stellte der jungen Witwe eine halb verfallene Hütte zur Verfügung, die einsam am Waldrand direkt am Steinbach stand. Handwerker aus dem Ort halfen, das Häuschen bewohnbar zu machen, deckten das Dach neu, schnitten die Büsche um das Gebäude zurück und reinigten den Kamin. Hanni und Georg zogen ein. Und Hanni verdiente sich ihren Lebensunterhalt auf den Höfen in und um Steinbach. Sie war fleißig und zuverlässig. Jeder Bauer nahm sie mit Handschlag. Ende der 40er-Jahre verließen sie und ihr Sohn das Dorf. Hanni wollte in Köln ihr Glück versuchen. Man hat nie mehr von den beiden gehört.«

Wieder klappte Heinz Metzen den Mund zu. Ein feines Lächeln umspielte seine Lippen. Kein Zweifel, es machte ihm Spaß, die Freunde auf die Folter zu spannen.

»Und?«, knurrte Micha. Langsam, aber sicher hatte er die Faxen dicke. »Das war doch nicht alles, oder? Ich sag dir, Heinz, du kriegst nix mehr zu saufen, wenn du nicht endlich mit der ganzen Wahrheit rausrückst!«

»Also, eigentlich war's das. Nur … Die Elsie, also meine Großtante, die hatte sich 1946 schnell mit der Hanni angefreundet. Beide kamen gebürtig aus Schlesien, müsst ihr wissen. Beide hatten einen Eifeler Bauer geheiratet, beide mussten ihn im Krieg lassen. So was schweißt zusammen. Elsie vermisste ihre Freundin, die sich allerdings nie bei ihr meldete. Jahre später traf sie auf eine Wollseifener Familie. Das war ihre Chance, etwas über Hanni zu hören. Sie befragte diese Leute, erzählte von ihr und dem kleinen Georg. Und was glaubt ihr, fand sie heraus?« Heinz biss sich auf die Lippen, bevor er bedeutungsvoll fortfuhr: »Die Hanni hatte nie in Wollseifen gelebt! Ihre Geschichte war erstunken und erlogen. Diese Leute hatten noch nie von ihr gehört, und die kannten wohl ausnahmslos alle Wollseifener; waren zum Großteil noch mit ihnen in Kontakt. Meine Tante Elsie ist aus allen Wolken gefallen. Sie war dermaßen schockiert vor lauter Enttäuschung, dass sie nie wieder Hannis Namen in den Mund nahm, geschweige denn auch nur einen Gedanken an sie verschwendete. So, wie es ihre Art ist, erzählte sie keiner Menschenseele außerhalb der Familie von Hannis falscher Identität. Die Leute damals waren so froh gewesen, der armen Frau aus der Patsche zu helfen. Trotz ihres Sohnes, der wohl ein wahrer Satansbraten gewesen sein muss … Na, und heute? Der Skelettfund unter Hannis Hütte wühlt die alte Geschichte wieder auf.« Heinz nickte gewichtig und sagte dann nichts mehr. Stattdessen fummelte er an der Krempe seines Hutes herum.

»Aber …« Miro setzte sich auf. »Wer ist denn nun das tote Kind? Etwa dieser Georg?«

»Nein, ausgeschlossen.« Heinz schüttelte den Kopf. »Die Elsie schwört, dass sie mit eigenen Augen gesehen hat, wie Mutter und Sohn gemeinsam loszogen. Sie hat aus dem Fenster geschaut, und beide wanderten vollbepackt den Weg Richtung Eichweiler entlang. Von dort fuhr damals der einzige Bus nach Bad Münstereifel ab.«

»Aber dann«, Eddie guckte belämmert und zog seine rote Knollennase kraus, »sind wir ja so schlau wie vorher! Heinz, du hast uns verarscht!«

Im kühlen Hausflur des weitläufigen, modernen Architektenhauses in U-Form umarmte Jana Broich enthusiastisch ihre ältere Halbschwester. Jule war ganz gerührt, während ihr Gesicht unter Janas langer, dunkler Haarmähne völlig verschwand.

Als sie sich aus der Umarmung löste, fiel ihr als Erstes auf, wie dünn die Jüngere geworden war. Von Jugend an hatte sie die Figur eines Models gehabt und sich dementsprechend gekleidet; jetzt sah sie geradezu zerbrechlich aus in ihren Designerjeans, den High Heels und dem mokkafarbenen Top. Wie immer war sie perfekt geschminkt, doch die dunklen Schatten unter den Augen schimmerten unter dem Make-up durch, und die Wangenknochen wirkten nicht mehr apart, sondern eher scharfkantig. Braune Schokoladenaugen blickten Jule übergroß aus dem schmalen Gesicht entgegen.

»Wie schön, dass du da bist. Ich hab uns Kaffee gemacht. Die Jungs sind bei Freunden; wir haben noch ein bisschen Ruhe«, sprudelte sie hektisch los.

»Kaffee wäre super!«

Bald saßen die Frauen auf der Terrasse, jede mit einem Milchkaffee in Händen. Vor ihnen auf dem Tisch hatte Jana zwei Gedecke und eine Platte mit Plätzchen und Pralinen platziert. Das parkähnliche Grundstück mit seinen weiten Rasenflächen, den Rhododendren und Hibiskusbüschen fächerte sich vor ihnen auf. Die Grundstücksgrenze bildete nach hinten eine weiße, zwei Meter fünfzig hohe Mauer. Ein modernes Dornröschenschloss, schoss es Jule nicht zum ersten Mal durch den Kopf, nur dass die Prinzessin nicht schlief, sondern einen aufgedrehten, hypernervösen Eindruck machte.

»Erzähl mal«, forderte Jana jetzt und faltete ein Pralinenpapier zu einem winzigen Viereck. »Wie ist es möglich, dass Michael dich entbehren kann?«

Jule strich sich die Haare aus dem Gesicht und überlegte. Was konnte, was wollte sie preisgeben? »Ach, der war tatsächlich nicht begeistert, aber der Laden läuft ein paar Tage auch ohne mich«, warf sie schließlich lapidar hin und kam sich der Schwester gegenüber ziemlich schäbig vor.

»Ich versteh' eh nicht, wie du es in der Pampa aushältst. Die Eifel ... mein Gott, da ist doch überhaupt nichts los. Bist du denn noch ... glücklich?«

Damit war ihre Beziehung zu Michael gemeint. Jule wusste, Jana konnte ihn nicht sonderlich gut leiden. Sie verstand nicht, wie man sich einen Mann aussuchen konnte, der ihrer Meinung nach nichts anderes vorzuweisen hatte als mehrere Haftstrafen.

»Klar sind wir glücklich«, betonte Jule daher schnell, vielleicht ein bisschen zu schnell, denn Jana kräuselte sofort misstrauisch die Stirn. »Aber, wie gesagt, ich musste mal raus. Ja, ich hatte sogar ein bisschen Heimweh.«

»Und ich habe dich vermisst!«, stieß Jana zu Jules Verwunderung aus tiefstem Herzen aus. Sie faltete das Pralinenpapier auseinander, um es anschließend zu einem goldenen Bällchen zusammenzuknüllen. »Ja, ich bin manchmal so ... einsam, weißt du. Vor allem, wenn Mama und Papa auf Reisen sind. Paul und Johann sind furchtbar wild, zanken sich ständig, und in der Schule gibt es auch Ärger. Und Sebi, der ... interessiert sich nicht wirklich dafür. Er denkt, ich mache mir hier einen Lenz, seitdem die zwei eingeschult und den halben Tag weg sind. Aber, Jule: So ist es nicht!« Erschrocken bemerkte Jule, wie sich ein feuchter Film in Janas getuschten Augenwinkeln gebildet hatte. »Es ist eher so, dass ich auf einem Pulverfass sitze. Was stellen sie jetzt gerade wieder an?, frage ich mich fortwährend. Und dann kommt ein Anruf aus dem Lehrerzimmer, dass Paul über Tische und Bänke geht und Jojo es auch noch komisch findet. Jule, ich kann einfach nicht mehr!« Jetzt purzelten die Tränen über ihre Wangen.

Jule war entsetzt. Hilflos tätschelte sie Janas Knie. »Och Mensch«, hauchte sie. »Davon wusste ich ja gar nichts.«

»Woher auch? Sebi sagt immer, ich soll mich nicht so anstellen und bloß nicht damit hausieren gehen. Aber bei wem könnte ich mich auch aussprechen? Meine Freundinnen haben alle nur Töchter! Kleine niedliche Dinger in rosa Kleidchen, die brav mit ihren Barbies spielen! Die kapieren gar nicht, wie anstrengend zwei Jungs sind, die sich gegenseitig nicht die Butter auf dem Brot gönnen!«

»Aber ich kann es mir vorstellen. Die zwei können einem wirklich manchmal den letzten Nerv rauben. Obwohl sie natürlich andererseits total süß sind«, beeilte sie sich zu ergänzen.

»Ja, nicht wahr?« Jana beugte sich nach vorn. »Und das Schlimmste ist, dass ich nie rauskomme! Wann war ich das letzte Mal shoppen? Ich kann mich nicht erinnern! Stattdessen bestelle ich meine Klamotten nur noch im Internet. Morgens bin ich mit Kochen beschäftigt und am Nachmittag mit den Hausaufgaben der beiden. Wenn ich meine Putzfrau nicht hätte, ich wüsste nicht mehr aus noch ein!«

Jule musste sich ein Schmunzeln verkneifen. Ihrer Meinung nach jammerte Jana auf hohem Niveau. Immerhin musste sie nicht arbeiten wie die meisten Mütter heutzutage, und sie und Sebi hatten aufgrund seines renommierten Architektenbüros wenigstens keine Geldsorgen.

»Warum leistest du dir keine Nachhilfe?«, fragte sie.

»Weil Sebi das ablehnt!« Janas Stimme nahm einen hysterischen Unterton an. »Er sagt, die zwei sind pfiffig, total fit für ihr Alter und brauchen keine Unterstützung. Und, Jule, das ist es ja auch nicht! Sie halten sich nur gegenseitig vom Lernen ab, weil sie sich zanken wie die Kesselflicker und eifersüchtig sind, wenn ich gerade mal dem anderen helfe! Es grenzt schon an ein Wunder, dass sie für eine Minute ruhig am Tisch sitzen bleiben!«

»Hast du deshalb so viel abgenommen?«

»Ja, vielleicht«, gestand sie und sackte in sich zusammen wie ein Häufchen Elend. »Aber auch wegen dem ständigen Stress mit Sebi. Er nimmt mich gar nicht mehr wahr, weißt du? Dauernd ist er auf dem Golfplatz oder geht joggen mit Patrick. Abends dann die Geschäftsessen, wo ich zu Hause bleiben muss wegen Paul und Jojo. Da vergeht einem echt der Appetit!« Plötzlich zwang sie sich zu einem Lächeln und straffte sich. »Aber jetzt bist du ja da! Trinkst du einen Sekt mit mir?«

Jule fühlte sich sofort an Ellen Dyckerhof erinnert. War Sekt das Mittel der Wahl von gestressten Müttern? Das Mitleid mit der Frau, die gerade um das Leben ihres Kindes bangen musste, schnürte ihr die Kehle zu.

»Klar trinke ich einen mit«, sagte sie mit belegter Stimme. »Unser Wiedersehen muss doch gefeiert werden!«

Heinz Metzen schüttelte den Kopf. Micha konnte seinen Gesichtsausdruck im dämmrigen Kneipenlicht nicht lesen.

»Nein, ich habe euch nicht verarscht«, sagte er bedächtig. »Denn die Elsie sagt, dass ungefähr um die Zeit, als Hanni und Georg wegzogen, also im Frühjahr 48, ein Junge verschwand, der so zwischen zwölf und vierzehn Jahre alt war. Otto hieß er und kam auch ursprünglich nicht aus dem Dorf, sondern tauchte irgendwann allein, verdreckt und verlaust bei einem der Bauern auf und bettelte um Arbeit. Im Juni 46 war das, meinte meine Großtante. Er durfte im Heu schlafen und auf den Feldern schuften, was er auch recht ordentlich machte, obwohl er wohl nicht der Hellste war. Ein bisschen schwer von Begriff. Zurückgeblieben, würde man heute sagen. Irgendwann zog er weiter, zumindest war er plötzlich fort.«

»Und jetzt glaubst du, dass er gar nicht freiwillig wegging, sondern im Keller von Hannis Hütte zurückgelassen wurde? Angekettet wie ein Stück Vieh?«, warf Dirk ungeduldig ein, der offensichtlich versuchte, die Geschichte mit seiner Frage abzukürzen.

»Genau.« Heinz stülpte sich seinen Hut wieder auf den Kopf und erhob sich umständlich. »Meine Großtante sagt nämlich, dass Hannis Sohn wirklich nur Dummheiten im Kopf hatte. Neun Jahre alt muss der Georg zu der Zeit gewesen sein, aber mit allen Wassern gewaschen. Der hat im Ort kräftig gezündelt und zum Beispiel die Scheune von Bauer Franz angesteckt, was Gott sei Dank rechtzeitig bemerkt wurde. Die bunten Glasfenster der Kapelle oben auf dem Weg nach Eichweiler hat er mit Steinen eingeschlagen. Einmal ließ er sogar die Kühe von einer alten Bäuerin frei; die trabten dann mit vollen Eutern kläglich muhend durchs Dorf. Außerdem prügelte er sich ständig und bekam deshalb einen Schulverweis. Elsie meint, es hätte zu ihm gepasst, den armen Otto, der wohl sehr gutgläubig und naiv war und alles machte, was der Georg sagte, im Keller anzuketten.«

Micha runzelte die Stirn. »Aber das ist doch ein völlig anderes Kaliber als die Streiche vorher. Dem Sohn von dieser Hanni musste doch klar sein, dass er das Schicksal des Jungen besiegelte, wenn niemand etwas davon mitkriegte.«

»Laut Elsie hat der Georg nie so richtig über die Folgen seiner Taten nachgedacht. Wenn der eine Idee hatte, setzte er sie einfach um. War eben ein Satansbraten, der Junge.«

»Aber müssen wir diesen Verdacht nicht an die Kripo weitergeben?«, schaltete sich Miro ein. »Das hört sich doch an, als wäre es wirklich so gewesen. Dann wäre der olle Fall schon mal gelöst …«

»Nix tut ihr!« Heinz' Faust krachte auf die Theke. Gläser klirrten. »Womöglich werden dann die alten Steinbacher wie meine Tante Elsie der unterlassenen Hilfeleistung angezeigt! Die haben damals gar nicht groß nach dem Otto gesucht, wisst ihr, obwohl sie es schon seltsam fanden, als er plötzlich verschwand. Nein, schlagt euch das aus dem Kopf! Außerdem: Vielleicht ist der Tote auch jemand ganz anderes. Wesseling sagt doch, dass der höchstens 10 Jahre alt gewesen ist. Das passt nicht zu diesem Otto. Obwohl: Wenn der behindert war, war er eventuell kleiner als normal. Aber vielleicht wurde der Mord auch wesentlich später verübt, als die Hanni und ihr Sohn lange fort waren. Seitdem war die Hütte unbewohnt, wie ihr wisst.«

»Mm, das ist ein Argument«, stimmte Eddie zu. »Aber irgendwas müssen wir doch tun! Es geht schließlich um Micha, Gerti, Jule und den *Eifelwind*. Je eher wir hier wieder Ruhe kriegen, umso besser. Wenn der Platz wegen diesen Mordgeschichten schließen muss, ist keinem geholfen. Und vier aus dieser Runde stünden ohne Arbeit da!«

Heinz Metzen seufzte. »Sehe ich ein. Aber haltet die Steinbacher raus! Und überhaupt: Das Ganze ist nur ein vager Verdacht, mehr nicht. Und es geht um eine verstaubte Geschichte, halb so interessant wie der aktuelle Fall. Nein, klärt lieber den Mordversuch an dem kleinen Dyckerhof auf. Vor diesem Täter haben die Leute Schiss!

Was ich mit der ganzen Geschichte sagen wollte, ist eigentlich Folgendes: Wenn wirklich 1948 der arme Otto dran glauben musste, weil ein kleiner Tunichtgut mit einem seiner Streiche zu weit gegangen ist, steckt heute vielleicht etwas Ähnliches dahinter. Der Geist des Bösen geht um und sucht sich einen neuen Körper! Vielleicht wieder ein Kind, das einem anderen etwas antut, was dann schlimmere Folgen hat, als beabsichtigt war …«

In Michas Bauch rumorte es, denn er musste sofort an Benny Zierowski und Annalena denken. »Für mich klingt das einfach nur nach Aberglaube und Hokuspokus, Heinz«, protestierte er. »Hörst du dich eigentlich selbst reden? Geister, die umgehen … So kenne ich dich gar nicht! Das, was hier passiert ist, ist real. Echte Täter, echte Opfer. Keine Gespenster! Wollen erst mal sehen, was Jule rausfindet. Sie hat mir schon mal aus der Patsche geholfen, wie ihr wisst. Die ist fit in solchen Sachen.«

Die anderen vier nickten, wirkten jedoch skeptisch und ratlos. Die Gruppe war gerade dabei sich aufzulösen – schließlich hatte jeder noch seiner Arbeit nachzugehen –, als plötzlich die Tür aufflog und ein kalkweißer Detlef Dyckerhof in völlig zerknittertem Hemd hereinstolperte.

»Habt ihr meine Frau gesehen? Micha, weißt du, wo Ellen ist?«, stammelte er und stützte sich schweratmend an der Theke ab.

»Nein, wieso? Ich dachte, ihr seid längst auf dem Weg in die Uniklinik nach Düsseldorf, wo Lars-Friedrich …«

»Nein. Er liegt noch in der Aachener Uniklinik …« Dyckerhofs Blick huschte panisch von einem zum anderen. »Damit er überhaupt transportfähig ist, müssen erst ein paar Untersuchungen gemacht werden. Aber immerhin hat sich sein Zustand nicht verschlechtert. Also haben Annalena und ich in der Cafeteria eine Kleinigkeit zu uns genommen, während Ellen bei unserem Sohn geblieben ist. Aber als wir zurückkamen, war sie weg! Unten an der Anmeldung wurde mir gesagt, eine blonde Frau sei draußen in ein Taxi gesprungen. Aber wo ist sie hin? Ich … ich … dachte …«

»Dass sie noch einmal dahin zurückkehrt, wo der Kleine angegriffen wurde?«, ergänzte Micha behutsam.

»Aber dort ist sie nicht. Ich war gerade schon an der Stelle am Steinbach.«

Dirk Grotens hatte eine Idee. »Vielleicht mal die Taxiunternehmen anrufen? Die können sagen, wo der Fahrer sie hingebracht hat.«

»Hab ich schon längst.« Dyckerhof rieb sich müde die Augen, ließ sich auf einen Barhocker fallen und sank in sich zusammen. »Habe diverse Klitschen in Aachen angerufen, und schon beim dritten Unternehmen hatte ich Glück. Vorn an der Landstraße am Campingplatzschild hat der Fahrer sie abgesetzt. Sie muss hier irgendwo sein, aber ich kann sie nicht finden!« Er barg den Kopf in den Händen.

Seine Verzweiflung rührte Micha. Der Mann brauchte Unterstützung. »Okay, dann machen wir uns gemeinsam auf die Suche. Kommt, Jungs.«

Sie fanden Ellen Dyckerhof schließlich in der Baugrube. Eddie entdeckte sie als Erstes, als er gemeinsam mit Micha den Waldrand abschritt, ausgehend vom Tatort, immer entlang des Steinbaches.

»Guck mal, Micha, da unten liegt doch jemand, oder?«

Innerhalb weniger Sekunden waren sie bei ihr. Micha hatte ein Rauschen in den Ohren, und fortwährend zuckten gelbe Blitze vor seinen Augen, während er in die Grube hinunterkletterte und zu der auf dem Bauch liegenden Frau hinstürzte. Das alles hatte er doch schon einmal erlebt oder zumindest so ähnlich!

»Scheiße, bitte nicht!«, betete er inständig, hockte sich neben sie und fühlte hektisch ihren Puls. Erst spürte er nichts, aber dann sah er, wie sich ihr Brustkorb sachte hob und senkte. Sie lebte! In dem Moment schlug Ellen Dyckerhof die Augen auf.

»Was ist passiert?«, murmelte sie. »Und warum habe ich solche Kopfschmerzen?«

Wie sich herausstellte, war sie bis auf eine Platzwunde am Hinterkopf und ein paar Schrammen an den Armen unverletzt. Detlef führte es auf die starken Beruhigungsmittel zurück, die seiner Frau im Krankenhaus verabreicht worden waren. »Die machen die Muskeln locker, sodass man sich beim Fallen nicht verkrampft. Sie hat verdammtes Glück gehabt!«

Schleunigst hatten sie Ellen in die *Eifelwind*-Kneipe getragen und dort auf eine gepolsterte Bank gelegt. Detlef stützte ihren Kopf, während Dirk Grotens die Wunde reinigte und mit einem Mittel aus seinem Erste-Hilfe-Kasten desinfizierte. Anschließend legte er Ellen einen Kopfverband an. Er war auch der Erste, der nachfragte, woher die Verletzung am Hinterkopf herrührte.

»Sie lagen auf dem Bauch, als wir Sie fanden und raufholten«, sagte er nachdenklich. »Wie kann es sein, dass Sie sich bei dem Sturz den Hinterkopf aufgeschlagen haben?«

»Weiß nicht«, murmelte Ellen. »Ich erinnere mich nicht mehr. Aber … da war erst dieser Schmerz am Kopf – ganz plötzlich, und mir wurde schwarz vor Augen. Dann bin ich gefallen.«

Die Männer wechselten vielsagende Blicke.

»Hört sich an, als hätte jemand Sie niedergeschlagen«, schlussfolgerte Dirk.

»Ich weiß es wirklich nicht.« Ellen blinzelte Detlef Hilfe suchend an. »Kann sein, aber … ich erinnere mich nicht.«

»Sie sollten die Polizei rufen. Für alle Fälle. Man stürzt doch nicht von allein in so eine tiefe Grube. Dirk hat recht«, gab Miro zu bedenken.

»Nein!«, wehrte sich Ellen vehement und setzte sich auf. Ihr Blick flog von ihrem Mann hin zu Annalena, die wie ein Häufchen Elend in der Ecke des Gastraums im Halbdunkeln auf einem Stuhl hockte. Ihr Vater hatte sie aus dem Auto geholt, nachdem Ellen in die Kneipe getragen worden war. Seitdem saß das Mädchen stumm da. »Ich bin all die Befragungen leid … und auch diese anstrengenden Kripobeamten. Ich will einfach nur nach Hause. Ich fühle mich schon wieder ganz fit.«

»Aber das könnte ein Anschlag auf Ihr Leben gewesen sein«, beschwor Dirk sie.

Doch Ellen presste trotzig die Lippen zusammen. Micha kapierte es nicht. Nachdenklich schaute er hinüber zu Annalena, die einen verlorenen und gleichzeitig abwesenden Eindruck auf ihn machte. Er fand ihr Verhalten seltsam. Warum saß sie nicht bei ihrer Mutter? Warum hielt sie sich abseits und tat, als ginge sie das alles nichts an? Und warum beäugte sie zwischendurch Dirk so komisch, als habe er ihr etwas angetan?

»Ich glaube, was meine Frau jetzt tatsächlich dringend benötigt, ist Ruhe«, beschloss Detlef Dyckerhof und griff nach Ellens Hand. »Es sind reine Spekulationen, dass sie niedergeschlagen wurde. Aber wenn es euch beruhigt, rufe ich von zu Hause aus Hauptkommissar Wesseling an und informiere ihn von dem Zwischenfall.«

Micha verstand Detlefs Reaktion ebenso wenig. Unauffällig setzte er sich zu Annalena, während die anderen weiter vorn immer noch mit den starrköpfigen Dyckerhofs diskutierten.

»Möchtest du etwas trinken?«, fragte er sie leise.

Wortlos schüttelte sie den Kopf.

»Oder essen?«

Erneutes Kopfschütteln. Aber plötzlich schaute sie auf, ihr Haarvorhang teilte sich, sodass Micha in die Tiefe von zwei unergründlichen schwarzen Pupillen blickte, während sie ihm kaum hörbar zuflüsterte: »Benny, ich habe den Benny gesehen. Vorhin. Im Wald.« Sie legte einen Finger an die Lippen. »Aber psst. Ich sag's nicht weiter.«

Am frühen Nachmittag kehrten die Zwillinge vom Spielen nach Hause zurück. Schlagartig war es mit der Ruhe vorbei. Jana scharwenzelte aufgedreht um sie herum und nötigte sie, Unmengen von Spaghetti mit Tomatensauce zu verzehren, obwohl die beiden hartnäckig behaupteten, gar nicht hungrig zu sein. Danach musste der Tisch in der Küche grundgereinigt werden. Überall klebten Nudelreste und Soßenflecken. Paul und Jojo hatten sich ebenfalls kräftig eingesaut. Jana wies sie an, gründlich Gesichter und Hände zu waschen.

Die Sechsjährigen ignorierten die Mutter gekonnt, offensichtlich Ergebnis langjähriger Übung, und tobten erst einmal ausgelassen herum. Dabei hinterließen sie auf allem, was sie anfassten, klebrige Spuren. Jana schimpfte und zeterte, bis die Zwillinge endlich die Treppe hochpolterten und kichernd im Bad verschwanden.

Jule lehnte derweil als stumme Beobachterin an der Kochinsel von Janas Luxusküche. Besorgt registrierte sie, dass ihre jüngere Schwester bereits jetzt mit den Nerven am Ende war. Dabei waren die Kinder gerade mal eine knappe Stunde daheim. Sie fragte sich, warum Jana sich diesen Stress antat. Die Jungs waren augenscheinlich pappsatt gewesen, als sie nach Hause kamen. Sie hatten überhaupt nichts essen wollen. Dass sie mit den Nudeln gespielt hatten, war ihre Form der Rebellion gewesen.

Gerade wollte sie Jana helfen, das schmutzige Geschirr in die Spülmaschine zu räumen, als ihr Handy klingelte. Sie fischte es aus ihrer Handtasche und verzog sich nach nebenan ins Esszimmer.

»Hi, Schatz«, begrüßte sie Micha, »vermisst du mich schon? Nach den paar Stündchen? Ist ja süß.« Aber als sie hörte, was Micha ihr im Schnelldurchlauf berichtete, verging ihr die Lust zu scherzen.

»Und die Familie ist jetzt zurück nach Neuss gefahren?«, hakte sie am Ende seines Berichts nach.

»Nein, erst mal zurück nach Aachen. Später begleiten sie Lars-Friedrich zur Düsseldorfer Uniklinik. Den Wohnwagen holt morgen einer von Dyckerhofs Mitarbeitern ab. Jule, ich mache mir echt Sorgen wegen Benny. Stell dir vor, es war kein Hirngespinst von Annalena, und er befand tatsächlich zu der Zeit im Wald, als Ellen niedergeschlagen wurde ... Ist er es etwa gewesen? Und was hat das mit dem Mordanschlag auf den kleinen Dyckerhof zu tun? Jule, du musst unbedingt herausfinden, wo Benny sich aufhält und wie lange schon. Und beeil dich. Je länger du dir Zeit lässt, umso weniger kann man das nachvollziehen, und der Junge erzählt dir einen vom Pferd.«

»Das wird er sowieso tun, wenn er überhaupt ein Wort mit mir spricht«, erwiderte Jule frustriert. »Er wird gar nicht froh sein, mich zu sehen, Micha ... Im Gegenteil. Ich hab' ihn am Freitag rausgeschmissen und ihm mit einer Anzeige gedroht. Der hasst mich wie die Pest.«

»Dann biete ihm an, dass er die Stelle wiederhaben kann. Sag, du hättest es nicht so gemeint ... irgendwas in der Art. Aber mach schnell ...«

»Okay, das wäre eine Möglichkeit, an ihn ranzukommen. Keine Sorge, bin schon auf dem Sprung. Du kannst dich auf mich verlassen. Micha ...«

»Ja?«

»Mach's gut!«

»Und du erst! Pass auf dich auf und geh kein unnötiges Risiko ein. Melde dich bald.«

»Ja, mach ich.«

Sie drückte noch ein Küsschen auf den Hörer, als sie bemerkte, dass Jana offenbar die ganze Zeit zugehört hatte. Mit einem Küchenhandtuch über der Schulter lehnte sie im

Türrahmen. Ihr zartes Gesicht trug einen halb enttäuschten, halb wütenden Ausdruck. Jule spürte, wie ihr die Röte in die Wangen schoss.

»Dachte ich es mir doch«, stieß Jana heftig aus. »Du bist gar nicht wegen mir nach Kaarst gekommen. Es ist wegen deinem … Michael, dem Versager. Der hat mal wieder irgendwas verbockt, und du musst es für ihn geradebügeln! Weil er sein Leben nicht auf die Reihe kriegt!«

»Unsinn!«, widersprach Jule. Gleichzeitig begann sie, sich über Jana zu ärgern. »Micha hat damit nichts zu tun. Aber …«

»Nix aber. Du kannst mich mal, Jule! Und ich dachte wirklich, dass du dich auf den Besuch bei mir freust und mich vielleicht genauso vermisst hast da draußen in der Einöde wie ich dich hier.« Sie drehte sich um und stöckelte beleidigt in die Küche zurück. Demonstratives Geschirrgeklapper folgte.

Jule seufzte. Eile war geboten. Sie musste dringend mit Benny Zierowski sprechen, andererseits hatte sie ein mieses Gefühl dabei, Jana, die zurzeit offensichtlich besonders dünnhäutig war, vor den Kopf zu stoßen. Also gab sie sich einen Ruck und ging zu ihrer kleinen Schwester hinüber. Die stand an der Spüle, drehte ihr den Rücken zu und schrubbte wie verrückt den Nudeltopf.

»Jana, bitte …«

»Lass mich!«

Jule hörte, dass sie weinte. Schnell trat sie näher und berührte sanft Janas zuckende, schmale Schulter. »Natürlich freue ich mich, dich zu sehen. Ich hab dich lieb, das weißt du doch! Aber, schau, Micha und ich haben große Probleme im *Eifelwind*. Erst wurde bei Bauarbeiten das Skelett eines Jungen gefunden, der vor mindestens einem halben Jahrhundert zu Tode kam, und dann hat jemand den sechsjährigen Sohn von Campinggästen fast totgeschlagen! Keiner weiß, ob er das überleben wird! Vielleicht kennst du sogar die Familie. Die Dyckerhofs aus Neuss, weißt du, die haben doch diese Sauerkrautfabrik am Hafen …«

Langsam drehte Jana sich um. Ihre dunklen Augen wirkten riesig in dem blassen Gesicht. »Lars-Friedrich? Sprichst du etwa von Lars-Friedrich Dyckerhof?«

»Ja«, stotterte sie, »so heißt der Kleine. Es ist so schrecklich! Er liegt im Koma. Und die Kripo ermittelt unserer Meinung nach in die völlig falsche Richtung … Aber woher kennst du den Jungen?«

»Rheinisches Landestheater in Neuss. Die Zwillinge haben in den Osterferien dort einen Schauspielkurs für Kids besucht. Lars-Friedrich war auch angemeldet. Ein süßer Junge, aber ähnlich wild wie meine zwei. Ich habe mich schnell mit Ellen angefreundet. Wir sind immer einen Kaffee trinken gegangen, während die Kids geprobt haben. Und du bist dir sicher, dass Lars-Fried…?«

»Kein Zweifel! Jana, irgendjemand hat den Kleinen brutal niedergeschlagen und dann in den Steinbach geworfen. Es ist furchtbar! Die ganze Region steht Kopf. Es ist nur eine Frage der Zeit, bis auch die Medien hier von der schrecklichen Sache berichten; die Dyckerhofs sind eine einflussreiche Neusser Familie. Und stell dir vor: Fast alle Campinggäste sind abgereist. Micha und ich … wir wollen uns nicht auf diesen fetten Kommissar Wesseling verlassen. Der hat sich in den Kopf gesetzt, dass ein Schwulenpärchen …«

Jule brach ab und runzelte die Stirn. Die Taufe! Stimmt, Jana kannte Martin Weimann, den Priester. Sie begriff, dass diese Verbindung von unschätzbarem Wert für die Aufklärung des Falles sein konnte, wenn sie diskret vorging. Gleichzeitig war ihr klar, dass sie jetzt gerade weder Zeit noch Geduld hatte, auch noch dieses Fass aufzumachen.

»Jana, ich muss dringend weg. Einen ... Zeugen befragen. Bitte, bitte sei nicht mehr sauer, ja? Wir reden später weiter, okay? Und ich wäre dir dankbar, wenn du alles erst mal für dich behältst. So schwer es dir auch fallen mag ...«

»Klar, nein ... ich sag nichts weiter. Versprochen. Aber das ist ja wirklich schrecklich. Bitte, lass mich nicht außen vor, wie damals, ja? Versprich mir, dass du mir nachher alles erzählst!«

»Mach ich!« Dankbar umarmte Jule sie, schnappte sich ihre Handtasche und verließ schnurstracks die Villa.

Das große Tor mit dem rostigen Schild *Wilhelm Zierowski, Gebrauchtwagen, An- und Verkauf* daran stand offen, als Jule nach fünf Minuten Fahrt über die B 7 an IKEA und MC Donalds vorbei das Gelände im Holzbüttger Gewerbegebiet erreichte. Entlang der befahrenen, breiten Straße und ihren Abzweigungen rechts und links waren Firmensitze angesiedelt, dazwischen lockten Gebäude mit blinkenden Lichterherzen Kunden ganz anderer Art an.

Inzwischen war es später Nachmittag. Die Sonne hing buttergelb am Himmel und heizte die Karossen der Fahrzeuge auf, die sich jenseits des Zauns von Zierowskis Gebrauchtwagenhandel dicht an dicht drängten.

Jule parkte den Twingo am Bürgersteig und betrat das Gelände. Niemand zu sehen. Sie schaute sich um. Rechterhand befand sich der Wohncontainer der Zierowskis, direkt vor ihr versperrte ein Reifenstapel die Sicht. Jule umrundete einen Haufen mit alten Auspuffrohren und näherte sich der metallenen Haustür. Von drinnen hörte sie Stimmen.

»Ich passe«, knurrte eine tiefe Stimme, eindeutig Willis.

Ein anderer Mann erklärte in siegesbewusstem Tonfall: »Und ich will sehen.«

Jule verzog missbilligend den Mund. Willi pokerte und das am helllichten Tag! Wer kümmerte sich denn währenddessen um sein Geschäft? Die Frage klärte sich von selbst, als sich linkerhand, zwischen zwei Autos eine Frau hindurchschlängelte. Ihr langes, fusseliges Haar hatte sie platinblond gefärbt, das maskenhaft geschminkte Gesicht war durchschnitten von tiefen Furchen. Bei Jules Anblick schnellten schwarz nachgezogene, hauchdünne Augenbrauen fragend in die Höhe. Dann grinste sie plötzlich breit.

»Jule!«, stieß sie aus. »Dich habe ich aber lange nicht gesehen!«

»Mimi!«

Simone *Mimi* Hermanns, Willis Lebenspartnerin, umrundete einen Mercedes und drückte Jule rechts und links ein Küsschen auf die Wangen. Sie war eine unkomplizierte, warmherzige Frau, deren einziges Manko nach Jules Ansicht darin bestand, sich hartnäckig zu weigern, ihr biologisches Alter von mittlerweile stolzen 57 Jahren zu akzeptieren. Dementsprechend kleidete sie sich. Sie steckte in Röhrenjeans, High Heels und einem hautengen schwarzen Top mit paillettengesticktem Totenkopf, das den Hüftspeck, der sich über den Hosenbund wölbte, und die schlaffen Oberarme noch betonte. Allerdings konnte sich ihr üppiger operierter Busen wirklich sehen lassen.

»Bist du wegen Benny gekommen?«, erkundigte sie sich jetzt und legte die Stirn in besorgte Falten. »Der Willi weiß echt nicht mehr aus noch ein. Seit ihr den Jungen rausgeschmissen habt, ist der total von der Rolle. Ich mein, versteh mich nicht falsch, ich kann total nachvollziehen, dass ihr sauer seid, aber«, sie biss sich auf die Lippen, »wir wissen einfach nicht mehr weiter. Gestern Abend schnappt sich der Benny einfach, ohne zu fragen, Willis Harley für 'ne Spritztour und taucht erst vor 'ner Stunde wieder auf. Jetzt ist der Tank leer, und der Junge redet kein Wort mit seinem Vater oder mir. Von 'ner Entschuldigung ganz zu schweigen! Vergräbt sich bloß in seinem Zimmer ... wahrscheinlich wieder mal tagelang. Das ist kein Zustand, sag ich dir. Dabei hatten Willi und ich so gehofft, dass er es im Job bei euch endlich zu was bringen würde.«

Jules Herz begann zu rasen. Benny war über Nacht fort gewesen und eben erst zurückgekommen, das hörte sich gar nicht gut an. »Ja, das verstehe ich. Mimi, genau deshalb bin ich hier: um noch mal mit ihm zu sprechen. Micha und ich könnten uns unter bestimmten Bedingungen vorstellen, die Kündigung rückgängig zu machen. Benny muss allerdings lernen, sich an unsere Regeln zu halten und zuverlässig zu arbeiten. Sag mal, kann ich zu ihm?«

»Klar!« Mimi wirkte unendlich erleichtert. »Aber erst musst du dem Willi Hallo sagen. Er und seine Kumpels sind mal wieder am Zocken. Immer wenn's Probleme gibt, holt mein Bärchen die Pokerkarten raus. Na ja, wenn's hilft.« Sie ging vorweg und öffnete die Haustür. Dabei wandte sie sich noch einmal zu Jule um: »Aber nicht erschrecken, ja?«, flüsterte sie verschwörerisch. »Die Typen sehen schlimmer aus, als sie sind!«

Jule nickte und folgte ihr in den Wohncontainer. Drinnen herrschte Dämmerlicht; sämtliche Rollos hatte man bis auf schmale Schlitze heruntergelassen; die Sonne malte Muster aus gestrichelten Linien an die Wände und auf die zusammengewürfelten Möbel. Eine Stehlampe in einer Ecke spendete künstliche Helligkeit. Die Luft im Zimmer war dermaßen rauchgeschwängert, dass Jule husten musste. Als sie sich an die Lichtverhältnisse gewöhnt hatte, sah sie fünf Männer um einen runden Holztisch sitzen. Der war vollgestellt mit leeren Bier- und Schnapsflaschen und schwelenden Aschenbechern. Die Männer trugen Muskelshirts oder Unterhemden – Jule konnte das nicht unterscheiden. Ihre Arme waren fast lückenlos mit Tätowierungen bedeckt. Sie hielten Spielkarten in den Händen, vor ihnen häuften sich Geldscheine. Der Dickste unter ihnen erhob sich schnaufend.

»Jule!« Eilig wuchtete er seinen Bauch an den anderen vorbei. »Moment, Jungs.«

Willi begrüßte sie zurückhaltend. Seine sonst so gutmütigen Augen drückten Skepsis und sogar Ablehnung aus. Jule bekam sofort ein schlechtes Gewissen und auch ein bisschen Angst. Mit dem Rausschmiss von seinem Sohn hatte sie ihn enttäuscht, das war deutlich zu spüren. Auf keinen Fall wollte sie Willi Zierowski zum Feind haben.

»Hi, Willi.« Sie drückte seine Hand und schaute ihm offen ins Gesicht. »Ich würde gern mit Benny sprechen. Vielleicht können wir über die Kündigung noch mal in aller Ruhe reden. Wenn er versteht, dass er sein Verhalten ändern muss und mehr Arbeitseinsatz zeigt, kann er gern wieder in den *Eifelwind* kommen. Ich habe in meinem Ärger vielleicht etwas vorschnell gehandelt. Micha war nicht gerade begeistert davon.«

Willis eben noch so ernste Miene verzog sich zu einem zögernden Lächeln. »Hört sich gut an«, sagte er und zog Jule mit sich in die helle kleine Küche. Hier konnte Jule sehen, wie sehr Willi die Sorgen um seinen Sohn mitnahmen. Seine Haut war grau, die Augenringe dunkler als sonst.

»Hör mal«, fuhr er jetzt leise fort, »ich versteh' ja, dass ihr auf hundertachtzig wart, aber der Benny ist so ein zartes Pflänzchen. Total fertig. Es muss bei euch noch mehr passiert sein, als er zugibt. Irgendwas lässt den nicht zur Ruhe kommen. Er ist nächtelang unterwegs und isst kaum noch was. Mit mir redet er kein Wort! Auch nicht mit Mimi. Aber wenn du … Vielleicht kannst du was erreichen. Und Jule, und sei nicht zu streng. Du weißt, was der Junge mitgemacht hat … Der ist nicht so stabil, wie man es in seinem Alter eigentlich sein sollte.«

Jule nickte beklommen. Schuldgefühle schnürten ihr die Kehle zu. Wenn es stimmte, was sie vermutete, dann hatte Benny bald weit größere Probleme am Hals. Dann nützte ihm auch seine schwere Kindheit nicht viel. Und sie, von der Solidarität erwartet wurde, war gerade dabei, sämtliche Verfehlungen des Jungen aufzudecken.

»Ist er in seinem Zimmer?«, erkundigte sie sich mit belegter Stimme.

»Ja, wo sonst? Bestimmt hängt er am Computer.« Willi schüttelte verständnislos den Kopf. Wahrscheinlich wäre es ihm lieber, sein Sohn würde gemeinsam mit ihm und seinen zwielichtigen Freunden dem Glücksspiel frönen und dabei trinken und rauchen, anstatt sich in den virtuellen Weiten des Internets zu verlieren.

»Okay, dann geh ich mal zu ihm.«

»Geradeaus«, half er ihr noch und wies mit der Hand den Weg. »Und, Jule?«

»Ja?«

»Danke, dass du hergekommen bist.«

Benny saß wider Erwarten nicht vor dem Rechner. Der Stuhl an seinem Schreibtisch war leer, soweit Jule es erkennen konnte. Denn in diesem Raum hatte man zwar nicht die Rollos heruntergelassen wie im Wohnzimmer, dafür waren die Vorhänge vor dem Fenster zugezogen. Die Luft roch abgestanden und nach Schweiß. Häufchen aus Kleidungsstücken sowie andere, nicht zu erkennende Gegenstände, bedeckten den Boden. Rechts in der Ecke machte Jule das Bett des Jungen aus. Er lag bäuchlings darauf, den Kopf im Kissen vergraben. Seine dunklen, strähnigen Haare hingen von der Bettkante.

»Benny?«

Keine Antwort.

»Benny, ich bin's, Jule. Ich soll dir schöne Grüße von Micha bestellen ...«

»Hau ab!« Seine Stimme klang gedämpft, und weniger wütend als vielmehr verzweifelt.

»Benny, ich ...«

»Hast du nicht gehört? Lass mich in Frieden!«

»Tut mir leid, das geht leider nicht. Weißt du schon, dass ...?«

»... Annalenas kleiner Bruder im Krankenhaus liegt? Klar weiß ich das, hat sie doch bei Facebook gepostet. Is' mir aber scheißegal. Und jetzt hau ab!«

Inzwischen hatten Jules Augen sich an die Dunkelheit gewöhnt, und sie erkannte, dass Benny eine schwarze Motorradhose trug. Knochige nackte Füße schauten unten heraus. »Benny, was hast du mit der Sache zu tun? Ich weiß, dass du heute Morgen im *Eifelwind* warst. Annalena hat dich im Wald gesehen. Ihre Mutter wurde niedergeschlagen ...«

»Und jetzt verdächtigst du mich?« Benny drehte sich abrupt auf den Rücken. Dunkle Augen funkelten sie wütend an. »Das ist doch *bullshit*! Und lass mich bloß mit dieser abgedrehten Familie in Ruhe! Das sind alles Psychos! Und Annalena ist die Schlimmste!«

Jule war verblüfft. Das Gespräch nahm eine Wendung, die sie nicht nachvollziehen konnte. Unaufgefordert hockte sie sich auf die Bettkante, worauf Benny sofort von ihr wegrückte und sich mit dem Rücken an die Wand lehnte.

»Was soll das?«, fauchte er. »Du sollst gehen!«

Sie ignorierte es einfach. »Erzähl!«, forderte sie ihn stattdessen auf. »Was willst du damit sagen, die Dyckerhofs seien Psychos?«

»Mann, ich hab' keinen Bock!«

»Benny, dein Vater macht sich schlimme Sorgen um dich, und ich mir inzwischen auch. Ich habe das Gefühl, du bist tiefer in diese Geschichte verstrickt, als gut für dich ist.«

»Ich hab' nix Schlimmes getan.« Er verdrehte die Augen und atmete tief durch. »Aber bei Annalena bin ich mir inzwischen nicht mehr so sicher. Die war von ihrem kleinen Bruder voll abgenervt, weißt du? Und von ihren Eltern auch. Vor allem von der Mutter. Ich glaub ja, dass sie krass eifersüchtig war, weil die Mama sich immer nur um Lars-Friedrich gekümmert hat. Der machte wohl von klein auf Probleme, schon im Kindergarten. Annalena sagt, sie fand ihn echt nervig. Hat als Baby pausenlos gebrüllt und später jede Menge Sachen kaputt gemacht. Freunde fand der auch nicht …« Benny grinste müde. »Aber das kenn' ich. Wer braucht schon Freunde? Na ja, jedenfalls hatte Annalenas Mutter alle Hände voll zu tun und ist wohl auch selbst ziemlich durch den Wind. Annalena sagt, dass sie total *crazy* und zerstreut ist, dauernd wichtige Sachen vergisst, zum Beispiel Elternabende in der Schule oder Arzttermine. Was Annalena macht, interessiert sie einen Scheißdreck …«

»Moment mal!« Jule schüttelte den Kopf. »Das stimmt so nicht. Annalenas Vater hat mir erzählt, dass die Dyckerhofs nur deshalb in die Eifel gekommen sind, damit Annalena in Fringsheim eine Therapie macht. Und ihre Mutter ist mit ihr regelmäßig dorthin gefahren. Wenn das nicht Kümmern ist.«

»Pah, von wegen! Die Mutter hat sie bloß vor dem Haus dieser Psychotante abgesetzt, um dann mit Lars-Friedrich irgendwas Schönes zu unternehmen. Schwimmen, Eis essen in Bad Münstereifel oder Tiere füttern im Eifelpark. Annalena fand das echt kacke.«

Das konnte Jule sich vorstellen. Ihr Bild von der Familie Dyckerhof nahm an Schärfe zu. »Willst du damit etwa andeuten, dass Annalena ihrem kleinen Bruder etwas angetan hat?«

»Nein! Jedenfalls«, Benny war förmlich zusammengezuckt bei Jules Schlussfolgerung, »kann ich mir das nicht vorstellen. Aber *strange* ist sie schon, und die Eltern sind es auch. Von wegen heile Welt und Geld wie Heu.

Weißt du, ich hab' immer gedacht, dass ich mit meinen Alten ganz schön Pech gehabt hab': Papa im Bau, Mama ein Junkie und früh abgekratzt. Aber je besser ich Annalena kennengelernt habe, umso mehr war ich froh, den Willi als Vater zu haben. Bei dem weiß ich wenigstens, woran ich bin. Und er hält zu mir. Die Dyckerhofs sind echt gruselig.«

Plötzlich klappte er den Mund zu, offensichtlich selbst erstaunt über seine plötzliche Redseligkeit. Auch Jule war verblüfft. Sie hatte gar nicht geahnt, wie reflektiert und sensibel Benny war. Wieder regten sich Schuldgefühle in ihr. Zum ersten Mal konnte sie sich wirklich in ihn einfühlen, und sie empfand sogar so etwas wie Sympathie für den Jungen.

»Mmh, okay. Aber was glaubst du denn, was passiert ist?«, ermunterte sie ihn behutsam.

»Keine Ahnung, wer den Kleinen fertiggemacht hat. Aber irgendwie hat es mit der *family* zu tun. Vielleicht war es der Alte. Der ist nämlich ganz schön streng, sagt Annalena, und tickt oft aus. Oder die Mutter … Wer weiß? Ich glaub jedenfalls nicht, dass die beiden Touris was damit zu tun haben.«

»Und warum warst du heute Morgen im *Eifelwind*?«

»Na, ich wollte Annalena zeigen, dass ich zu ihr stehe. Dass ich für sie da bin, wenn sie Hilfe braucht.« Er räusperte sich. »Also bin ich gestern, nachdem sie so 'n paar verrückte Sachen bei Facebook gepostet hat, mit Papas Harley los. Ich dachte ja, sie wär' zu Hause in Neuss, also bin erst da hin.

Mann, haben die eine Villa. Echt Hammer! Ich hab' geklingelt, und erst hat überhaupt keiner aufgemacht. Na ja, war eben schon spät, mindestens elf, aber was sollte ich machen? Ich hab' ja keine Handynummer von Annalena.

Dann stand plötzlich so ne Alte in der Tür, ich meine: richtig alt: Weiße Haare, dürr wie ein Stock, strenges, runzliges Gesicht. Oh Mann, was hat die mich zusammengefaltet. Was ich mir einbilde, zu nachtschlafender Zeit ehrliche Leute aus dem Bett zu klingeln und laber Rhabarber. Irgendwann ist sie dann damit rausgerückt, dass Daddy Dyckerhof noch mit Frau und Tochter in der Eifel ist.

Also bin ich los. Gegen eins war ich im *Eifelwind*. Aber was sollte ich dort mitten in der Nacht ausrichten? Deswegen bin ich in den Wald. Ganz vorsichtig bin ich mit der Harley über den Waldweg gefahren, bis ich zu der Abzweigung kam, wo es auf die Lichtung geht. Ich hab' das Motorrad in die Büsche geschoben und oben auf dem Jägerhochstand erst mal ne Runde gepennt. Aber 'ne ruhige Nacht war das nicht.« Er strich sich die Haare aus dem Gesicht. »Mir war saukalt trotz der Lederklamotten. Und dann waren da diese Lichter. Irgendwer hat mit Taschenlampen im Wald rumgeleuchtet. Ungefähr da, wo jetzt die Baugrube ist und wo diese Uraltknochen gefunden wurden. Ich hatte das im Internet gegoogelt, als mein Alter mir davon erzählt hat. Daher wusste ich, was Sache war. Ich hab' noch gedacht: Das sind bestimmt irgendwelche Skandalreporter oder Archäologen.«

Jule wunderte sich, wie leicht ihm das Fremdwort über die Lippen ging. Benny war keinesfalls zurückgeblieben, das hatte sie inzwischen begriffen. Gleichzeitig fragte sie sich, ob er richtig lag oder wer sonst im Stockdunkeln die Überreste von Hannis Hütte aufgesucht haben konnte.

»Gegen sieben bin ich aufgestanden. Ich hatte mächtigen Hunger. Also hab ich mich zum Hintereingang der Rezeption geschlichen. Dort stellt doch der Bäcker *Esser* immer die Kisten mit den Brötchentüten hin.« Benny grinste sie entschuldigend an und zog die mageren Schultern hoch. »Sorry, aber daran hab' ich mich bedient. Ich zahl sie auch, wenn du willst. Beinahe hätte mich übrigens der Dirk erwischt. Der stand draußen am Rücheneingang von der *Eifelwind*-Kneipe und hat geraucht, aber der war entweder einfach müde oder total in Gedanken versunken. Mit drei Croissants und zwei Brötchen bin ich zurück zum Hochstand. Nein, stimmt nicht ganz. Erst hab' ich am Steinbach ein bisschen Wasser geschöpft und getrunken, dann war ich bei der Baustelle. Aber ich konnte nichts Besonderes erkennen. Eddies Bagger hing immer noch in dem Loch, und keine Menschenseele war zu sehen. Später hab' ich mich ein bisschen hingelegt und bin erst gegen halb zwölf wieder aufgewacht.«

»So lange hast du geschlafen?« Jule war verblüfft. Erst hetzte Benny getrieben vom Wunsch, seiner Freundin zu helfen, Hals über Kopf in die Eifel und dann verschlief er in aller Seelenruhe den halben Tag? Das passte doch nicht zusammen.

»Na ja«, Bennys Stimme klang kleinlaut. »ich hatte mir 'ne Tüte gebaut und die da oben geraucht. Das hat mich müde gemacht. Jedenfalls bin ich irgendwann übers Campingplatzgelände gestreift, immer auf der Hut, dass mich keiner sieht. Auch vorn am Parkplatz war ich, aber der Q7 der Dyckerhofs stand nicht da. Also bin ich zurück in den Wald. Ich war ratlos. Was sollte ich machen? Ich hab' überlegt, dass ich mir mal den Tatort anschaue, also die Stelle, an der Annalenas Bruder ... fast gestorben ist. Ich wusste nicht genau, wo das war, hab' aber vermutet, dass es da sein muss, wo sich dieses Becken im Steinbach bildet. Annalena und ich haben dort öfters mal gesessen und gequatscht. Und Volltreffer: Als ich ankam, hab ich Annalenas *Mum* gesehen. Sie saß am Bachufer auf einem Baumstumpf und hat geheult wie ein Schlosshund. Ich hab mich schnell hinter ein paar Minikiefern versteckt und gedacht, dass Annalena nicht weit sein kann. Aber niemand da! Nur diese verrückte Tussi ... Selbstgespräche hat die geführt oder Small Talk mit Lars-Friedrich, so, als säße der neben ihr. Zwischendurch hat sie immer mal wieder geweint. Es war echt *strange*!«

Benny blickte Jule Hilfe suchend an. »Ich wusste nicht, was ich tun sollte. Irgendwie tat sie mir leid, aber ich hatte auch Schiss ... Na ja, später, viel später ist sie los. Da hab' ich auch schon Stimmen vom Campingplatz her gehört. Mehrere Leute rückten an. Das hat Annalenas Mutter auch mitgekriegt, und es hat ihr überhaupt nicht gepasst. Sie ist Richtung Baugrube gerannt. Ich bin leise hinterher. Und plötzlich ...« Benny brach ab und stöhnte auf. Jule fixierte ihn gespannt. Hinter ihrer Stirn pochte es heftig. »... seh' ich Annalena, die zwischen zwei Bäumen rauskommt. Sie hat mir direkt in die Augen geguckt und dann – zack! – wieder weg. Erst sieht sie mich an und im nächsten Moment tut sie, als wäre ich Luft und haut ab. Ihrer Mutter hinterher. Ich dachte, wir wären befreundet. Ich ... ich wollte ihr doch nur helfen.«

Jule hörte, dass Benny kurz davor war, in Tränen auszubrechen. Aus einem Impuls heraus nahm sie seine Hand, aber er zog sie sofort weg.

»Ja, und das war's dann«, fuhr er monoton fort. »Ich bin zurück zum Hochstand und hab' dort gewartet, bis der Trupp, also Micha, Miro, Dyckerhof und ein paar andere, fort waren. Die Harley haben sie zum Glück nicht entdeckt. Ich hab' noch mitgekriegt, wie sie Annalenas *Mum* weggetragen haben, die hatte irgendwas am Kopf. Dann hab ich die Karre auf den Weg zurückgeschoben und bin über Steinbach nach Hause gefahren.«

Er lehnte den Kopf an die Wand und ließ Jule dabei nicht

aus den Augen. Die erwiderte den Blick, war aber völlig ratlos. Wer hatte Ellen Dyckerhof niedergeschlagen, wenn es nicht Benny gewesen war? Nur Annalena blieb übrig, oder? Aber konnte das wirklich sein?

»Und? Glaubst du mir?«, fragte Benny bang.

»Ja«, entgegnete sie und wiederholte es noch einmal, mit festerer Stimme diesmal: »Ja, ich glaube dir.« Sie sah förmlich, wie der Junge aufatmete und gab sich einen Ruck. »Benny … weshalb ich eigentlich hier bin: Ich soll dich von Micha fragen, ob du demnächst wieder bei uns arbeiten möchtest. Wenn etwas Ruhe eingekehrt ist natürlich. Allerdings müssen wir uns dann wirklich auf dich verlassen können …«

Über Bennys Gesicht kroch ein Lächeln. Wieder war sie baff. War dem Jungen der Job im *Eifelwind* tatsächlich wichtig? Hatte sie ihn dermaßen verkannt?

»Klar könnt ihr das!«, stieß er hervor. »Ich werde euch nicht noch mal enttäuschen. Außerdem ist Annalena dann ja nicht mehr dort. Also kann mich keiner ablenken. Weißt du, die kam echt dauernd an und nervte. Ich hab gedacht, sie mag mich, deshalb bin ich drauf eingegangen, wenn sie mich von der Arbeit weglotsen wollte – zum Kiffen zum Beispiel.«

»Die Initiative ging von ihr aus?«

»Klar!« Benny nickte ernsthaft. »Daher hab ich ja geglaubt, ihr liegt echt was an mir. Aber ich hab' mich wohl getäuscht. Ich war noch nie gut darin zu *checken*, wer ein wahrer Freund ist und wer nicht. Aber egal! Wenn ihr mich nehmt, komme ich gerne wieder zurück. Es ist schön bei euch.«

»Okay.« Jule berührte kurz seinen Arm, bevor sie sich erhob. »Ich sage Micha, er soll dich anrufen. Das kann aber dauern, denn erst muss aufgeklärt sein, wer Lars-Friedrich ermorden wollte. Vorher ergibt es keinen Sinn. Zu wenig Gäste.«

»Ich hoffe echt nicht, dass Annalena dahintersteckt«, murmelte er, »auch wenn sie mir nur was vorgemacht hat und ich keine Ahnung hab', warum.«

»Das weiß ich leider auch nicht«, sagte Jule. »Aber eins ist mir klar nach unserem Gespräch: Ich habe dich völlig falsch eingeschätzt.«

Er blickte verlegen zur Seite. Gerade wollte sie hinausgehen und hatte auch schon ein paar Schritte Richtung Tür gemacht, als er ihr noch etwas hinterherschickte: »Der Joint, den Annalena und ich uns am See geteilt haben, war übrigens von ihr und nicht von mir. Als du uns erwischt hast, wollte ich kein Verräter sein, weißt du? Aber ich kiffe erst, seitdem ich sie kenne. Weil sie gesagt hat, dass man von dem Zeug ruhiger wird. Aber das stimmt nicht: Man wird nur träge.«

Völlig perplex schloss Jule die Tür hinter sich. Hatte Benny ihr die Wahrheit erzählt? Wenn ja, dann war sie mal wieder auf das allzu Offensichtliche und Naheliegende hereingefallen. Sie fragte sich, ob das eventuell auf die gesamte Geschichte zutreffen könnte.

Sie fuhr zum Kaarster Stadtzentrum, denn sie hatte das Gefühl, nur bei einem guten Kaffee ihre wirren Gedanken ordnen zu können. Also stellte sie ihren Twingo auf dem Parkdeck über den Arkaden am Neumarkt ab, lief die Betontreppen nach unten und suchte sich im Café einen ruhigen Platz. Wenige Minuten später genoss sie ihren Latte macchiato mit Vanillearoma. Nachdenklich schaute sie raus auf den Platz, auf dem eine Gruppe Jugendlicher herumlungerte, allesamt kaum älter als Annalena Dyckerhof.

Das Mädchen war ihr ein Rätsel. Warum hatte Annalena die Nähe zu Benny gesucht, der doch offensichtlich aus einer völlig anderen Welt kam als sie? Nicht nur dass er sechs Jahre älter war und aus äußerst einfachen Verhältnissen stammte, nein, er hatte auch eindeutig etwas an sich, das ihn zum Außenseiter machte. Vorhin hatte er selbst gesagt, dass er keine oder nur wenige Freunde hatte. Und Jule nahm ihm das unbesehen ab. Der Junge war ein Einzelgänger, ein *Freak* in den Augen von Gleichaltrigen.

Was hatte Annalena zu ihm hingezogen? Und warum hatte sie dann abrupt den Kontakt wieder abgebrochen und sich gegen ihn gewandt? Brühwarm hatte sie Micha erzählt, Benny im Wald gesehen zu haben. Ihr musste doch klar sein, dass ihn das in höchstem Maße verdächtig machte. Ohne mit der Wimper zu zucken, lieferte sie ihn ans Messer. Nachdem sie sich erst mit ihm angefreundet und ihn zum Kiffen verführt hatte.

Allerdings hatte sie bisher nur Micha, nicht ihrem Vater, von ihrer Beobachtung berichtet, niemand anderem. Jule durchschaute Annalenas Verhalten nicht. Wenn sie selbst ihre Mutter angegriffen hatte, wäre es ein geschickter Schachzug gewesen, von sich abzulenken und allen Anwesenden von der Begegnung mit Benny zu erzählen. Aber das hatte sie nicht getan, und warum sollte sie ihrer eigenen Mutter etwas antun wollen?

Jule leckte sich den Milchschaum von den Lippen. Ohne es zu merken, hatte sie ihr Glas geleert. Während sie dem Kellner zuwinkte, fasste sie einen Entschluss. Sie würde zum Haus der Dyckerhofs fahren und versuchen, mehr über die Familie und vor allem über Annalena herauszufinden. Die Adresse hatte sie noch im Kopf. Schließlich war sie es gewesen, die die Daten an der Rezeption in den Rechner eingegeben hatte.

Auf dem Weg über die Neersener Straße Richtung Neuss überlegte sie, mit welcher Ausrede sie sich Einlass verschaffen konnte, ohne aufdringlich zu wirken oder sich verdächtig zu machen. Wenn sie sich nicht beeilte, waren Ellen, Detlef und Annalena inzwischen daheim angekommen. Denen wollte sie eigentlich nicht unter die Augen treten. Die würden doch sofort durchschauen, dass sie etwas vorhatte.

Als die Dyckerhofs fort waren und er vom Mobilheim aus das Telefonat mit Jule geführt hatte, fühlte Michael Faßbinder sich total ausgelaugt. Nur mal eben die Beine hochlegen, sagte er sich und war schon bald auf dem Sofa eingeschlafen.

Erst gegen 17.30 Uhr wurde er wach, wie ihm die Wanduhr verriet. Schlaftrunken schleppte er sich in die Dusche. Unter dem Prickeln der heißen Strahlen kehrten langsam seine Lebensgeister zurück, und er ließ die Neuigkeiten des Tages Revue passieren. Erst die Wollseifen-Geschichte, dann den Zwischenfall mit den Dyckerhofs.

Die Familie wurde ihm immer suspekter, allen voran Annalena, die er inzwischen für reichlich durchgeknallt hielt. Warum hatte sie ihm – und nur ihm! – von ihrer Begegnung mit Benny im Wald erzählt? War sie darauf aus gewesen, dem Jungen die Schuld für den Angriff auf ihren kleinen Bruder in die Schuhe zu schieben? Aber zu dem Zeitpunkt hatte er sich doch überhaupt nicht in der Eifel aufgehalten. Er war in Kaarst gewesen.

Moment: Wussten sie das eigentlich mit absoluter Sicherheit? Nein, Micha und Jule hatten sich lediglich auf Willis Aussage verlassen.

Er stöhnte auf und stellte das Wasser ab. Während er sich heftig mit dem Handtuch die Haare abrubbelte, kam ihm eine Idee. Nein, gleich mehrere.

Jule stand unentschlossen vor dem Zaun der Dyckerhof'schen Stadtvilla herum, als ihr Handy klingelte. Ein
kurzer Blick aufs Display sagte ihr, dass es Micha war. Sie
drückte den Anruf weg. Nein, das passte jetzt gar nicht.

Sie atmete tief durch und öffnete das Törchen, das in den
Vorgarten führte. Wobei »Vorgarten« die Untertreibung
des Jahrhunderts war! Ein Fußweg aus hellen Natursteinen
führte mitten durch eine verschwenderisch angelegte Anlage
aus Rhododendren, Hortensien und Rosen in den verschie-
densten Farben sowie an einem altertümlichen Springbrun-
nen mit wasserspeienden Putten an den Rändern vorbei.
Die Fassade des cremefarben verputzten Hauses war mit
Rosen und wildem Wein bewachsen. Die Ranken konnten
die verspielte Architektur mit Erkern, Zinnen, Türmchen
und Kaminen nicht verbergen. Im Gegenteil, sie unterstütz-
ten den märchenhaften Eindruck.

Hier mitten in Neuss in der Nähe des Stadtgartens präsentierte sich der Reichtum einer alten Industriellenfamilie
auf höchst traditionelle Art. Die Stadtvilla wirkte dabei nicht
aufdringlich, sondern passte sich harmonisch in das Straßen-
bild ein. Große Bäume hinter dem Haus waren lediglich ein
dezenter Hinweis darauf, wie weitläufig das gesamte Grundstück sein musste. Jule überkam ein Anflug von Neid, während sie die breiten, halb runden Steinstufen zur überdach-
ten Eingangstür aus poliertem Mahagoniholz hochlief. In
so einem Haus würde sie auch gern wohnen – im Gegensatz
zum kalten Protzbau ihrer Schwester und ihres Schwagers.
Dann fiel ihr das Elend ein, das diese Familie überschattete.
Nein, mit den Dyckerhofs wollte sie nicht tauschen, nicht
um alles in der Welt. Sie drückte auf den altmodischen, runden Klingelknopf aus Messing.

Erst nach einigen Minuten wurde die Tür geöffnet. Eine
junge, schlicht gekleidete Frau mit slawischen Gesichtszü-

gen stand im Rahmen, und Jule begriff sofort, dass sie eine Angestellte und kein Familienmitglied vor sich hatte.

»Sind Ellen und Detlef Dyckerhof zu Hause?«, fragte sie scheinheilig.

»Nein, sind alle noch in Düsseldorf in der Klinik. Nur Frau Dyckerhof senior ist hier«, sagte sie mit einem Akzent, der russisch, aber auch polnisch oder tschechisch sein konnte. »Sie möchte jedoch nicht gestört werden.«

»Ja, das verstehe ich gut«, gab Jule zurück. Am liebsten hätte sie sofort die Flucht ergriffen. Aber sie rief sich zur Ordnung. Es ging hier schließlich um den *Eifelwind* – ihre Zukunft. Und auf Wesselings Ermittlungsarbeit war kein Verlass, im Gegenteil. Also blieb sie beharrlich stehen und drang weiter in die Angestellte: »Aber können Sie mir vielleicht sagen, wie es Lars-Friedrich geht? Es ist so eine schreckliche Geschichte, eine Tragödie! Wissen Sie, ich bin zu Besuch aus der Eifel hier. Mir gehört der Campingplatz, auf dem der Junge … schwer verletzt wurde. Mir tut das alles so unendlich leid, wissen Sie …«

In dem Moment hörte sie irgendwo in der Villa eine Stimme.

»Olga, wer ist das? Habe ich etwa gerade Eifel gehört?« Klackernde Schritte näherten sich. Dann erschien hinter Olga eine Gestalt. Ziemlich grob stieß sie die Angestellte zur Seite und drängte sich nach vorn.

»Wer sind Sie?«, bellte die Frau. Benny hat recht, dachte Jule, die war wirklich sehr, sehr alt. Unmöglich konnte sie Detlefs Mutter sein. Ihr hagerer, langer Körper steckte in einem eleganten schwarzen Kleid, um den faltigen Hals baumelte eine Perlenkette. Ihr weißes, dichtes Haar war zu einem Knoten gebunden, der mit perlenverzierten Hornkämmen gehalten wurde.

Jule stellte sich vor und drückte ihre Anteilnahme aus. Gleichzeitig rechnete sie damit, jeden Augenblick vom

Grundstück geworfen zu werden. Aber sie hatte sich getäuscht.

»Kommen Sie herein«, forderte Frau Dyckerhof sie plötzlich in viel freundlicherem, wenn auch immer noch herrischem Tonfall auf. Ihre Gesichtshaut erinnerte Jule an zerknittertes, steifes Büttenpapier. »Vielleicht können Sie mir endlich etwas über die Umstände erzählen, unter denen mein Urenkel beinahe zu Tode kam. Von Detlef oder Ellen erfahre ich ja nichts, und wenn, dann nur Unfug! Olga, bring uns bitte eine Kleinigkeit zu trinken, du weißt schon was.«

Völlig verblüfft folgte Jule ihr ins Haus. Die alte Dame hielt sich kerzengerade und ging mit zackigem Schritt voraus in eine Art Salon, der zum Garten hin lag. Durch die Fenster im Alkoven sah Jule eine mit Rabatten umsäumte Rasenfläche und die mächtigen Stämme sehr alter Bäume. Frau Dyckerhof senior bot Jule mit gebieterischer Geste einen Platz auf dem geschwungenen, dunkelgrünen Samtsofa an, das sich gegenüber der Fensterfront befand. Sie selbst wählte einen Ohrensessel.

Der Raum verströmte aus allen Ritzen vornehme Behaglichkeit. Warme Farben und altes Holz dominierten. Ein Zimmer zum Wohlfühlen und Ausruhen, dachte Jule.

Die aggressive Aura, die von der alten Dame ausging, zerstörte allerdings die Stimmung. Jule fand sie äußerst beunruhigend. Sie erinnerte sie an einen Raubvogel, der jederzeit mit seinem spitzen Schnabel zustoßen konnte.

»Erzählen Sie!«, forderte Frau Dyckerhof sie im Befehlston auf.

»Nun ja …« Jule zögerte. Wie sollte sie anfangen? Was durfte sie preisgeben? Aber dann sprudelten die Worte einfach aus ihr heraus. Sie erzählte alles, was sie über den Anschlag auf Lars-Friedrich wusste. Danach herrschte erst einmal Schweigen. In diese Stille hinein platzte Olga mit einem Tablett, auf dem sie zwei Gläser und eine Kristallkaraffe transportierte.

»Portwein. Oder möchten Sie lieber etwas anderes?«, richtete sich die Angestellte unsicher an Jule. »Frau Dyckerhof trinkt um diese Zeit immer gern einen Port, wissen Sie …«

»Danke, das ist völlig in Ordnung.« Jule lächelte der jungen Frau freundlich zu. Die goss mit zitternden Fingern die tiefrote, zähe Flüssigkeit in die Gläser. Dann verzog sie sich eilig. Olga fürchtete sich offensichtlich vor ihrer Arbeitgeberin. Jule hatte absolutes Verständnis dafür.

»Zum Wohl.« Die alte Dyckerhof griff mit knochiger Hand nach ihrem Glas und führte es zum Mund. Jule bemerkte den dicken Smaragdring, der an ihrem Ringfinger hin und her schlackerte, so locker saß er. Sie hob ebenfalls ihr Glas und nahm einen kleinen Schluck. Der Portwein legte sich schwer, süß und samtig auf ihre Zunge. Bestimmt war er von ausgesuchter Qualität, nur verstand sie leider nichts davon. Ihr war das Getränk einfach zu klebrig und zu hochprozentig für diese Tageszeit.

»Nun …«, hob die alte Dame an. »Was Sie erzählen, verwundert mich nicht. Es beweist wieder einmal die Unfähigkeit der Gattin meines Enkels. Ellen ist einfach nicht in der Lage, ihre Kinder zu beaufsichtigen, geschweige denn, sie zu anständigen Menschen zu erziehen. Und das hat man nun davon! Ich kann gar nicht glauben, was meinem Urenkel zugestoßen ist. Wieder einmal eine Folge ihrer Unaufmerksamkeit! Im Koma liegt er, bestimmt wird er sterben. Wie kann es denn angehen, dass ein Sechsjähriger unbeaufsichtigt an einem reißenden Fluss spielt? Kein Wunder, dass er stürzt und ins Wasser fällt. Herr im Himmel, womit habe ich diese Strafe verdient?« Sie schüttelte missbilligend den Kopf und genehmigte sich noch einen Schluck. Ihr Gesicht drückte Härte und Unbarmherzigkeit, jedoch nicht den Hauch von Besorgnis aus.

»Na ja«, schränkte Jule ein. Sie war entsetzt, versuchte

aber krampfhaft, sich das nicht anmerken zu lassen. »Wie ich bereits sagte, steht fest, dass es keineswegs ein Unfall war. Lars-Friedrich ist niedergeschlagen worden. Mit Unachtsamkeit hat das nicht viel zu tun, und der Steinbach ist, wie der Name schon sagt, ein Bach. Wirklich harmlos. Er fließt nur langsam und ist gerade mal knietief. Außerdem kann Ihr Urenkel doch schwimmen, oder?«

»Papperlapapp!« Frau Dyckerhof wischte Jules Einwände harsch beiseite. »Kinder bringen es fertig, sogar in Pfützen zu ertrinken! Und Ellen ist unfähig; dabei bleibe ich! Sie müssten einmal sehen, wie es in diesem Hause zugeht, sobald mein Enkel in der Firma ist. Nur Geschrei und Gezänk! Und dann kam sie doch tatsächlich eines Tages auf die Idee, den Kleinen mit Tabletten ruhigzustellen! Nur weil sie eine völlige Versagerin in der Kindererziehung ist. Dabei hätte ein bisschen mehr Härte dem Jungen gut getan! Zucht und Ordnung, etwas anderes bräuchte es nicht, genau wie bei Annalena. Nein, Pillen kamen nicht infrage. Gottlob war Detlef meiner Meinung.«

»Um was für Tabletten handelte es sich denn?«, wollte Jule wissen.

»Ach, was weiß ich? Beruhigungsmittel eben. Psychopharmaka. Gift! Nein, die Suppe musste sie schon selbst auslöffeln. Aber, wie man sieht, hat Ellen auf ganzer Linie versagt. Der Junge ist so gut wie tot!«

Frau Dyckerhof leerte ihr Glas mit energischem Ruck und füllte sofort nach.

Wut stieg in Jule auf. Sie musste an die liebevolle Ellen denken und wie fürsorglich sie sich um Lars-Friedrich gekümmert hatte. Die arme Frau!

»Ich finde nicht, dass man Ellen in irgendeiner Weise für das Verbrechen verantwortlich machen kann.« Der selbstgerechte Gesichtsausdruck der alten Dame provozierte sie, und bevor sie sich zügeln konnte, platzte sie heraus: »Noch ist überhaupt nicht klar, wer den Kleinen erschlagen wollte. Ich glaube auch nicht, dass es das homosexuelle Paar war, das man verhaftet hat. Da bin ich ganz Ihrer Meinung! Aber vielleicht hängt das Verbrechen mit dem Skelettfund auf unserem Campingplatzgelände zusammen. Immerhin deuten die rostigen Ketten darauf hin, dass dort einmal ein Kind gefesselt und zu Tode gequält wurde. Theoretisch könnte der Mörder von damals noch leben …«

Befriedigt registrierte Jule, dass sie Frau Dyckerhof mit dieser Information getroffen hatte. Die Frau erblasste und klappte den Mund zu.

»Ach ja? Davon wusste ich gar nichts«, formulierte sie erst nach einer ganzen Weile und mit deutlich leiserer Stimme. »Aber …« Sie räusperte sich und straffte den Rücken. »So ein Unsinn. Welche Verbindung sollte es geben?«

»Nun, die Tatorte liegen in unmittelbarer Nähe, höchstens eine Minute zu Fuß, voneinander entfernt, beide Male war das Opfer ein kleiner Junge. Erkennen Sie hier etwa keine Parallelen?« Jule bereitete es eine diebische Freude, die alte Frau zu beunruhigen, und schämte sich sofort dafür. Eilig ruderte sie zurück. »Aber okay, der zeitliche Abstand von über einem halben Jahrhundert und die Methode unterscheiden sich natürlich. Ich wollte damit nur ausdrücken, dass Ellen wirklich nichts dafür kann, was Lars-Friedrich zugestoßen ist. Sie hat sich immer rührend um den Kleinen gekümmert.«

Erstaunt registrierte sie, dass Frau Dyckerhof überhaupt nicht mehr zuhörte. Mit den Fingern der Linken spielte sie an ihrem Smaragdring herum. Auf einmal ruckte der Kopf der Alten zu ihr herum, die lose Haut an ihrem Hals schlackerte. Steingraue Augen taxierten sie hart. Wieder fühlte Jule sich an einen Raubvogel erinnert.

»Nun, Frau … Maiwald. Sie verstehen sicher, dass ich mich jetzt ausruhen muss. Mein Enkel, seine Frau und meine Urenkelin werden bald hier sein. Lassen Sie es mich wissen, wenn Sie Neuigkeiten zu den Vorgängen erfahren? Ich hasse nichts mehr als Ungewissheit.«

Sie erhob sich – erstaunlich wendig für eine Frau ihres Alters – und ging zur Tür.

»Olga?«, rief sie gebieterisch in den Flur. »Frau … Mailand möchte gehen! Geleite sie hinaus.« Und bevor Jule es sich versah, befand sie sich allein im Salon, denn Frau Dyckerhof senior hatte ihn durch eine Tür, die sich hinter dem Kamin befand, ohne ein Wort des Abschieds verlassen. Verdattert stand Jule auf. Gerade lugte Olgas Kopf zur Tür herein. Mit schüchternem Lächeln geleitete sie Jule zum Ausgang.

Micha war noch nie auf dem Hof der Metzens gewesen, stellte er gerade fest, nur vorn am Wohnhaus der Familie, das an die Straße nach Steinbach angrenzte und, typisch für die Eifeler Bauweise, aus Bruchsteinen gemauert war. Die Gründe dafür, dass er es zuvor noch nie weiter geschafft hatte, lagen klar auf der Hand: Heinz und er hatten sich erst vor ein paar Monaten angefreundet und sich für gewöhnlich auf ein Bierchen in der *Eifelwind*-Kneipe getroffen.

Jetzt stand er, nachdem auf sein Klingeln niemand geöffnet und er das große, dunkelgrün gestrichene Holztor durchschritten hatte, zum ersten Mal mitten auf dem quadratischen Hof und war erstaunt über die Ausmaße der Anlage. Wie großzügig und modern alles wirkte! Die schwarzen Ziegel auf der Scheune und dem angrenzenden Kuhstall gegenüber glänzten im Sonnenlicht und zeugten davon, dass die Dächer offenbar vor Kurzem frisch gedeckt worden waren. Auch die Landmaschinen – Traktoren, Mähmaschinen, Sprinkleranlagen, Zubehör –, die in einer offenen Halle daneben standen, sahen wie neu aus. Der Hof war akkurat gepflastert. Kein Fitzelchen Unkraut lugte zwischen den Steinen hervor. Rechterhand neben dem Hoftor entdeckte er gleich zwei Eingangstüren; die eine schien zu Heinz und Maria Metzens Wohnhaus zu gehören, die zweite führte in eine Extrawohneinheit.

Befand sich dort vielleicht die Ferienwohnung, von der Heinz schon öfter gesprochen hatte? Nein, beantwortete er sich die Frage selbst, denn das Gebäude links, welches im Erdgeschoss offene Unterstellmöglichkeiten für Autos und Fahrräder bereithielt und im ersten Stock Fenster aufwies, an denen Blumenkästen mit üppig blühenden Geranien hingen, sah ebenfalls bewohnt aus. Grün-rot karierte Gardinen schmückten die Fenster, eine Holztreppe führte hinauf zu einer Tür. Daneben hing ein Holzschild mit der Aufschrift *Krähennest*. Ganz klar, hier logierten die Gäste.

Unschlüssig drehte Micha sich um sich selbst. Wo steckten bloß Heinz und seine Frau? Gerade überlegte er, zu gehen und ein andermal sein Glück zu versuchen, als er auf einer Bank im Schatten des Haupthauses eine kleine, in sich zusammengesunkene Gestalt entdeckte.

Neugierig trat er näher. Es handelte sich um eine sehr alte Frau mit Kopftuch, die dort ein Nickerchen machte. Sie trug einen geblümtem Kittel, dicke Stricksocken und klumpige Hausschuhe an den geschwollenen Füßen. Ihre von Gicht gezeichneten knotigen Hände hatte sie auf dem Schoß gefaltet, der Kopf war nach vorn gesunken. Eine Strähne aus schlohweißem Haar hing ihr ins Gesicht. Micha vernahm ein leises Schnarchen.

Volltreffer! Das konnte nur Heinz Metzens Großtante Elsie sein. Aber was tun? Die alte Frau einfach wecken? Nein, das brachte er nicht übers Herz. Ratlos setzte er sich neben sie und betrachtete ihr entspanntes Gesicht. Tiefe Runzeln zerfurchten die mit Altersflecken übersäte Haut, die Nase schien übergroß, die Lippen eingetrocknet. Die faltigen Lider ihrer geschlossenen Augen wiesen so gut wie keine Wimpern mehr auf. Die Frau musste uralt sein.

Wie mochte sie in ihrer Jugend ausgesehen haben? Unmöglich zu sagen. Und: Wie würde er in ihrem Alter aussehen, vorausgesetzt, er lebte überhaupt so lange, was er eher bezweifelte. Und Jule? Er konnte sich nicht vorstellen, dass der Zahn der Zeit ihr hübsches Gesicht dermaßen entstellen konnte.

Er lehnte sich zurück, verschränkte die Arme vor der Brust und ließ die Gedanken schweifen. Es hatte eine Phase in seinem Leben gegeben, in der er so fertig gewesen war, dass er nicht mehr wollte. Nichts mehr spüren, weder die Verzweiflung noch die Hoffnungslosigkeit noch den Selbsthass … ein Ausweg. Und beinahe hätte es auch geklappt. Die langen, wulstigen Narben an seinen Unterarmen zeugten noch davon.

Es war ja auch tatsächlich nichts wert gewesen, sein Leben damals in der Haft. Nie hätte er geglaubt, dass sich das je ändern könnte. Aber das hatte es, und zwar so radikal, dass er gerade im Moment sogar fantasierte, wie es wäre, zusammen mit Jule steinalt zu werden.

Er schmunzelte. Dann kam ihm ein hoffnungsvoller Gedanke: Es wäre doch gelacht, wenn sie die Hürden, die sich vor ihnen beiden rund um den Campingplatz auftürmten, nicht überwinden würden. Gemeinsam hatten sie schon Schlimmeres bewältigt, oder? Wenn Jule bloß bei der Stange blieb … Er wurde unruhig. In letzter Zeit hatte er mehr und mehr das Gefühl, dass sie den Schritt bereute, zu ihm in die Eifel gezogen zu sein. Vielleicht war es doch keine gute Idee gewesen, dass sie nach Kaarst gefahren war, in ihre Heimat.

»Wer sind Sie und was machen Sie hier?«, unterbrach eine zittrige Stimme seine Überlegungen.

»Oh, 'tschuldigung«, stammelte er und schaute die alte Frau neben ihm verlegen an. Müdigkeit und Verwirrung standen ihr ins Gesicht geschrieben. Die ausgeblichenen blassblauen Augen jedoch waren hellwach. »Ich bin Michael Faßbinder, ein Nachbar.«

»Der neue Besitzer vom Campingplatz.« Sie nickte. Ihre Stimme wurde fester. »Stimmt, jetzt weiß ich es wieder. Ich habe Sie mal im Dorf in der Bäckerei *Esser* gesehen.«

»Kann sein.«

»Die Leute reden nicht immer gut über Sie.«

»Ich weiß«, gab er gleichmütig zu, »aber keine Sorge, ich bin harmlos.«

»Na, das sagen sie alle. Und ganz so harmlos sind Sie sicher nicht, wenn ich mir Ihre geschwollene Nase anschaue. Aber lassen wir das. Was machen Sie hier? Suchen Sie den Heinz? Der ist mit der Maria zu seinem Bruder Karl und der Familie gefahren.«

»Nein, eigentlich wollte ich tatsächlich zu Ihnen. Sie sind doch seine Großtante Elsie, oder?«

»Ja, die bin ich«, sie seufzte und streckte sich ein wenig, »oder das, was davon noch übrig ist. Wissen Sie, vor ein paar Jahren hätte ich nicht hier um diese Zeit ein Nickerchen gehalten. Ich hätte zu tun gehabt, die Hühner versorgt, geputzt, gewaschen oder eingekocht. Aber jetzt? Die alten Knochen wollen nicht mehr. Ach …« Plötzlich weiteten sich ihre Augen. »Jetzt weiß ich auch, warum Sie hier sind. Wegen der Knochen, die Heinz und Sie im Keller von Hannis Hütte gefunden haben!«

»Stimmt, ich hätte da ein paar Fragen, was diese Hanni und ihren Sohn angeht. Wissen Sie, wenn nicht aufgeklärt wird, wer das unbekannte Kind damals ermordet hat, werden wir den *Eifelwind* schließen müssen.«

Elsie Metzen legte die Stirn in noch tiefere Falten, dann

schüttelte sie heftig den Kopf. »Die Leute sorgen sich sicher nicht wegen dieser alten Sache. Und diese andere Geschichte an Pfingstsonntag? Die, die das waren, sind doch längst gefasst, oder? Und der Junge wird so oder so sterben, nicht wahr? Nein, ich kann Ihnen nicht helfen.«

Micha sah die Abwehr in ihrem Gesicht und begriff. Die Geschichte von damals war ihr unangenehm. Sie wollte nicht darüber sprechen. »Bitte, Frau Metzen, auch der Skelettfund beschäftigt die Menschen«, beschwor er sie und setzte eine bittende Miene auf. »Solange dieser Mord nicht geklärt ist, wenn es einer war, glauben sie, dass das Böse auf dem Campingplatz und in den umliegenden Wäldern lauert. Sie werden ihre Kinder dem nicht aussetzen wollen. Aber ohne den Besuch von Familien können wir im *Eifelwind* nicht überleben.«

»Ich kann Ihnen nicht helfen«, wiederholte sie brüchig; ihr Kinn bebte und ihre Finger verkrampften sich ineinander. »Ich weiß nicht, um wen es sich handelt bei den Knochen in Hannis Keller. Die Überreste von ihrem Sohn, diesem schrecklichen Tunichtgut und Zappelphilipp, sind es jedenfalls nicht. Den hat sie mitgenommen. Ich habe es mit eigenen Augen gesehen. Wie sie fort gingen, hinaus aus dem Dorf, ohne ein Wort des Abschieds.« Sie nickte bekräftigend und rutschte unruhig auf der Bank ein Stück nach vorn. Dann sog sie rasselnd die Luft ein, straffte sich und fixierte Micha mit harten Augen. »Die Hanni war meine Freundin, wissen Sie? Aber sie hat mich nur belogen, über ihre Herkunft, über den Vater ihres Kindes, über ihre Familie. Stellen Sie sich vor: Einen Tag nach ihrem Weggang musste ich erfahren, dass sie eine Lügnerin und Betrügerin war. Eine Welt brach für mich zusammen. Aber davon verstehen Sie nichts, Sie als Mann. Echte Freundschaft gibt es nur unter Frauen.«

Micha war zu verdutzt, um zu widersprechen; und Elsie Metzen redete auch schon weiter. »Obwohl: Sie war kalt wie ein Fisch! Und ich dachte die ganze Zeit über, sie teilt meinen Schmerz. Ich hatte doch erst zwei Jahre zuvor meinen Herbert verloren; und Hanni behauptete, ihr Mann, ein Wollseifener, sei auch im Krieg geblieben. Das hat uns zusammengeschweißt, so glaubte ich. Wie Schwestern sind wir gewesen. Aber es war alles eine große Lüge.«

Elsie Metzen brach ab; in ihren Augenwinkeln schwamm das Wasser. »Nein, ich möchte nicht darüber sprechen. Nie mehr! Und was interessiert mich Ihr Zeltplatz? Allein, dass Sie die Grundmauern der Hütte freigelegt haben, ist entsetzlich. Es wühlt alles wieder auf. Das habe ich dem Heinz auch schon gesagt. Lasst die Vergangenheit ruhen!«

Sie stützte sich mit den Händen auf der Sitzfläche der Bank ab und stellte sich mühsam hin. Auch Micha erhob sich. Als sie sich abwenden wollte, berührte er sie am Arm und beschwor sie eindringlich: »Das geht leider nicht. Was geschehen ist, ist geschehen. Leider. Das Skelett wurde gefunden, ebenso die Ketten, mit denen man den Jungen gefesselt hat, um ihn seinem Schicksal zu überlassen. Frau Metzen, Sie kennen, glaube ich, meine Vergangenheit. Ich war auch schon … eingesperrt. Durch eigenes Verschulden.« Er schluckte. Wie immer fiel es ihm schwer, darüber zu sprechen. »Ich weiß also, wie das ist. Aber: Ich wusste, ich werde versorgt, ich komme irgendwann wieder raus, es gibt klare Regeln. Der arme Junge vegetierte dort in Panik und Todesangst vor sich hin. Niemand hat ihn befreit. Und wir wissen nicht, welche Qualen er noch erleiden musste. Ein unschuldiges Kind, Frau Metzen, das kann Sie doch nicht kalt lassen!«

»Das tut es auch nicht.« Die alte Frau drehte sich zu ihm herum. »Aber es hat nichts mit mir zu tun, wissen Sie? Ich habe keine Ahnung, von wem die verdammten Überreste sind! Zuerst dachte ich ja an diesen armen Trottel von damals, Otto, das Waisenkind. Aber offenbar passen Alter und Größe nicht. Zumindest hat der Heinz das gesagt. Also, Sie sehen, ich weiß nichts und möchte auch nichts mehr davon hören.«

Sie schlurfte hin zu ihrer Wohnungstür, und Micha hätte schwören können, dass sie im Weggehen noch etwas von einer »Büchse der Pandora« murmelte, die man schleunigst wieder schließen solle, bevor es zu spät sei.

Jule saß schon im Twingo und hatte die Scheiben heruntergelassen. Frische Luft strömte von beiden Seiten herein, als sie beobachtete, wie ein schwarzer Geländewagen auf die Villa zuhielt und rechts in der kiesbestreuten Einfahrt parkte. Die Dyckerhofs!

Schnell rutschte sie auf dem Fahrersitz ein Stück tiefer und machte sich möglichst klein. Vorsichtig linste sie zum Seitenfenster hinaus. Tatsächlich! Ellen, Detlef und Annalena stiegen aus dem Fahrzeug. Ellen trug einen weißen Kopfverband, und ihre Augen wurden von ihrer schicken Sonnenbrille verdeckt. Sie konnte sich kaum auf den Beinen halten. Detlef dagegen machte einen verkniffenen, angespannten Eindruck, während Annalena eine Miene zur Schau trug, die man wohl am ehesten als *verdrießlich* bezeichnen konnte.

»Warum darf ich nicht zu Lisa?«, quengelte sie lautstark. »Ich habe echt keinen Bock auf Uroma. Die stresst doch nur rum! Und, was soll ich überhaupt zu Hause? Es hilft Lars auch nicht, wenn ich hier abhänge!«

»Halt den Mund!« Detlef Dyckerhof, der inzwischen am offenen Kofferraum stand und Gepäck auslud, drehte sich abrupt und mit zornrotem Gesicht zu seiner Tochter um. »Du machst, was wir dir gesagt haben! Und wenn du nicht hörst, schließe ich dich in deinem Zimmer ein!«

»Ja, sperrt mich nur weg! So, wie ihr es mit Lars gemacht habt! Anstatt mal mit dem zum Arzt zu gehen ...«

Ellen, die bisher nur stocksteif dagestanden hatte, reagierte mit einem unterdrückten Aufschrei. Blitzschnell hechtete sie zu ihrer Tochter, holte weit aus und verpasste ihr eine schallende Ohrfeige. Jule zuckte zusammen. Das Klatschen von Haut auf Haut war bis ins Wageninnere zu hören gewesen.

Annalena erstarrte. Sie funkelte ihre Mutter dermaßen hasserfüllt an, dass es Jule angst und bange wurde. Dann drehte sich das Mädchen langsam, sehr langsam, um und stakste zum Haus. Die Bewegungen waren die einer Marionette, hölzern und wie von unsichtbaren Strippen gesteuert. Umständlich nestelte Annalena einen Schlüssel aus der Tasche ihrer Hose, verschwand in der Villa und ließ die Tür ins Schloss fallen.

Jule konzentrierte sich wieder auf die Eltern. Detlef trug nach und nach Koffer, Klappboxen und Taschen zum Haus, während Ellen sich an ihrer Handtasche festklammerte und im Weg herumstand. Als alles auf den Treppenstufen vor der Tür abgeladen war, klingelte Detlef. Beide warteten ab, bis ihnen von Olga geöffnet wurde, und schlängelten sich an ihren Gepäckstücken vorbei ins Haus.

Anschließend trat das osteuropäische Hausmädchen nach draußen und schleppte das Gepäck hinein.

Was jetzt?, überlegte Jule. Intuitiv verharrte sie noch ein Weilchen auf ihrem Beobachtungsposten. Und richtig, nach ein paar Minuten öffnete sich die Haustür der Dyckerhof'schen Villa erneut.

Heraus kam Annalena. Sie drückte eine Handtasche fest an den dünnen Körper, zog die schwere Tür leise hinter sich zu und verließ eilig, ohne sich ein einziges Mal umzuschauen, das Grundstück. Nachdem sie das Gartentörchen passiert hatte, rannte sie los, mit schnellen kurzen Schritten, immer den Bürgersteig entlang, Richtung Stadtmitte.

Jule zögerte nur kurz. Dann startete sie den Motor und folgte dem Mädchen im Abstand von ungefähr 50 Metern. An der Ecke bog Annalena nach links ab, und jetzt sah Jule auch, wo sie hin wollte: Zur nächsten Bushaltestelle.

Unschlüssig blieb sie mit dem Wagen an der Kreuzung stehen und beobachtete, wie Annalena den Fahrplan an der Haltestelle studierte. Sollte Jule tatenlos zusehen, wie sie in den nächsten Bus stieg? Wäre es nicht besser, wenn ...? Ihr Fuß auf dem Gaspedal senkte sich nach unten, ohne dass sie einen bewussten Entschluss gefasst hätte. Zackig fuhr sie um die Kurve und bremste direkt vor dem Mädchen.

»Annalena!«, rief sie durch das offene Fenster. »Bist du es wirklich?«

Die zuckte zusammen und fuhr herum. Sie sah verschreckt aus. Ihre Augen waren geschwollen, offensichtlich hatte sie geweint. »Frau Maiwald?«, fragte sie zögerlich, während sich ihre Züge langsam entspannten. »Was machen Sie denn hier?«

»Ich besuche Verwandte«, gab Jule zurück. Sie gratulierte sich selbst für die Antwort, die ja noch nicht mal gelogen war. »Kann ich dich irgendwo absetzen? Ich fahre in die Neusser Innenstadt.«

»Klar, gute Idee. Da muss ich sowieso hin.« Eilig öffnete Annalena die Beifahrertür und glitt auf den Sitz.

»Wohnt ihr im Zentrum?«

»Ja, genau«, log das Mädchen routiniert, während es sich hastig anschnallte, »und um 19 Uhr muss ich zu Hause sein. Das ist ja bald.«

»Stimmt.« Jule warf einen Blick auf die Anzeige im Armaturenbrett, »schon viertel vor. Wo soll ich dich denn rauslassen?«

Jule fuhr jetzt auf der Friedrichstraße in Richtung Rheinisches Landestheater und Romaneum.

»Am Hafen wär' super.«

»Kein Problem.«

Annalena lehnte sich zurück. Sie schien sich sichtlich zu entspannen. Jule überlegte fieberhaft, wie sie die Situation für ihre Nachforschungen nutzen konnte. Es würde sich bestimmt nicht noch mal die Gelegenheit ergeben, allein mit der Jugendlichen zu sprechen, aber viel Zeit blieb ihr nicht. Das hieß, spontan und schnell zu handeln. Doch welche Stichworte würden Annalenas Zunge lockern?

»Vorhin habe ich Benny besucht«, improvisierte sie aufs Geratewohl. »Michael und ich machen die Kündigung rückgängig, um ihm noch eine Chance im *Eifelwind* zu geben.«

»Ach ja?« Annalena gab sich desinteressiert.

»Ja, deshalb war ich vorhin bei ihm zu Hause in Holzbüttgen. Ist nicht weit vom Haus meiner Schwester, wo ich zu Gast bin.«

Das Mädchen verzog verächtlich den Mund. »Er haust mit seinem Vater auf einer Art Schrottplatz, stimmt's? Echt asozial. Wer will so schon wohnen?«

»Nun ja«, gab sie zu bedenken, »es ist eben nicht jeder so privilegiert wie du. Außerdem«, ihr blieben höchstens noch zwei Minuten, bis sie am Hafen angelangt sein würden, daher ging sie schnell zum Angriff über, »was sagt das über seinen Charakter aus? Gar nichts. Nur weil man reich ist, ist man nicht besser als andere. Benny hat mir zum Beispiel erzählt, dass die Idee mit dem Kiffen von dir kam. Er wollte dich schützen, indem er geschwiegen hat.«

Annalena starrte sie fassungslos an; ihre Augen wurden schmal. »Und das glauben Sie? Mann, der Typ ist ein echter Spinner, voll *psycho*.«

»Genau dasselbe sagt er von dir.« Jule betätigte den Blinker und bog links ab. Jetzt blieben ihr nur noch wenige Sekunden.

»Ha!« Annalena presste ihre voluminöse Tasche noch fester an sich und spuckte aus: »Der spinnt ja wohl! Wer ist denn hier verhaltensgestört? Ich habe jedenfalls kein ADHS! Aber der hat es, der Freak. Ob mit oder ohne H, weiß ich nicht. Aber dass er es hat, das sieht ja sogar ein Blinder mit 'nem Krückstock! Und mein Vater ist auch kein Knacki!«

»ADHS? Mit oder ohne …? Was meinst du damit?« Jule verstand nur noch Bahnhof.

»Ach egal! Bekloppt eben, so wie mein kleiner Bru… So, Sie können mich hier rauslassen.« Das Mädchen fingerte bereits am Türgriff herum. Jule hielt widerstrebend am Straßenrand. Annalena sprang sofort aus dem Wagen, und Jule dachte schon, dass sie ohne ein Wort des Abschieds die Flucht ergreifen würde. Aber sie hatte sich getäuscht. Denn das Mädchen beugte sich vor und sprach wütend in das offene Beifahrerfenster hinein: »Ich kiffe normalerweise nicht, damit Sie's wissen! Es war ein Experiment, nicht mehr und nicht weniger. Benny, der Idiot, hat es bloß nicht kapiert. Und wenn Sie ihn das nächste Mal sehen, richten Sie ihm aus, dass er aufhören soll, mich bei Facebook zu *stalken*! Der Typ geht mir am Arsch vorbei, und das war von Anfang an so. Ich steh' nicht auf *Loser*. Ach, und vielen Dank fürs Mitnehmen!« Sprach's, drehte sich mit fliegendem Haar um und stolzierte davon.

Jule schaute ihr völlig verdattert hinterher. ADHS? Experiment? Was hatte das alles zu bedeuten?

Nachdenklich fädelte sie sich in den Abendverkehr ein. Über die Neusser Furth, wo sie ewig hinter einem Linienbus herschleichen musste, was sie fast wahnsinnig machte, fuhr sie nach Kaarst zurück. Um kurz nach sieben erreichte sie endlich Janas und Sebis Anwesen. Hoffentlich hatte die Familie jetzt nicht schon ohne sie zu Abend gegessen. Ihr knurrte ziemlich der Magen; außerdem wäre Jana bestimmt erbost, wenn Jule nicht rechtzeitig erschien. Und auf eine weitere Auseinandersetzung mit ihrer kleinen Schwester konnte sie nun wirklich verzichten.

Nach seinem Besuch auf dem Hof der Metzens war Michael Faßbinder fleißig gewesen. Zusammen mit Gerti hatte er Rechnungen sortiert und abgeheftet, anschließend waren Miro und er zum Stellplatz der Dyckerhofs gegangen, um dort das Vorzelt abzubauen, das Stromkabel einzurollen und die Standfüße des Caravans hochzuschrauben. Mit dem campingplatzeigenen Lieferwagen schleppte Miro den Wohnwagen schließlich vorn auf den Parkplatz, wo ein Mitarbeiter Dyckerhofs das Fahrzeug abholen würde. So war es mit Detlef besprochen worden.

Micha lief zum Nebeneingang der *Eifelwind*-Kneipe, um aus der Küche einen Müllbeutel zu holen. Draußen traf er auf Dirk, der gerade bei einer Zigarette eine Pause machte. Dem Koch schien die Begegnung gar nicht recht zu sein. Beim Anblick seines Chefs erblasste er und wandte sich ab. Micha wunderte sich, war aber zu sehr in Eile, um groß über Dirks sonderbares Verhalten nachzudenken. Ein süßlicher, wohlbekannter Geruch setzte sich in seine Nase, während er zurück zum Dyckerhof'schen Stellplatz lief, um dort die letzten Spuren der Familie zu beseitigen. Mmh, das würde er ein anderes Mal mit Dirk klären müssen. Er sammelte verbogene Heringe auf, zwei zerdrückte PET-Flaschen, ein paar leere Fruchtgummitütchen sowie eine fast volle Tablettenpackung. Letztere warf Micha nicht in die Mülltüte, sondern steckte sie in seine Hosentasche. Wer weiß, vielleicht brauchten die Dyckerhofs die Pillen noch. Sicher waren sie verschreibungspflichtig, denn nach normalen Schmerzmitteln sahen sie nicht aus.

Zu Hause im Mobilheim schnappte Micha sich Jules Laptop und googelte *Die Büchse der Pandora*. Was er herausfand, verwirrte ihn aber eher noch mehr als der von Elsie Metzen hingeworfene Satz. Die griechische Mythologie besagte, dass das Unheil mit dem Öffnen der Büchse in die Welt gekommen sei. Micha fragte sich, auf welches Unheil Elsie angespielt hatte. Waren es ihre Erinnerungen, die mit dem Freilegen des Kellers wach geworden waren, oder eine reale Gefahr? Er schüttelte den Kopf; Letzteres konnte er sich einfach nicht vorstellen. Es klang arg nach Esoterikscheiße.

Er öffnete sich ein Bier, nahm einen tiefen Schluck direkt aus der Flasche, warf sich auf die Couch und wählte Jules Handynummer. Schon nach dem zweiten Klingeln ging sie dran.

»Hi, Schatz, Moment, ich sitze gerade mit Jana auf der Terrasse in der Abendsonne.« Sie entschuldigte sich bei ihrer Schwester, und er vernahm das Klackern ihrer Schritte auf Stein, dann ein Rascheln. Erst eine gefühlte Ewigkeit später sagte sie: »So, jetzt bin ich weit genug entfernt. Sie kann mich nicht mehr hören. Oh, Schatz, hier sind Glühwürmchen, wie schön!«

Er musste grinsen und Zärtlichkeit wallte in ihm auf, aber bevor er antworten konnte, sprang sie schon zum nächsten Thema. »Oh Mann! War das ein Stress gerade eben! Jana und Sebi haben sich total gezankt, als ich nach Hause kam! Natürlich wegen der Kids! Die sind aber auch anstrengend, und Sebi macht es sich ganz schön einfach, lehnt sich zurück und meint, das sei allein Sache der Mutter. Worauf Jana ihn angeschrien hat, er sei schuld am Verhalten der zwei, weil er ihnen kein Vorbild bietet und immer genau dann abhaue, wenn er als Vater gebraucht werde. Sebi hat seine Serviette auf den Teller geworfen – die Szene spielte sich beim Abendessen ab – und sie angeblafft, dass das nur an ihrer zänkischen Art liege, die er sich nicht länger antun wolle. Und rumms, hat er die Tür hinter sich zugeknallt, ist in den Jaguar gesprungen und weg war er. Jana hat geheult, und ich hab' versucht, sie zu beschwichtigen. Gemeinsam haben wir erst die Küche aufgeräumt und dann ihre Kinder ins Bett gebracht.

Jetzt sitzen wir seit ungefähr 'ner Stunde draußen, und Jana hat sich etwas beruhigt. Aber ich möchte sie nicht zu lang alleine lassen. Hast du denn heute etwas Neues erfahren?«

»Ja, allerdings.« Micha nahm einen Schluck Bier, bevor er Jule von seiner Begegnung mit Heinz' Großtante berichtete.

»Mmh«, machte Jule, nachdem er geendet hatte, »vielleicht lebt die alte Dame mehr im Gestern als im Heute«, spekulierte sie drauf los. »Ist das nicht typisch für Menschen, die die meiste Zeit ihres Lebens hinter sich haben? Aber, stell dir vor, ich habe auch Neuigkeiten …« Im Affenzahn spulte sie ihre Gespräche mit Benny Zierowski, Lore Dyckerhof senior und Annalena herunter. Plötzlich hörte er, wie sie scharf die Luft einsog und dann ausstieß: »Moment! Jetzt weiß ich, was der gemeinsame Nenner ist, nach dem wir in der Geschichte gesucht haben! Verhaltensauffälligkeiten! Micha, du kennst doch ADHS, diese Verhaltensstörung. Jana hat mir gerade erzählt, dass die Zwillinge darauf getestet wurden – aber sie haben es nicht, sind einfach nur wild, weißt du?«

Nein, Micha, verstand gar nichts mehr. Bevor er jedoch überhaupt etwas sagen konnte, sprach Jule auch schon weiter: »Aber Benny hat es, behauptet zumindest Annalena Dyckerhof, und Lars-Friedrich wahrscheinlich auch. Ich hab' Jana über das Thema ausgequetscht, weil ich vorher nicht allzu viel darüber wusste. Die Ursache für ADHS ist eine Stoffwechselstörung im Gehirn. Die Abkürzung steht für »Aufmerksamkeitsdefizitsyndrom«, das H bedeutet »Hyperaktivität«. Das Syndrom gibt es auch ohne, als verträumte Variante quasi. Aber so oder so können sich die betroffenen Kinder nicht gut konzentrieren. Sie sind ruhelos und chaotisch und oft auch zerstörerisch und aggressiv. Dabei fühlen sie sich unsicher, ängstlich und als Außenseiter. Sie haben den Drang, sich zu profilieren, um anerkannt zu werden, und ecken immer wieder an. ADHS ist übrigens kein neues Phänomen. Früher nannte man so was einen Zappelphilipp, wie in diesem uralten Bilderbuch *Der Struwwelpeter*, weißt du?«

Jetzt klingelte etwas bei Micha. »Elsie Metzen hat den kleinen Georg, den Sohn von dieser Hanni, einen Zappelphilipp genannt!«

Am anderen Ende der Leitung herrschte Stille. Er hörte Jules Atem, bevor sie sehr ernst sagte: »Oh, Mann, das könnte die Verbindung zu der Geschichte von damals sein. Micha, darüber muss ich nachdenken. Gerade bin ich total wirr im Kopf – auch vom Wein, weißt du – und ich muss zu Jana, sonst kriegt sie wieder die Krise. Lass uns morgen telefonieren, ja?«

»Okay, wie du willst.« Er schluckte. Es gefiel ihm nicht, wie schnell sie das Gespräch abwürgte. »Dann wünsch ich dir noch einen schönen Abend.«

»Danke, ich dir auch.«

»Also, bis morgen dann …«

Er legte auf und spürte gleichzeitig Enttäuschung in sich aufsteigen. Jule vermisste ihn offenbar kein Stück. Im Gegenteil, der Besuch bei ihrer spießigen Schwester und die Detektivspielerei schienen ihr richtig Auftrieb zu geben. Frustriert leerte er sein Bier. Hier hockte er, allein und randvoll mit Sorgen um ihre gemeinsame Existenz, während Jule es genoss, die Miss Marple vom Niederrhein zu spielen. Und er war ihr scheißegal!

Er griff nach seinem Schlüssel und beschloss, auf eine Stippvisite in die *Eifelwind*-Kneipe zu gehen. Zwar hatte er heute keinen Dienst, aber was sollte es? Eddie stand hinter der Theke, garantiert dankbar für jede Ablenkung und für jedes Gratisgetränk, Hauptsache, Promille satt.

Die Stimmung, die ihm in der Gastwirtschaft an der Theke entgegenschlug, war aggressiv aufgeladen. Heinz, Miro und Dirk umringten einen klitzekleinen Glatzkopf in weißem Hemd und dunkler Anzughose, der Micha an eine verschrumpelte Schildkröte erinnerte. Hinter den Zapfhähnen machte Eddie ein selten dämliches Gesicht, während er einen Kümmerling leerte.

»Hey, gut, dass du kommst, Chef!«, rief Dirk Grotens bei Michas Anblick und warf einen vielsagenden Blick auf den Schildkrötentyp in ihrer Mitte. »Der Kerl hier wollte eigentlich zu Jule. Er sagt, er hat Neuigkeiten wegen dem Skelett in Hannis Hütte, aber uns will er nix verraten! Stattdessen macht er nervtötende Andeutungen!«

Und Miro ergänzte lallend – der Alkohol war offensichtlich schon in Strömen geflossen: »Der Alte behauptet, er ist Arsch… äh … Urologe.«

Nun drehte sich Heinz Metzen zu Michael herum. Er schaute ziemlich missmutig drein. »Hey, stoß' diesem Männlein mal ordentlich Bescheid, dass es nicht noch mal durchs Dorf spazieren soll und die Leute in Aufruhr bringt! Micha, es reicht schon, dass *du* Tante Elsie mit deinen Fragen komplett durcheinandergebracht hast! Hättest du nicht wenigstens warten können, bis ich zurück bin? Die Arme hat einen Schwächeanfall erlitten. So viel Rücksichtslosigkeit hätte ich dir echt nicht zugetraut!«

Micha wusste überhaupt nicht, auf was er zuerst reagieren sollte, doch der fremde Alte nahm ihm die Entscheidung ab.

»Sie sind also Herr Maiwald?«, erkundigte er sich mit kratziger Stimme und streckte ihm eine mit Altersflecken übersäte Hand entgegen. »Professor Dr. Manfred Lehmann mein Name. Man hat mich als Spezialist für zeitgeschichtliche Archäologie«, beim letzten Wort, das er besonders betonte, warf er Miro einen schrägen Seitenblick zu, »zu diesem Fall hinzugezogen. Weil es neue Erkenntnisse in Bezug auf den Skelettfund gibt, die Kripo sich aber zur Gänze aus dem Fall zurückgezogen hat – wegen des Mordversuchs an diesem Industriellensohn –, wollte ich eigentlich mit Ihrer geschätzten Gattin sprechen.«

»Die verreist ist!«, ergänzte Eddie entnervt. »Das haben wir dem Alten schon zigmal verklickert!«

Lehmann ließ sich von dem Einwurf nicht beirren und fixierte Micha erwartungsvoll. »Hätte ich vielleicht die Möglichkeit, kurz mit Ihnen unter vier Augen zu sprechen? Diese … ähm … Herren hier bedrängen mich nämlich schon eine geraume Weile, aus Sensationslust, wie mir scheint!« Er warf einen halb belustigten, halb verächtlichen Blick in die Runde der angetrunkenen Männer, um sich dann wieder auf Micha zu konzentrieren.

»Von wegen Sensationslust!« Heinz sah so aufgebracht aus, wie Micha ihn noch nie zuvor erlebt hatte. »Dieser arrogante Scheißkerl wiegelt die Leute im Dorf auf und faselt was von Folter und Mord, was wir Steinbacher zu verantworten hätten!«

»Niemals habe ich …«, wehrte sich der Archäologe entrüstet. »Ich habe lediglich Vermutungen geäußert. Aber die Sachlage legt nun einmal nahe, dass …«

Daraufhin wurde der sonst so unerschütterliche Heinz Metzen tatsächlich zornrot im Gesicht und ballte die Fäuste.

Bevor die Lage eskalierte, legte Micha einen Arm um die Schultern des Wissenschaftlers und bugsierte ihn aus der Schusslinie. »Herr Professor Lehmann, ich glaube, es ist besser, wenn wir uns draußen unterhalten. Sie müssen verstehen, die Einwohner des Dorfes sind beunruhigt. Mutmaßungen bringen uns nicht weiter!«

»Herr Maiwald, ich versichere Ihnen, ich habe nie …«

Resolut schob Micha den Mann zur Tür hinaus in die Dunkelheit.

»Kommen Sie, gehen wir ein bisschen spazieren«, schlug Micha vor, »bevor uns jemand hinterherkommt. Scheiße, wie haben Sie es bloß geschafft, meine Freunde so auf die Palme zu bringen?« Er schüttelte den Kopf; gleichzeitig wurde ihm klar, dass Heinz Metzens Wut wohl hauptsächlich mit ihm und seinem Besuch bei der alten Elsie zusammenhing. Aber warum reagierte er so empfindlich?

»Na, mir scheint, der Alkohol spielt hier auch eine, sagen wir, nicht unerhebliche Rolle. Ja, lassen Sie uns die Füße vertreten, Herr Maiwald. Wie wäre es, wenn wir zum Tatort gingen? Dann kann ich Ihnen an Ort und Stelle …« Und schon marschierte er los. Micha kam kaum hinterher.

»Hey, warten Sie auf mich, Herr Professor. Und: Ich heiße übrigens nicht Maiwald. Jule und ich sind nicht verheiratet. Mein Name ist Faßbinder, Michael Faßbinder.«

»Aber Sie leiten doch gemeinsam diesen Campingplatz?«

»Jaja, das tun wir, zusammen mit meiner Großtante Gerti Weyers.«

Lehmann drehte sich zu ihm herum. Im Lichte einer der Laternen am Rande des Schotterweges sah er wieder frappierend einer Schildkröte ähnlich.

»Mir scheint, hier wimmelt es von Großtanten«, bemerkte er lakonisch. »Dieser Bauer mit dem unsäglichen Filzhut faselte auch dauernd was von einer Großtante Elsbeth oder so ähnlich.«

»Elsie, ja genau. Er macht sich Sorgen um ihren Gesundheitszustand. Die Frau ist über 90 und ziemlich gebrechlich.«

»Jaja, das Alter macht vor keinem Halt. Aber für mich wäre es natürlich hochinteressant, mit der Dame zu sprechen, wissen Sie? Sie ist eine Zeitzeugin und daher für meine Nachforschungen von unerschöpflichem Wert. Und meine Erfahrung sagt mir, dass diese Generation sehr gern in der Vergangenheit schwelgt. Ich sehe keinerlei Gefahr für ihr Wohlbefinden ...«

»Es sei denn, sie ist mehr als eine Zeitzeugin«, warf Micha ein, ohne groß nachzudenken.

»Nun ja, auch das ist denkbar.« Der Alte beschleunigte noch seinen Schritt; Micha hetzte hinterher. »Dann wäre ein Gespräch mit ihr umso interessanter, nicht wahr? Es geht hier schließlich um Mord, und zwar um einen der grausamsten Art. Man hat diesen Jungen angekettet verhungern und verdursten lassen. Die Beschaffenheit der Knochen und der Haare – hellblonde übrigens – beweisen das wohl. Ich bin kein Gerichtsmediziner und habe keine Ahnung von dieser Materie, aber Hajo Erckenried ist sich sicher.«

Micha musste schlucken. Also waren seine Vermutungen richtig gewesen. Er bog rechts ab und hielt auf den Wald zu. Ein bronzener Mond hing in den Wipfeln der Kiefern und tauchte die Baustelle in sein weiches Licht.

»Aber wie kommt es, dass Sie mir das alles erzählen? Dürfen Sie das überhaupt? Ist es nicht Sache der Kripo, diesen Fall zu bearbei...?«

Lehmann unterbrach ihn mit einem verächtlichen Schnauben. »Die Kripo? Sie meinen wohl Hauptkommissar Wesseling? Selten habe ich einen solchen Dilettanten bei der Polizei erlebt! Nein, der Mann interessiert sich keinen Deut für den Skelettfund. Stattdessen stürzt er sich jetzt zu 100 Prozent auf den Fall Dyckerhof. Zwei Tatverdächtige hat er ja schon dingfest gemacht. Nun will er Geständnisse. Ruhm und Ehre, das ist es, wonach er strebt. Und mit der Aufklärung eines Mordes, der rund 70 Jahre zurückliegt, ist wohl kein Blumentopf zu gewinnen. Das macht mich sehr ärgerlich … Halt, da sind wir schon.«

Lehmann schlüpfte unter dem rot-weißen Flatterband hindurch, kletterte wie eine Bergziege über das Geröll in die Baugrube und forderte Micha auf, es ihm gleichzutun. Bald standen beide Männer auf dem Boden von Hannis Keller. Der Professor holte eine winzige Taschenlampe aus der Brusttasche seiner Anzugjacke und leuchtete damit das Gewölbe aus. Dabei streifte der Lichtkegel Eddies geliebten Bagger, der Micha an das weggeworfene Spielzeug eines Riesen erinnerte.

»So«, konstatierte der Archäologe, »jetzt bringe ich Sie erst einmal auf meinen Kenntnisstand. Und danach sagen Sie mir, ob Sie gewillt sind, mir bei der Aufklärung des Falles behilflich zu sein. Meiner Meinung nach kann diese Rolle nur ein Insider übernehmen. Schauen Sie zunächst einmal hier.« Er leuchtete das Mauerstück an, aus dem ein rostiger Eisenring und einige grobe Kettenglieder herausschauten. »Diese Metallware stammt zweifelsfrei aus den 30er-Jahren des letzten Jahrhunderts. Es handelt sich um Zugketten, wie sie für die Landwirtschaft gefertigt wurden. Damit zog man Pflüge, Eggen und ähnliches. Sie stammen mit Sicherheit aus der Eifel. Interessant ist, dass sie für den Zweck, dem sie hier dienten, nämlich einen kleinen Jungen mit dünnen Armen und Beinen zu fixieren, umgeschmiedet werden mussten. Wer hat das gemacht, frage ich Sie, Herr

Faßbinder? Ich weiß, es gab einen Schmied in Steinbach. Aber: Hätte der nicht wissen wollen, wofür die Manschetten Verwendung finden sollten? Das ist die erste Frage, die sich mir stellt.«

»Könnte nicht der Mörder selbst …?«, warf Micha ein, wurde aber sofort unterbrochen.

»Denkbar, dann jedoch war der Täter Schmied von Beruf, denn die Umarbeitung geschah fachgerecht, wenn Sie verstehen. Aber weiter.« Er zeichnete mit dem Strahl der Taschenlampe einen Bogen über den Fußboden und ließ den Lichtkegel schließlich an einer Stelle mitten im Raum verharren.

»Hier, hier stand ungefähr – vermute ich, aufgrund der Scherben, die ich zuhauf gefunden habe – ein Suppenteller, *Charlotte weiß* mit Poliergoldrand, gefertigt in Königszelt. Die Scherben weisen starke Verkalkungen auf. Der Teller wurde wohl als Wassernapf benutzt. Ich frage Sie nun, was dieses schlesische Porzellan hier in der Nordeifel, im Zweiten Weltkrieg oder kurz danach, in diesem Keller zu suchen hatte?« Lehmann hob die Taschenlampe und leuchtete Micha damit direkt ins Gesicht.

Der kniff geblendet die Augen zusammen, versuchte, sein Gesicht mit den Händen zu schützen und drehte den Kopf weg. »Mann, was soll das?

»Oh, Entschuldigung.« Der Strahl wanderte tiefer. »Herr Faßbinder, was sagen Sie dazu? Schlesisches Porzellan?«

Micha versuchte, die Lichtpünktchen vor seinen Augen wegzublinzeln, und antwortete zögernd: »Keine Ahnung. Was soll mir das sagen? Jule und ich haben auch 'ne chinesische Teedose im Schrank stehen und sind noch nie in China gewesen.«

»Heute sind ja auch andere Zeiten. Nein, ich gehe davon aus, dass die Person, die den armen Jungen hier lebendig begraben hat, ursprünglich aus Schlesien kam, wahrscheinlich ein Kriegsflüchtling. Wertvolle Dinge nahm man damals aus der Heimat mit, wenn man einen fahrbaren Untersatz hatte. Einen Traktor mit Anhänger oder eine Pferdekutsche zum Beispiel. So etwas besaßen natürlich nur die betuchteren Leute. Unser Mörder kam also wahrscheinlich aus relativ wohlhabenden Kreisen.«

»Meinen Sie nicht, das alles ist ein wenig weit hergeholt? Könnte der Teller nicht auch von Leuten stammen, die lange vor dem Krieg aus Schlesien hergezogen sind?«

»Nein, dieses Service wurde erst ab 1943 hergestellt. Aber, Herr Faßbinder, ich bin noch nicht fertig. Die eigentliche Sensation kommt jetzt.« Lehmann wanderte hin zur Wand und zu den Resten des Kellergemäuers und leuchtete dort die Ecken aus. »Textilien! Kleidungsstücke«, dozierte er währenddessen in triumphierendem Tonfall. »Und was für welche!«

Micha runzelte die Stirn. Der Archäologe kam ihm inzwischen reichlich überspannt vor. Außerdem war ihm kalt in diesem verfluchten Loch. »Na ja, der Junge wird ja nicht nackt gewesen sein!«, warf er genervt hin und spürte gleichzeitig ein tiefes Unbehagen in sich emporsteigen. Das Bild beschwor eine unliebsame Erinnerung herauf. Einmal, während seiner Haftzeit, war er nur in Unterwäsche in den Bunker geschleift worden, nachdem er in einem Anfall von Wut und Verzweiflung das Mobiliar seines Haftraums kurz und klein geschlagen hatte und dann auf die Beamten losgegangen war. In der weiß gefliesten, fensterlosen Zelle ohne Möbel und im grellen Neonlicht waren Raum- und Zeitgefühl aus den Fugen geraten. Er hatte sich ausgeliefert und gedemütigt gefühlt. Und wie ein Stück Dreck. Micha schüttelte sich und strengte sich an, sich wieder auf den Professor zu konzentrieren.

»Nein, nackt war der Kleine nicht.« Tiefes Mitleid sprach aus den Worten Lehmanns. »Aber er trug nur ein einziges

Kleidungsstück, eine Art Hemd. Und jetzt halten Sie sich fest, was ich herausgefunden habe.« Er räusperte sich bedeutungsvoll und taxierte Micha mit Augen, die im Halbdunkel wie Goldmünzen glänzten. »Es war umgearbeitet worden, wissen Sie, mit der Hand, aber noch zu erkennen. Ursprünglich hatte dieses Kleidungsstück eine völlig andere Funktion. Und daher ist es umso rätselhafter, dass ...«

»Mensch, jetzt spucken Sie es schon aus!« Langsam wurde Micha sauer. Er musste hier weg und brauchte ein Bier, und zwar dringend.

»Es handelt sich um eine sogenannte Dienstbluse«, fuhr der Alte unbeirrt fort. »Sie wissen nicht, was das ist, nicht wahr?« Er lächelte schmal. »Nun, ›Dienstblusen‹ nannte man die Hemden der SS-Truppen, und unsere hier war die eines Offiziers. Ich habe es an den Stellen erkannt, wo die Dienstklappen saßen, und an der Ziernaht des Kragens.«

»Das, was hier lag, waren doch nur Stofffetzen. Wie wollen Sie die als ... Dienstbluse eines SS-Offiziers identifiziert haben?«

»Weil das mein Fachgebiet ist«, antwortete Lehmann schlicht. »Mit den Uniformen jener Zeit kenne ich mich aus. Nein, kein Zweifel: Der blonde Junge, den man im Keller dieses Hauses angebunden hat und dann verhungern und verdursten ließ, trug ein umgearbeitetes SS-Hemd – und das zu einer Zeit, als man wahrscheinlich von Hitler und seinen Truppen nicht mehr viel wissen wollte.

Und jetzt frage ich Sie, Herr Faßbinder: Warum sperren sich die alten Steinbacher dagegen, mir Auskünfte zu geben? Die, deren Adressen mir der Dorfpfarrer mitgeteilt hat und von denen ich deshalb genau weiß, dass sie schon im Krieg hier lebten? An allen Türen bin ich abgewimmelt worden. Aber diese Leute müssten sich doch an einen acht- bis zehnjährigen blonden Jungen erinnern, der ein braunes

Hemd trug und mit Personen in Kontakt war, die ursprünglich aus Schlesien kamen. Weiterhin könnte einer von ihnen zumindest eine Ahnung haben, wer die Umarbeitung der Eisenketten in Auftrag gab. Aber niemand will mit mir reden! Was hat das zu bedeuten? Helfen Sie mir, Faßbinder«, fuhr er fort, während er schon dabei war, über einen Backsteinhaufen wieder nach oben zu steigen. Auf halber Höhe drehte er sich um und schaute ernst auf Micha hinunter. Das Mondlicht ließ die Falten in seinem Gesicht wie ein Spinnennetz aussehen. »Helfen Sie dem kleinen blonden Jungen von damals. Wer war er? Hat er Verwandte, die noch leben, vielleicht Geschwister? Warum hat offensichtlich niemand nach ihm gesucht?«

Verdattert stieg Micha hinter ihm aus der Grube. Erst als seine Füße wieder Gras berührten, wich die Anspannung. Wie froh er war, diesen Kerker verlassen zu haben! Ihn fröstelte.

Lehmann erwartete ihn mit prüfendem Blick. »Ich sehe doch, dass Sie das Schicksal des Kindes nicht kaltlässt«, behauptete er, und Michael fühlte sich daran erinnert, was er selbst heute Nachmittag zu Elsie Metzen gesagt hatte. »Außerdem wollen Sie sicher wieder bald eine Schar Gäste auf Ihrem Campingplatz begrüßen, nicht wahr? Auch das hängt von der Aufklärung dieses Falles ab. Die Schatten der Vergangenheit sind dunkel und reichen weit, glauben Sie mir. Also, bitte hören Sie sich bei den Dorfbewohnern um. Mit Ihnen werden sie eher reden als mit mir. Und dann rufen Sie mich an. Hier ist meine Karte.«

DER URSPRUNG ALLER UNTUGENDEN

Jule erwachte mit einem Brummschädel. Kein Wunder bei den Mengen an Weißwein, die Jana und sie gestern in sich hineingeschüttet hatten! Sie musste dringend ihren Alkoholkonsum mäßigen. Schwerfällig wälzte sie sich auf der weichen Matratze des Gästebettes auf den Rücken und blinzelte in die Helligkeit. Zwar verhüllten cremefarbene Vorhänge die bodentiefen Fenster, dennoch drang für ihren Geschmack im Moment viel zu viel Sonnenlicht durch den Stoff.

Oh Mann, hoffentlich hatte sie gestern nicht irgendeinen Mist erzählt oder Dinge ausgeplaudert, die sie besser für sich behalten hätte. Dunkel erinnerte sie sich, zunächst die wütende und enttäuschte Jana getröstet zu haben. Erst war sie noch völlig außer sich gewesen und hatte wüst über Sebastian hergezogen.

»Was bildet der sich eigentlich ein, der Arsch!«, hatte sie lamentiert, während sie die erste Weinflasche aus dem Kühlschrank gezerrt hatte. »Wer hält ihm denn den Rücken frei? Ich, oder? Wer ärgert sich den ganzen Tagen mit den Jungs rum? Wer trägt Monsieur den Arsch hinterher? Und ich bin hier die Zicke, oder was? Was ist er denn dann? Ein arrogantes, selbstverliebtes, faules Schwein, oder?«

Dabei hatte sie geschnieft und vor Wut gezittert. Dann setzten sich die beiden Schwestern samt Flasche und Gläsern draußen auf die Terrasse. Jule zündete ein Windlicht an. Und Jana schüttete der großen Schwester ihr Herz aus. Jule hörte hauptsächlich zu, gab hier und da ein paar zurückhaltende Tipps, denn spätestens morgen, das wusste sie, würden die Broichs sich wieder versöhnen. Sie tat nicht gut daran, mit Jana allzu sehr ins gleiche Horn zu blasen.

Heimlich aber gab sie ihrer Schwester zu 100 Prozent recht: Sebastian Broich war ein egozentrisches, eingebildetes Arschloch und ein Riesenmacho noch dazu.

Wehmütig dachte sie an Michael, der völlig anders war, im Grunde genommen das genaue Gegenteil ihres Schwagers. Sehr männlich, bodenständig, hilfsbereit, ständig im Selbstzweifel und von sich und seinen Qualitäten so gar nicht überzeugt. Diese weiche Seite an ihm rührte sie immer wieder an. Jana und sie waren bei der zweiten Flasche Wein angelangt, und Dunkelheit senkte sich über den Garten, als Micha anrief.

Nach dem Telefonat war sie sehr aufgewühlt gewesen. Verhaltensauffällige Kinder! Wahnsinn, sie hatten den roten Faden entdeckt, der sich hinter dem Verbrechen an Lars-Friedrich verbergen musste! Sie hatte es kaum geschafft, ihre Aufregung vor Jana zu verstecken, die sich inzwischen beruhigt hatte und deren Ärger in euphorisierte Geschwätzigkeit umgeschlagen war.

Jule hielt sich den schmerzenden Kopf und bettete sich wieder auf die Seite. Oh Mann, sie brauchte unbedingt ein Aspirin! Was war dann gewesen, fragte sie sich? Schlagartig fiel es ihr ein. Trotz der pochenden Schmerzen setzte sie sich auf und bereute es sofort: Ihr Kopf sprang fast auseinander.

Oh nein! Sie hatte mit Jana über Martin Weimann geredet! Sie hatte die kleine Schwester gefragt, ob sie wüsste, dass der Priester homosexuell sei! Verschwommen erinnerte sie sich an Janas verblüffte Miene und ihre hartnäckigen Nachfragen. Irgendwann hatte Jule sich nicht mehr wehren können und von der Verhaftung des Priesters und seines Gefährten erzählt!

»Der und schwul?«, hatte Jana ungläubig gefragt. »Niemals! Guck dir den Typen doch an! Weißt du nicht mehr, wie charmant der zu mir bei Paulchens und Jojos Taufe war? Ich hab' noch gedacht: Was für eine Verschwendung, dass so einer im Zölibat leben muss! Nein, der ist nicht schwul! Glaub mir, Schwesterlein. So was rieche ich auf 100 Meter gegen den Wind!«

Heftig hatte sie den Kopf geschüttelt und dabei ihr Weinglas umgekippt. Sie waren in die Küche gerannt, um einen Lappen zu holen, während Jana weiterhin beteuerte, dass der Pater in jedem Fall auf Frauen stünde. Jule war schon benommen vom Wein gewesen und nicht mehr in der Lage, dem etwas entgegenzusetzen, aber Zweifel kamen ihr tatsächlich.

Wenn Jana sich mit etwas auskannte, dann mit Männern. Vor ihrer Ehe hatte sie mit ihrer Schönheit unzähligen Typen den Kopf verdreht. Sie wusste, wie sie ihre Reize ausspielte, wann diese ankamen und wann es Perlen vor die Säue waren. Andererseits war ihre jüngere Schwester auch sehr eitel und selbstverliebt. Vielleicht hatte sie die Freundlichkeit des Priesters einfach fehlgedeutet.

Jule tappte ins angrenzende Gästebad und warf einen skeptischen Blick in den Spiegel. Was sie sah, war schauerlich: ein graues, zerknittertes Gesicht mit tiefen Ringen unter den Augen und spröden Lippen. Uralt sah sie aus, uralt! Sie beeilte sich, unter die Dusche zu kommen. Vielleicht half das, sich zumindest im Ansatz zu restaurieren!

Du blöde Kuh, schimpfte sie sich erneut aus, während das heiße Wasser auf sie niederprasselte. Es war nicht gut, Details über den Mordfall Dyckerhof auszuplaudern. Nicht gut für die Aufklärung des Falles und erst recht nicht gut für das Renommee des Campingplatzes. Wer wusste schon, was Leute wie Sebastian Broich aus der Geschichte machten, dass ein katholischer Priester und sein Bettgefährte sich zu heimlichen Schäferstündchen im *Eifelwind* trafen? Ein Familiencampingplatz als Treffpunkt für … Halt, so ein Blödsinn! Jule ärgerte sich über ihr Schubladendenken. Aber während sie sich das Shampoo aus den Haaren spülte, überlegte sie weiter. Was, wenn Jana recht hatte und Martin Weimann tatsächlich heterosexuell war? Welche Rolle spielte Andreas Windinger in seinem Leben, und warum hatte der Priester unter falschen Namen im *Eifelwind* eingecheckt? Sie spürte, wie mit ihrer Neugier auch die Lebensgeister zurückkehrten. Das Klingeln ihres Handys, das tief in ihrer Handtasche steckte, hörte sie nicht.

Als sie in Jeans, T-Shirt und mit nassen Haaren herunter ins Esszimmer kam, wunderte sie sich, dass niemand da war. Allerdings entdeckte sie auf dem großen Holztisch zwischen Krümeln und benutzten Tellern die aufgeschlagene Zeitung. Ein Foto sprang ihr sofort ins Auge: Die Rezeption des *Eifelwind*! Daneben prangte die Schlagzeile: *Mörderische Eifel – Verdächtige freigelassen*.

Jules Kehle wurde trocken. Sie nahm sich ein Glas aus dem Vitrinenschrank, lief in die Küche und füllte es mit Leitungswasser. Sie trank gierig, während sie zurück zum Tisch ging, sich setzte und die Zeitung heranzog.

Der Bericht erstreckte sich über eine halbe Seite. Sowohl der Mordversuch an einem *Neusser Industriellensohn* als auch der Skelettfund wurden ausführlich beschrieben. Allerdings war keine Rede davon, dass die Knochen seit mindestens 50 Jahren unter der Erde gelegen hatten. Die unbedarfte Leserschaft musste zu dem Schluss kommen, dass ein Kindermörder die Nordeifel beziehungsweise *ein Tal unweit von Bad Münstereifel* unsicher machte, wie es im Text hieß. Im Anschluss ließ sich der Artikel darüber aus, dass die Kriminalpolizei offensichtlich völlig im Dunkeln tappte. Zwei verdächtige Zeugen habe man wegen Mangel an Beweisen freilassen müssen.

Jule stöhnte auf und betrachtete noch einmal das grobkörnige Foto. Ein geschultes Auge würde den Schriftzug an der Rezeption ohne Weiteres als *Campingplatz Eifelwind* entziffern können.

Jetzt wusste nicht nur die Eifelregion, sondern auch die komplette niederrheinische Bevölkerung Bescheid über die schrecklichen Ereignisse. Konnte ihr Campingplatz diese Negativschlagzeilen verkraften?

»Guten Morgen, Jule«, sprach jemand in ihrem Rücken. Jana. Jule drehte sich um und war fassungslos, wie fit und frisch ihre Schwester nach dem nächtlichen Saufgelage aussah. Sie steckte in Röhrenjeans, hohen Sandaletten und schulterfreiem Shirt, war perfekt geschminkt und frisiert.

»Ich mache dir Frühstück, ja?« fragte sie mit schiefem Lächeln. »Sebi, die Jungs und ich haben ja schon …«

»Wo stecken denn alle?«

»Na, Sebi ist im Büro und die Jungs sind in der Schulbetreuung. Die hat heute wieder auf. Ach, du hast den Artikel in der Zeitung schon gelesen? Du, ich mache mir solche Vorwürfe!«

Jana ging rüber in die Küche und stellte eine Tasse an den Kaffeevollautomat. »Latte macchiato?«, rief sie Jule durch das Mahlgeräusch der elektrischen Kaffeemühle zu.

»Ja, gern.« Jules Herz pochte nervös. Was hatte Jana angestellt? Wahrscheinlich brühwarm alles, was sie ihr gestern weinselig verraten hatte, an den Göttergatten ausgeplaudert! Denn allein an der Art, wie Jana den Kosenamen ihres Mannes betont hatte, war Jule klar geworden, dass sie recht behalten und das Paar sich längst versöhnt hatte.

Jana stellte ein Körbchen mit frischen Croissants und Brötchen sowie einen Frühstücksteller vor Jule ab, schaffte Wurst, Käse, Marmelade und Butter heran und trug zwei frisch gebrühte Latte macchiato zum Esstisch. Einen für Jule, einen für sich. Sie setzte sich der Schwester gegenüber und machte ein schuldbewusstes Gesicht.

»Sag nicht, dass du deinem Mann alles erzählt hast?«, entfuhr es Jule.

»Nein … ja … ich meine, klar habe ich, ich habe doch vor meinem Ehemann keine Geheimnisse …«, stotterte Jana entrüstet. »Und Sebi findet es auch merkwürdig, dass Pater Weimanns Name in dem Artikel nicht genannt wird. Er sagt, das Erzbistum hält seine schützende Hand über ihn. Nein, das ist es nicht!« Sie seufzte, schluckte und erklärte mit belegter Stimme: »Ich … ich bin schuld daran, dass Lars-Friedrich das zugestoßen ist. Ich, Jule!«

Sie umklammerte mit dünnen Fingern ihren Latte – Jule registrierte, dass sie neuen korallenroten Nagellack aufgetragen hatte, mein Gott, wann denn nur? – und sah dabei richtig elend aus.

»Aber wie kommst du denn auf die Idee?«

»Na, *ich* hab' Ellen den Tipp mit eurem Campingplatz gegeben! Das ist mir heute Nacht eingefallen. Ellen musste doch mit Annalena – ein schreckliches Mädchen, sag ich dir! – in die psychotherapeutische Praxis bei euch in der Nähe. Und ich wusste ja, dass die Dyckerhofs Camping lieben, dabei schwimmen sie im Geld … Als ich ihr von der unberührten Natur, dem Bach und den Bergen bei euch vorgeschwärmt habe, war sie hin und weg.

Ein ruhiges Örtchen brauche sie, wo Kinder auch mal laut sein können. Obwohl Lars-Friedrich doch inzwischen Ritalin, Medikinet oder was auch immer genommen hat und viel braver war als früher.«

»Wie?« Jule merkte auf. »Ich denke, Detlef war dagegen, dass sein Sohn Tabletten nimmt. Das zumindest hat mit Frau Dyckerhof senior erzählt.«

»Lore Dyckerhof, die alte Hexe, meinst du?« Jana grinste. »Na, die hat Ellen ja gefressen! Nö, die und Detlef sollten nichts mitkriegen. Ellen hat heimlich diesen

ADHS-Spezialisten in Düsseldorf auf der Kö konsultiert. Und solange Detlef nicht in der Nähe war, hat der Kleine morgens und mittags eine Ration gekriegt. Seitdem ging es auch Ellen wesentlich besser, sie war nicht mehr ganz so … durch den Wind.« Plötzlich klappte sie den Mund zu, und Tränen bildeten sich in ihren frisch getuschten Wimpern. »Aber jetzt wird Lars-Friedrich sterben, und ich bin schuld! Ich hätte wissen müssen, dass einer wie Faßbinder nur Schlechtes anzieht. Mord und Totschlag, kriminelles Pack und was nicht sonst noch alles.« Sie weinte jetzt heftiger und schniefte: »Du musst ihn verlassen, Jule! Besser heute als morgen. Sebi sagt auch, der Typ zieht dich in den Abgrund. Es kann doch kein Zufall sein, dass im *Eifelwind* schon wieder gemordet wird!«

Jule konnte kaum glauben, was sie da hörte. »Es reicht, Jana«, zischte sie zwischen zusammengebissenen Zähnen. »Ich hör' mir das nicht länger an! Erst rennst du zu deinem Arschlochehemann und tratschst ohne schlechtes Gewissen alles weiter, was ich dir anvertraut habe, und dann erdreistest du dich, gemeinsam mit diesem Idioten über Micha herzuziehen und ihn mal wieder gnadenlos in die Pfanne zu hauen! Und ich hab' dich noch getröstet.«

Sie stürmte an Jana vorbei die Treppe hoch ins Gästezimmer. In Windeseile raffte sie all ihre Sachen zusammen und warf sie in die Reisetasche. Zum Schluss schnappte sie sich noch ihren Autoschlüssel, sauste mit dem Gepäck wieder nach unten und verließ ohne ein Wort des Abschieds das Haus. Natürlich nahm sie sich nicht die Zeit, auf ihr Handy zu schauen. Sonst hätte sie die vier Anrufe in Abwesenheit bemerkt.

Michael Faßbinder und Gerti Weyers waren erstaunt, wie viele Neuankömmlinge nach der Mittagspause im *Eifel-*

wind eincheckten. Und es handelte sich nur um Alleinreisende oder Pärchen.

Gerti schüttelte verwundert den Kopf und notierte die Stellplatznummern. Wenn Jule nicht da war, verbuchte sie alles handschriftlich. Der Computer war einfach nicht ihr Ding. »Komisch, saren ich dir.«

»Na und? Hauptsache, die Kasse klingelt«, antwortete Micha, während er zum fünften Mal versuchte, Jule auf dem Handy zu erreichen. Aber sie ging nicht dran. Er stöhnte auf, warf das Mobiltelefon auf die Ablage hinter dem Tresen und raufte sich die Haare. »Mensch, wo steckt sie bloß? Gerti, ich bin am hinteren Waschhaus und schau nach, ob der reparierte Wasserhahn es noch tut oder wieder tropft, ja?«

»Ess joht, Jong.« Gerti nickte und konzentrierte sich dann auf zwei junge Männer, die mit Motorrädern und Zelt angereist waren und einen kleinen Platz am Waldrand suchten. »Ich hoffe, Se hann mieh als nur dat kleijne Deng«, sagte sie und zeigte auf den winzigen Zeltsack. »Et soll nachher ne Meng Rähn erafkomm.«

»Schon in Ordnung, wir sind ja nicht aus Zucker«, lautete die lapidare Antwort eines der Männer, eines drahtigen Mittdreißigers mit Dreitagebart und Designersonnenbrille.

Micha verließ kopfschüttelnd die Rezeption und begutachtete misstrauisch den Himmel. Grau und schwer stapelten sich dort die Wolkenberge. Das Sonnenlicht drang kaum durch. Es sah wirklich mächtig nach Regen aus, und zwar nicht bloß nach einem harmlosen Schauer. Während er an den Müllcontainern vorbeiging, grübelte er erneut über das nach, was ihm gestern Nacht aufgefallen war. Was Heinz gesagt hatte und was Elsie Metzen. Es passte nicht zusammen, aber wenn, dann …

Micha war nach dem Gespräch mit dem Archäologen doch nicht mehr in die Kneipe zurückgekehrt. Er hatte keine

Lust auf die neugierigen Fragen der anderen und kein Verlangen, erneut Vorwurf und Misstrauen in Heinz Metzens Gesicht zu sehen. Und ein Bier konnte er auch zu Hause trinken.

Also war er ins Mobilheim zurückgekehrt und hatte sich mit einer eiskalten Flasche Pils auf die Couch gehauen. Er wollte in Ruhe über die Dinge nachdenken, die Professor Lehmann ihm eröffnet hatte.

Von Elsie wusste er, dass Hanni behauptet hatte, eine gebürtige Schlesierin zu sein wie sie selbst. Wenn das Verbrechen im Keller der Hütte nicht erst geschehen war, als keiner mehr dort wohnte – auch das konnte ja möglich sein –, hing Elsies Freundin bestimmt in der Geschichte drin. Klang verdammt logisch, fand er. Wer anders als sie selbst hätte das Umarbeiten der Eisenketten zu Fesseln in Auftrag geben können? Auch der schlesische Suppenteller ergab dann einen Sinn. Mmh, der könnte sogar von Elsie stammen.

Aber Lehmann hatte was davon gefaselt, das Service sei erst seit Anfang der 40er-Jahre produziert worden. Elsie konnte der Teller dann nicht gehören, die hatte mit ihrem Mann schon wesentlich länger in Steinbach gelebt. Aber wenn diese Hanni tatsächlich gebürtige Schlesierin gewesen war und die Region vielleicht erst später verlassen hatte, zum Beispiel gegen Ende des Krieges, und dieses schlesische Geschirr oder Teile davon mitgebracht hatte, passte auch dieses Puzzleteil.

Micha war inzwischen am Waschhaus angekommen und untersuchte den Wasserhahn. Gut, schien dicht zu sein. Er richtete sich auf, ging um das Gebäude herum und warf einen Blick auf die Baustelle zwischen Spielplatz und Waldrand. Jede Menge Leute wuselten da herum! Er kniff die Augen zusammen. Die neuen Campinggäste schienen sich ausnehmend für die Grube zu interessieren: Die einen fotografierten mit Handys und Kameras, andere kletterten sogar hinein.

Erst in dem Moment fiel ihm wie Schuppen von den Augen, was der Besucheraufschwung im *Eifelwind* bedeutete und mit wem er es hier zu tun hatte: mit Journalisten und anderem sensationsgeilen Pack! Die Medien mussten aktuell über den Fall und die Entlassung der Tatverdächtigen berichtet haben! Scheiße, warum hatte er nichts davon mitbekommen? Zeitung zu lesen oder Nachrichten zu hören wäre heute Morgen wirklich nützlich gewesen. Oh Mann!

Micha wischte sich die Hände an der Jeans ab, lief über die Wiese und scheuchte die Fremden aus dem Loch. »Das ist eine Baustelle!«, schimpfte er. »Raus da!«

»Was haben Sie denn hier zu sagen?«, wehrte sich eine junge Rothaarige. Sie umklammerte eine Spiegelreflexkamera mit extralangem Objektiv.

»Sie stehen auf meinem Grund und Boden«, erwiderte Micha. »Ich bin der Besitzer des Platzes.«

»Ach?« Neugierig näherte sich ein spindeldürrer Mittfünfziger in lila Jeans. Er hielt ein langes Ding in Händen. Ein Metalldetektor! »Dann können Sie mir doch bestimmt ein paar Auskünfte …«

»Hau ab«, knurrte Micha. »Haut alle ab. Und wehe, irgendjemand von euch knipst mich! Das ist eine Verletzung der Persönlichkeitsrechte. Ich zeig' euch an!«

Die Leute zerstreuten sich murrend und widerwillig; einige peilten den Waldrand an. Als sie zwischen den Laub- und Nadelgehölzen hinter dem Spielplatz verschwanden, stöhnte Micha auf. Wahrscheinlich wateten sie durch den Steinbach auf die andere Seite, dahin, wo sich der Fußweg ins Dorf schlängelte und wo Lars-Friedrich angegriffen worden war. Dort begann das öffentliche Gelände und er hatte nichts mehr zu sagen.

Gerade wollte er resigniert umkehren, als ihm eine Idee kam. Was, wenn der Täter auf dem Weg nach Steinbach gewesen war? Über den Wanderweg? Was, wenn er dort zufällig auf den Sechsjährigen gestoßen war? Verhaltensauffällige Kinder, grübelte Micha, unser roter Faden. Hatte Lars-Friedrich den Täter irgendwie provoziert? Ach was, das erschien im doch zu weit hergeholt. Eigentlich glaubte er inzwischen mehr denn je, dass der Mörder innerhalb der Dyckerhof'schen Familie zu finden war.

Seine Favoritin war Annalena. Schon länger hatte er die 13-Jährige in Verdacht, denn sie verhielt sich wirklich extrem auffällig, aber gerade das sprach sie auch wieder von jedem Verdacht frei. Würde sie nicht eher einen auf hyperbesorgt machen, wenn sie selbst ihren Bruder attackiert hatte? Um von sich abzulenken? Okay, sie war ein Teenager und vielleicht zu impulsiv, um sich allzeit im Griff zu haben ... Keine Ahnung, er kannte sich mit Jugendlichen zu wenig aus.

Nachdenklich ging er die paar Meter zum Bachbett, zu einer Stelle, von der er wusste, dass man von dort trockenen Fußes auf die andere Seite gelangen konnte. Im Abstand von höchstens einem halben Meter ragten dicke moosige Steine heraus, aufgereiht wie auf einer Perlenkette. Mit geübtem Schritt sprang er von einem zum nächsten. Am gegenüberliegenden Ufer hielt er sich rechts.

Und da sah er sie schon: Frauen und Männer, jung und alt, die herumstöberten, fotografierten und den Waldboden oder in Gummistiefeln den Bachlauf absuchten.

Was für ein Schwachsinn! Die Spurensicherung hatte hier doch längst jeden Stein, jeden Ast und jedes Blatt umgedreht. Die Tatwaffe war unauffindbar geblieben. Bildeten diese Amateure sich etwa ein, gründlicher als die Polizeikräfte zu sein?

Plötzlich musste er grinsen. Auf ihre Art taten Jule und er es ihnen doch gleich. Auch sie waren Amateure und maßten sich an, fähigere Ermittler als die Bullen zu sein. Aber okay, wenn man Wesseling und seine ignorante Art kannte, konnte man eben schnell auf solche Gedanken kommen.

Micha kehrte um und wanderte denselben Weg zum Campingplatzgelände zurück, wie er gekommen war. Schon trafen ihn die ersten Regentropfen.

Nachdenklich peilte er ein zweites Mal die Überreste von Hannis Keller an. Vom Rand aus starrte er runter in die Grube. Wieder musste er an den Widerspruch in Heinz und Elsie Metzens Aussagen denken. Heinz hatte erzählt, seine Großtante habe erst viel später, lange nach Hannis und Georgs Weggang, erfahren, dass Hanni keine Wollseifenerin war, während Elsie selbst erwähnte, sie habe bereits einen Tag danach davon gehört. War dieses Detail wichtig?

Ein paarmal hatte er gestern Nacht und heute Morgen versucht, Jule zu erreichen, um sie um Rat zu fragen. Warum ging sie nicht dran? Aus den Augen, aus dem Sinn! Die dachte zurzeit gar nicht an ihn, sondern hatte nur ihre Familie und die Dyckerhofs im Kopf. Und er war abgeschrieben. Er versuchte, die trüben Gedanken an Jule zu verdrängen.

Verhaltensauffällige Kinder, grübelte er weiter. Ein Kind, das im Keller eingesperrt und mit Ketten fixiert wurde. Warum? Weil jemand auf die Weise seine abartigen Fantasien befriedigte oder eher, um es zu … bändigen und zu strafen? Wofür? Einen Satansbraten und Zappelphilipp hatte Elsie Metzen den kleinen Georg genannt. Wie kalt ihre Stimme dabei geklungen hatte. Hatte Elsie selbst …?

Aber Quatsch, der Junge war quicklebendig mit seiner Mutter nach Köln gezogen, vielleicht lange nach Hannis Umzug. Und wieso das umgearbeitete SS-Hemd? Er fuhr sich mit den Fingern durch die Haare, die vom Regen schon ganz feucht waren und anfingen, sich zu kräuseln.

In dem Moment wurde aus dem Nieseln ein Platzregen, es brauste in den Baumwipfeln und die Tropfen trommelten heftig auf das Blech von Eddies Bagger. Micha zog den Kopf ein und wollte sich gerade irgendwo ins Trockene flüchten, als plötzlich etwas laut knallte. Ein stechender Schmerz fuhr ihm in die Seite, in seinem Kopf explodierte es. Dass er fiel, merkte er schon nicht mehr.

Eigentlich wollte Jule nur noch nach Hause. Am liebsten würde sie sich in Michas Arme werfen und ihn festhalten, bis sie sich besser fühlte. Es war einfach unfair, wie Jana und ihr Schwager sich verhielten! Und so mies Micha gegenüber! Wahrscheinlich würden sich die zwei wunderbar mit Wesseling verstehen. Ein Herz und eine Seele! Stammtischparole zu Stammtischparole.

Sie atmete tief durch und packte das Lenkrad fester. Als sie im Kaarster Zentrum durch den Kreisverkehr kurvte, vor sich die Einkaufsarkaden mit dem Parkdeck, rechts den Neumarkt und dahinter das Rathaus und den Stadtpark, beschloss sie jedoch, nicht auf direktem Wege nach Steinbach zurückzukehren. Nicht nach dem, was sie vorhin von Jana erfahren hatte. Also bog sie hinter dem IKEA links auf die B 7 und dann rechts auf die Neusser Furth ab.

Langsam beruhigte sie sich, dafür fing jetzt ihr Magen an zu knurren. Zum Frühstücken war sie ja vorhin nicht mehr gekommen.

Am Münsterplatz ergatterte sie den letzten freien Parkplatz. Im Café Küppers bestellte sie ein großes Frühstück mit Ei, Orangensaft und Latte macchiato. Während sie hungrig aß und den heißen, cremigen Kaffee schlürfte, schaute sie durch das bodentiefe Fenster raus auf das Neusser Münster.

Das Wetter war ungemütlich geworden; bald würde es regnen. Das Gestein des Kirchturms sah im fahlen Tageslicht schmutzig grau aus, was der imposanten Architektur jedoch keinen Abbruch tat. Der Turm wirkte gewaltig; es schien, als manifestierte sich in ihm die gesamte Macht der katholischen Kirche. Stolz, starr, imposant und altmodisch, aber auch beschützend und bewahrend.

Im Grunde genommen wunderte Jule sich nicht darüber, dass Pater Weimanns Name in den Berichterstattungen verschwiegen wurde. Kurz überlegte sie, dem Priester in seinem Pfarrhaus einen Besuch abzustatten. Sie verwarf den Gedanken sofort. Es gab Dringlicheres zu tun, auch wenn sie sich davor fürchtete. Außerdem hatte sie bereits eine Idee, worin Weimanns Geheimnis bestand. Irgendwann würde sie sich Gewissheit verschaffen, aber nicht heute.

Ihre Gedanken schweiften zurück zu ihrer jüngeren Schwester. Jules Wut war verraucht, ihre Enttäuschung nicht. Sie hatten sich zusammengerauft in den vergangenen Tagen, bis Jana mit ihren Vorurteilen und der verdrehten Loyalität ihrem Mann gegenüber alles kaputt gemacht hatte. Aber konnte Jule deshalb wirklich sauer auf sie sein?

Jana hatte sich über die Jahre abgewöhnt, sich eine eigene Meinung zu bilden, und stattdessen unreflektiert die von Sebastian Broich übernommen. Bequem war das, aber auch ein Zeichen von Schwäche. Durfte man einem Menschen seine Schwächen übel nehmen?

Jule leerte ihren Orangensaft und löffelte das hart gekochte Ei aus. Dann zahlte sie. Schweren Herzens stieg sie ins Auto.

Der schwarze Geländewagen stand nicht in der Auffahrt. Die Kiesfläche schimmerte in jungfräulichem Weiß und eröffnete Jule den Blick auf ein rosenumranktes Tor an der hinteren Ecke der Dyckerhof'schen Villa. Unschlüssig trat sie auf dem Bürgersteig von einem Bein auf das andere. Wie sollte sie es bloß hinkriegen, an dem Hausdrachen Lore

Dyckerhof vorbeizukommen? Zur Tür gehen und klingeln war jedenfalls nicht die Lösung. Sie schaute hinauf zu den Fenstern, Erkern und Zinnen. Wo mochte Annalena stecken? Und Ellen?

Schließlich gab sie sich einen Ruck und tappte über die knirschenden Steine zum Gartentor. Sie hatte das Gefühl, dass ihre Schritte meilenweit zu hören waren, egal wie behutsam sie auftrat.

Endlich angekommen spähte sie vorsichtig in den Garten. Ellen hatte ihr einmal verraten, dass sie die Gartenarbeit liebte und längst nicht alles den Gärtnern überließ. »Ich liebe die Natur«, hatte sie geschwärmt, »ich mag Blumen und Bäume. Dieser Campingplatz liegt sehr schön. Ich mag es, aufs Wasser zu schauen, so wie hier auf den Angelsee. Zu Hause haben wir einen Teich. Ich sitze manchmal stundenlang dort auf der Bank …«

Jule erinnerte sich an Ellens fröhlich aufgedrehte Stimme und an die fahrige Handbewegung, mit der sie eine Haarsträhne aus der Stirn geschoben hatte.

Es war am Ankunftstag der drei Dyckerhofs im *Eifelwind* gewesen. Mitarbeiter des Familienunternehmens hatten den Caravan morgens aus Neuss hergeschafft und alles aufgebaut und eingerichtet, während Ellen mit den beiden Kindern erst am Nachmittag mit dem Auto angereist war. Dann waren sie auf dem *Premiumstellplatz mit Seeblick* herumgestanden, und Jule hatte Ellen alles Wissenswerte über den Campingplatz und seine Einrichtungen erklärt, während Annalena ein muffeliges, gelangweiltes Gesicht gezogen hatte. Ihr jüngerer Bruder dagegen hatte einen verschlafenen Eindruck gemacht. Er hatte gegähnt, geblinzelt und sich an seine Mutter gekuschelt.

Es tat Jule weh, an die harmlose Szene zurückzudenken. Gleichzeitig überlegte sie, ob der Junge unter dem Einfluss von Psychopharmaka gestanden hatte und deshalb so benommen gewesen war. Falls diese Wirkstoffe überhaupt müde machten.

Da, Jule nahm eine Bewegung im Garten wahr. Und richtig, ein blonder, zerzauster Haarschopf tauchte hinter einem Rosenstrauch auf. Jule konnte ihr Glück kaum fassen. Dort ging tatsächlich Ellen Dyckerhof in zerknittertem, ärmellosem Kleid, die mageren Arme um den Leib geschlungen. Den Kopfverband trug sie nicht mehr. Sie war allein.

Jule stieß das Gartentor auf. Jetzt war ihr alles egal. Einmal nur mit Ellen sprechen, betete sie sich vor, um das mulmige Gefühl loszuwerden, das sie seit gestern gefangen hielt.

»Ellen?«, rief sie leise, während sie über die Rasenfläche lief.

Wie in Trance drehte sich die Angesprochene um, und Jule blickte in große, leere Augen, die von tiefen Schatten untermalt wurden.

Ellen schien sie nicht zu erkennen, und Jule kam sich mehr denn je wie ein Eindringling vor. Am liebsten wäre sie auf der Stelle im Erdboden versunken, andererseits gab es jetzt kein Zurück mehr. Plötzlich huschte ein Ausdruck über Ellen Dyckerhofs Gesicht, den Jule nicht recht zu deuten wusste, irgendetwas zwischen Schuldbewusstsein und Verstörung.

»Ich bin's, Jule Maiwald vom … Campingplatz.«

»Ja, oh … hallo, ich …« Sie lächelte mühsam. Es sah aus wie eine Grimasse. »Lore hat erzählt, dass Sie gestern da waren. Das war wirklich lieb, aber verstehen Sie bitte, ich …« Unvermittelt brach sie in Tränen aus.

Jule erschrak. Vorsichtig legte sie einen Arm um Ellens bebende Schultern. Sie kam sich vermessen und unverschämt vor. Wie konnte sie es wagen, diese Frau mitten in den schlimmsten Sorgen um ihren schwer verletzten Sohn zu behelligen? Sie dachte an Tobi, der gesund und munter herangewachsen war, und fühlte sich einfach nur schäbig.

»Ich muss mich setzen«, flüsterte Ellen. »Aber nicht hier draußen. Ich kann den Garten nicht ertragen! Lars-Friedrich hat so gern hier gespielt, wissen Sie? Allein und mit sich zufrieden. Kommen Sie, wir gehen hinein. Helfen Sie mir? Meine Beine sind ganz wackelig.«

»Natürlich.« Jule schluckte und führte Ellen über die Terrasse durch eine Flügeltür ins Haus. Drinnen sank Ellen auf eine riesige braune Ledercouch.

Jule schaute sich um. Das Zimmer war wesentlich größer als das, in das Lore Dyckerhof sie gestern geführt hatte. Zwischen antiken Regalen und Kommoden hingen düstere Ölgemälde in goldenen Rahmen, und auf einem verschnörkelten Sideboard mit Marmorplatte prangte ein riesiger Flachbildfernseher, der so gar nicht in das gediegene Ambiente zu passen schien. An der Fensterfront reihten sich exotisch aussehende Topfpflanzen in verschwenderischer Fülle auf: Orchideen, Kakteen, Palmen. Wucherndes Leben. Dazwischen wirkte Ellen besonders kläglich. Jule setzte sich in einigem Abstand neben sie.

»Soll ich Ihnen etwas zu trinken holen lassen?«, fragte sie, während ihr Blick über den runden Couchtisch glitt. Die Mahagoniplatte war bedeckt mit offenen Fotoalben und einer Flut loser Bilder. Es war eine wilde Mixtur aus Farbfotos und alten Schwarz-Weiß-Aufnahmen. Ein leerer, abgegriffener Pappkarton stand daneben.

»Nein, danke.« Ellen schüttelte den Kopf und griff nach einem Foto. »Sieh mal hier, mein kleiner Lars. Ich darf doch du sagen, oder? Das ist einfacher. Schau mal, wie fröhlich er hier schaut! So viele Bilder, aber jetzt … Die Ärzte sagen, dass sie wenig Hoffnung haben. Wir sollen uns auf das Schlimmste gefasst machen. Detlef ist bei ihm. Ich konnte einfach nicht mehr. Ihn so leblos zu sehen. Nur die Maschinen halten ihn am Leben.« Sie verstummte und sah Jule Hilfe suchend an.

Jule schluckte. Ihr fehlten die Worte. Jeder Versuch zu trösten, würde wie eine Phrase, nein, schlimmer, wie eine Anmaßung klingen. Sie griff nach dem Foto. Dieses Lachen, diese unschuldigen Kinderaugen, voller Vertrauen. Und doch hatte jemand den Kleinen tot sehen wollen. Es war nicht zu begreifen.

Schon streckte Ellen ihr das nächste Bild entgegen. Es zeigte die vollzählige Familie: Detlef, Ellen, Annalena, Lars-Friedrich. Offenbar war es in einem Fotostudio vor einem künstlichen Hintergrund gemacht worden. Jule betrachtete es genau. Keiner der Fotografierten lächelte ungezwungen. Die Körperhaltungen aller vier wirkten verkrampft, die Gesichter angestrengt und nur bemüht freundlich.

»Das haben wir im Februar aufnehmen lassen. Eigentlich wollten wir es Lore zum 94. schenken«, erklärte Ellen. Ihre Stimme klang jetzt gefasst, aber auch bitter. »Doch es hat mir nicht gefallen. Es war so schwierig, ein einigermaßen nettes Bild hinzukriegen. Lars war schrecklich überdreht an dem Tag, weißt du? Ständig ist er im Studio herumgerannt, hat etwas umgestoßen oder ist hinter den Vorhang geschlüpft. Außerdem war er rotzfrech zu der Fotografin, dabei hat die sich solche Mühe mit ihm gegeben. Wir anderen waren so genervt! Ich finde, all das sieht man auf der Aufnahme. Es wäre ... ein gefundenes Fressen für Lore gewesen.« Sie seufzte und sah Jule an. »Bei euch im *Eifelwind* war er doch wirklich lieb, oder? Es war so ein Genuss ... Endlich konnte ich ihm nahe sein! Und dann kam Detlef und hat alles zerstört.« Verwirrt hielt sie inne. War ihr soeben aufgegangen, dass sie sich einer fast Fremden offenbarte?

»Du meinst, du konntest ihm keine Medikamente mehr verabreichen?«, wagte Jule leise zu fragen. »Weil Detlef dagegen war, dass er wegen ADHS behandelt wurde?«

»Genau.« Ellen runzelte angestrengt die Stirn. »Ich wusste nicht, dass du … Hat Detlef …?«

»Ja, hat er Micha gegenüber erwähnt«, log Jule fix.

»Bestimmt in diesem vorwurfsvollen Ton! Als sei es ein Verbrechen, ein Kind mit Medikamenten zu behandeln, wenn es krank ist! Und ich weiß ja, dass es sich um Psychopharmaka handelt. Wer will das schon für sein Kind? Ich habe es mir wirklich nicht leicht gemacht, entgegen Detlefs Meinung zu handeln. Aber das Mittel hat so gut geholfen, dass mein Sohn es selbst sofort merkte. Die Wolken im Kopf sind weg, hat er gesagt. Es war eine Freude, ihn daraufhin in der Ergotherapie zu erleben. Endlich hat sie gefruchtet. Vorher ist er immer nur durch die Praxis getobt und konnte sich auf nichts einlassen!

Er ist ein so … sensibles und intelligentes Kind, weißt du? Aber niemand sah das, bevor er medikamentös eingestellt wurde. Alle fanden ihn wild, unverschämt und unerzogen, er hatte überhaupt keine Freunde. Nie wurde er zum Spielen eingeladen, geschweige denn zu einem Kindergeburtstag! Und in den Augen von Detlef, Lore, Bekannten und Erziehern war ich allein für alles verantwortlich. Ich sei zu lax und zu inkonsequent. Ich hätte ihn verzogen. Wie oft musste ich mir das anhören!

Mit den Pillen wurde schlagartig alles besser. Bis … ach. Jetzt ist es eh egal.« Sie senkte den Kopf. Dann murmelte sie resigniert: »Ich bin schuld, dass ihm das zugestoßen ist.«

Jule stockte der Atem. Folgte jetzt etwa ein Geständnis? Sollte sie mit ihrer Vermutung recht behalten, dass das Verbrechen seinen Ursprung innerhalb der Dyckerhof'schen Familie hatte? »Warum denn das?«, erkundigte sie sich.

»Na, weil ich Angst vor Detlefs Reaktion hatte, sollte er das mit den Tabletten erfahren. Also hab' ich das Mittel abgesetzt, als er Samstag auf dem Campingplatz ankam. Von jetzt auf gleich. Das ist nicht gut, weißt du. Lars-Friedrich geriet total aus dem Gleichgewicht …« Riesige, von Tränen verschleierte Augen starrten sie an. Jule konnte die Hoffnungslosigkeit in ihnen kaum ertragen. »Ich weiß nicht, wie ich weiterleben soll, falls er wirklich stirbt. Ohne meinen Sohn und mit dieser Schuld. Ich kann nicht mehr.«

»Aber er hat sich doch nicht selbst niedergeschlagen«, protestierte Jule. »Das war jemand anders! Und wenn du es nicht gewesen bist …«

»Natürlich nicht!« Ellen reagierte entsetzt. »Warum sollte ich meinem Kleinen so etwas antun, egal wie anstrengend er ist? Ich hab' ihn doch lieb, und vielleicht wegen seines *Handicaps* mehr, als ihm und der ganzen Familie guttut. Sogar Annalena habe ich darüber vernachlässigt. Ihre Eskapaden in der Schule, auch die sind im Grunde meine Schuld!« Ellen hielt inne, atmete tief durch, um dann etwas ruhiger fortzufahren: »Ich meine bloß, dass *jemand anders* vielleicht wütend geworden ist, weil Lars-Friedrich sich plötzlich wild gebärdete. Er wird dann dermaßen aggressiv und provozierend, das treibt einen echt zur Weißglut. Detlef kann gar nicht damit umgehen, er rastet völlig aus und begibt sich auf dieselbe kindische Ebene. Weißt du eigentlich, wie oft er unseren Sohn für Stunden in seinem Zimmer eingesperrt hat? Nun ja, auf einem Campingplatz geht so was nicht. Die Wände vom Wohnwagen sind dünn, man kann sich schnell befreien.«

»Meinst du etwa, dein Mann hat …?«

»Nein, glaube ich nicht.« Ellen schüttelte vehement den Kopf. »Obwohl ich es anfänglich vermutet hatte. Denn am Morgen gab es einen heftigen Streit zwischen den beiden.

Detlef hat Lars-Friedrich brutal am Arm gezerrt, in den Caravan geschubst und abgesperrt, aber Lars-Friedrich ist sofort zum Fenster wieder raus. Ich war außer mir und bin zu diesem kleinen öffentlichen Grundstück auf dem Campingplatz gelaufen, wo sich dieser Holzpavillon befindet.« Sie lächelte Jule an. »Du hast ihn mir mal gezeigt, weißt du noch? An der Stelle habe lange Zeit der Caravan deiner Großeltern gestanden, nun sei da ein Ort der Ruhe, sagtest du.«

Jule nickte beklommen. »Ja, meine Großeltern besaßen viele Jahrzehnte einen Dauerstellplatz im *Eifelwind*. Ich war so gern dort, als ich klein war.«

»Ich dachte, dass ich ihn da finde.« Ellen nickte und atmete tief durch. »Ein Ort der Ruhe … das ist es, was mein Kleiner brauchte. Also hatte ich ihm dort des Öfteren vorgelesen. Aber am Sonntag ist er nicht da gewesen. Keine Spur von ihm! Also habe ich mich in den Pavillon gesetzt und über alles nachgedacht. Darüber, wo Annalena stecken könnte, über die verfahrene Situation zwischen Lars-Friedrich und Detlef und über mein Versagen als Mutter.

Eine halbe Stunde später bin ich zurück. Mein Mann hatte sich wieder abgeregt, aber er sprach kein Wort mit mir. Als wir dann in den Wald geordert wurden, also, da dachte ich zuerst, dass Detlef Lars-Friedrich gesucht, gefunden und vor Wut in den Bach gestoßen hat. Aber inzwischen«, sie hielt inne und schaute Jule fest in die Augen, »glaube ich das nicht mehr. Detlef reagierte dermaßen schockiert und zeigt sich auch jetzt sehr besorgt. Nein, er war es nicht. Nein, ich … ach Jule. Es ist mir inzwischen völlig egal, wer meinem Kleinen das angetan hat. Ich bin mir nur sicher, warum es passiert ist. Es kann gar nicht anders sein! Ich hätte Detlef und Lore gegenüber nicht nachgeben dürfen. Ich hätte darauf bestehen sollen, dass Lars-Friedrich das Ritalin nimmt. Regelmäßig.«

Fahrig wühlte sie in dem Haufen an Bildern herum, dabei fiel eines zu Boden. Jule hob es auf und betrachtete es geistesabwesend. Für sie kam jetzt nur noch eine als Täterin infrage, und sie glaubte, dass Ellen dasselbe dachte. Aber tatsächlich wäre es wohl kaum in ihrem Sinne, wenn dann die Tat aufgeklärt würde.

»Sag mal«, versuchte sie es entgegen aller Vernunft mit klopfendem Herzen, »wie steht denn eigentlich Annalena zu ihrem kleinen Bruder? Es muss doch auch für sie äußerst anstrengend gewesen sein, ihn um sich zu haben, zumal sie in der Pubertät steckt und eigentlich mit sich selbst genug zu tun hat.«

»Annalena ist völlig fertig wegen dem, was Lars-Friedrich zugestoßen ist!«, stellte Ellen in schneidendem Ton klar. Ihr Gesicht hatte sich verdüstert. Aha, Jule hatte den Nagel auf dem Kopf getroffen und Ellen noch nie so resolut erlebt. »Sie liebt ihn über alle Maßen, auch wenn sie es nicht zeigen kann. Und dass sie manchmal eifersüchtig reagiert, ist völlig normal.« Sie straffte sich und bedachte Jule mit einem bösen Blick. »Vielleicht solltest du besser gehen. Mir gefällt es nicht, wie du dich in fremde Angelegenheiten einmischst. Ich dachte, du bist in Sorge – so wie ich. Jetzt habe ich den Eindruck, du horchst mich aus.« Sie wandte sich zur Tür und rief laut: »Olga! Kommst du bitte? Hier ist ein Gast, der aus dem Haus geleitet werden möchte!«

Erst als Jule mit hochrotem Gesicht im Twingo saß und tief durchatmete, fiel ihr auf, dass sie das Foto noch in der Hand hielt. Es war eine angegilbte Schwarz-Weiß-Aufnahme mit hellem, gezacktem Rand. Eine blonde, hochgewachsene Frau in geblümtem Kittelkleid hielt die Hand eines etwa fünfjährigen Kindes. Im Hintergrund war eine hügelige Wiese zu sehen. Der Junge hatte blondes Haar. Jule erkannte sofort die Ähnlichkeit mit Lars-Friedrich und Annalena. War das ein Vorfahre der zwei, vielleicht der Großvater?

Der Junge trug eine Art Hemd, kurze Hosen, Kniestrümpfe und klobige Schuhe, die einige Nummern zu groß aussahen. Er guckte ernst, während die Frau zurückhaltend in die Kamera lächelte. Sie war sehr schön, aber auf eine kühle Art. Ein bisschen sah sie aus wie Marlene Dietrich.

Jule hielt das Bild ins Licht und musterte es genau. Wer konnte das sein? Unmöglich zu sagen. Zumindest war das Foto uralt. Mutter und Kind, in einer gänzlich anderen Zeit. Mutter und Kind, die engste und natürlichste Beziehung der Welt, aber auch die problematischste, wollte man den Psychologen und Psychoanalytikern Glauben schenken.

Seufzend legte sie das Bild auf den Beifahrersitz. Tja, mit Ellen hatte sie es sich wohl fürs Erste verscherzt. Und wenn Jule recht behielt mit der Vermutung, dass Annalena ihren kleinen Bruder attackiert hatte, und wenn sie das auch noch der Polizei meldete, dann würde Ellen ihr das nie verzeihen.

Jule schürzte nachdenklich die Lippen und drehte den Schlüssel im Zündschloss. Sollte sie auf direktem Weg zur Wache nach Euskirchen fahren oder vorher in den *Eifelwind*? Egal, erst mal auf die Autobahn. Sie fuhr los. Es begann zu regnen. Sie stellte den Scheibenwischer an, die Blätter quietschten auf der Frontscheibe. Dann regnete es heftiger. Bald bildeten sich erste Pfützen auf den Straßen, der Asphalt glänzte schwarz. Der Himmel verdüsterte sich.

Fast hätte sie das Klingeln ihres Handys überhört, das tief in der Handtasche steckte. Das Lenkrad mit der Linken festhaltend, wühlte sie mit der Rechten zwischen Portemonnaie, Schlüsseln, Sonnenbrille, Kassenbons und Lippenstiften herum. Endlich bekam sie es zu fassen und hielt es ans Ohr. »Ja, hallo?«

Was Gertis aufgeregte Stimme ihr eilig berichtete, war zu schrecklich, um es im ersten Moment erfassen zu können. Dass sie in reinstem Hochdeutsch sprach, machte es nur schlimmer. Es zeigte Jule, wie ernst die Situation war. Sie fuhr weiter, wurde aber immer langsamer.

»Wie geht es ihm?«, fragte sie schließlich und ihr Körper fühlte sich taub an.

»Ich weiß nicht, Kind. Die Kugel hat die Milz erwischt. Sie wollen operieren. Außerdem hat er viel Blut verloren. Mehr verraten sie nicht. Komm am besten direkt hierher ins Krankenhaus nach Mechernich. Aber mach dich auf was gefasst: Wesseling wird auch gleich da sein.«

»Bin auf dem Weg«, mehr konnte sie nicht erwidern. Benommen beendete sie das Gespräch und warf das Handy auf den Beifahrersitz. Dann trat sie aufs Gaspedal. Gut, dass die Fahrbahn einigermaßen frei war.

Panik und Sorge pressten ihre Eingeweide zusammen. Micha durfte nicht sterben! Jemand hatte ihn angeschossen. Wer denn bloß? Er musste das einfach überleben! Sie gehörten schließlich zusammen. Wie konnte es sein, dass ihn jemand töten wollte? Die Dyckerhofs waren doch alle in Neuss. Es ergab einfach keinen Sinn. Ihre Gedanken kreiselten und trudelten. Jule wurde schwindelig. Nein, betete sie sich vor, jetzt bloß nicht schlappmachen. Halte durch, er braucht dich jetzt!

Der Empfangsschalter des Krankenhauses war leer. Jule lief nervös auf und ab, bis sich endlich im Schneckentempo eine junge, mollige Frau mit brauner Kurzhaarfrisur näherte, an deren weißem Pullover ein Plastiknamensschild befestigt war.

»Bitte!«, rief Jule. »Können Sie mir sagen, wo ich Herrn Faßbinder finde. Er hat eine Schussverletzung und ist im OP.«

»Dann können Sie eh nicht zu ihm«, lautete die knappe Antwort.

»Aber ich muss doch wissen, wie es ihm geht, Frau ...«, Jule kniff die Augen zusammen, um das Schild auf ihrer Brust lesen zu können, »Schröder.«

Die Braunhaarige nickte und bedachte Jule mit einem Blick, der verständnisvoll und nüchtern zugleich war. »Natürlich. Fragen Sie im Schwesternzimmer auf der Station nach. Gehen Sie hier geradeaus, dann hinter der Glastür rechts den Gang runter. Dort kommen Sie zur Unfallchirurgie.«

Wenige Minuten später schloss Gerti Weyers Jule in die Arme und drückte sie an ihren mächtigen Busen.

»De Milz ess eruss«, sagte sie anstatt einer Begrüßung und hielt Jule jetzt in Armeslänge von sich. »Un hä kütt dörech.«

»Gott sei Dank!« Jule fiel ein Stein vom Herzen. »Kann ich zu ihm?«

»Nein, noch nicht.« Wieder hatte Gerti ins Hochdeutsche gewechselt. »Erstens ist er noch nicht wach, und zweitens will erst Wesseling mit ihm reden. Vorher darf keiner zu ihm.« Sie wies mit dem Kinn den Gang runter. Vor einer der Türen saß ein uniformierter Polizist. Er hatte den Kopf an die Wand gelehnt und die Augen geschlossen. »Der da dient als Wachhund. Wesseling ist in der Cafeteria und schlägt sich den Bauch mit Kuchen voll. Komm, Kind. Setz dich erst mal und atme durch.«

Sie nahmen auf unbequemen Besucherstühlen Platz, die sich in einer Ausbuchtung des Ganges um einen niedrigen, verkratzten Tisch gruppierten. Eine Viertelstunde später besorgte Jule für sie beide einen Automatenkaffee, der gar nicht mal schlecht schmeckte. Zumindest war er heiß und die geschäumte Milch cremig. Gerti hatte ihr alles erzählt, was sie über den Vorfall wusste.

Micha hatte offensichtlich am Rand der Baustelle gestanden, als er angeschossen wurde. Daraufhin war er in das Loch gestürzt, aber relativ weich auf einem Erdhaufen gelandet. Das rettete ihm wahrscheinlich das Leben. Ein Journalist, den der heftige Regenguss nicht davon abgehalten hatte, den Fundort des Kinderskeletts aufzusuchen, entdeckte den Verletzten auf dem Bauch liegend und orderte per Handy einen Rettungswagen. Zu dem Zeitpunkt musste der bewusstlose Michael schon geraume Zeit dort gelegen haben. Außerdem war er bis auf die Knochen durchnässt.

Der Anschlag selbst war wegen des Platzregens offenbar unbeobachtet geblieben.

»Wä wollt däm Jong das bloß jet ahndohn?«, fragte Gerti gerade, immer noch fassungslos, als sich Hauptkommissar Wesseling näherte. Er trug einen voluminösen schwarzen Regenmantel, der wie der Mantel eines Zauberers hinter ihm herflatterte.

»Ach, da haben wir ja die üblichen Verdächtigen beisammen«, begrüßte er die Frauen süffisant grinsend und zog sich einen der Metallstühle heran. An seiner Wange klebte etwas Weißes, Fluffiges, vermutlich Sahne. »Unkraut vergeht nicht, wie? Bereit für ein paar Fragen?«

Michael träumte. Es war ein seltsam schwammiger Traum, vage und verwischt, nicht so bildlich, wie er sonst träumte. Gesichter tauchten auf und verschwanden. Er sah Stefan und einen kleinen blonden Jungen, dann erschien Hermann Weyers, sein verstorbener Großonkel. Alles Tote, dachte er, aber der Gedanke machte ihm keine Angst. Dann wandelte sich das Bild, und er erblickte Jule, die eine ernste, besorgte Miene machte. Gerade wollte er ihr sagen, dass alles in Ordnung sei, als sie sich plötzlich vor seinen Augen verwandelte. Tiefe Falten zogen sich durch ihr Gesicht und bogen die Mundwinkel nach unten, die Augen wurden trüb, die Haare weiß. Am Ende sah sie aus wie Elsie Metzen. Das konnte nicht sein, sagte er sich, als sich das Gesicht wieder veränderte und zum kleinen blonden Jungen wurde. Lars-Friedrich diesmal. In dem Moment regte sich etwas in ihm, etwas Konkretes. Er musste mit Jule sprechen, es drängte ihn. Warum war sie nicht erreichbar? Elsie Metzen … eine Lüge … Es war wichtig. *Jule, wo bist du*?

Er schlug die Augen auf.

Das Erste, was Michael Faßbinder sah, war eine große, massige Gestalt, die unmittelbar vor ihm saß und ihm das Licht nahm. Wesseling! Kein Zweifel! Scheiße, wo war er? Wieder auf der Wache in Euskirchen oder etwa im Knast?

Dann machte er sich klar, dass er weich auf dem Rücken gebettet lag, dass etwas in gleichmäßigen Abständen hinter ihm piepste und dass die Luft nach Desinfektionsmitteln roch. Das alles passte weder zum einen noch zum anderen. Er starrte an eine weiße Decke und weiße Wände. Irgendetwas hielt seinen linken Arm fest. Hatte man ihn etwa angekettet wie den Jungen in Hannis Hütte? Er versuchte angestrengt, den Kopf zu drehen, um hinschauen zu können. Hinter seiner Stirn brummte und dröhnte es. Doch er schaffte es tatsächlich einige Zentimeter. Jetzt erkannte er, was mit seinem Arm los war. Eine Kanüle steckte im Handgelenk, ein Schlauch schloss sich an.

Augenblicklich fiel ihm alles ein: Die sensationslüsterne Meute im *Eifelwind*, der Regen, der Knall und der Schmerz in der Seite. Oh Mann, Scheiße, er lag im Krankenhaus.

»Wo ist Jule?«, murmelte er mit steifen Lippen und unerträglich trockenem Mund.

»Derzeit unerreichbar für dich. Erst wirst du mir einige Fragen beantworten müssen.«

Es fiel Micha schwer, einen klaren Gedanken zu fassen,

geschweige denn, ihn in Worte zu kleiden. »Ich hab nicht gesehen, wer das war, aber er muss am Waldrand gestanden haben«, formulierte er mühsam.

»Das wissen wir längst«, warf Wesseling ungeduldig hin. »Erzähl uns was Neues.«

»Elsie Metzen.« Michael versuchte zu schlucken, aber es tat höllisch weh. »Sie hat mich … angelogen. Dem Heinz hat sie erzählt, dass sie erst, als Hanni und ihr Sohn lange Zeit fort waren, erfahren hat, dass die keine Wollseifenerin war. Bei mir ist ihr rausgerutscht, dass sie einen Tag später schon …«

»Was faselst du da, Faßbinder?«, unterbrach ihn der Kommissar. »Von wem redest du eigentlich? Ich will wissen, wie du in den Mordversuch an dem kleinen Dyckerhof verwickelt bist! Wollten du und dein Knastkumpan ihn entführen, und das ist gründlich fehlgeschlagen? Stecken beide Zierowskis mit drin?«

»Ich …« Michael schwirrte der Kopf.

»Deine Freundin will mir zwar erzählen, dass die Tochter ihren eigenen Bruder aus dem Weg räumen wollte, weil er irgendwie behindert ist, aber das ist doch lächerlich! Und jetzt kommst du mir mit irgendwelchen Wollseifenern! Wollt ihr mich eigentlich alle verarschen?«

»Verhaltensauffällige Jungs«, stieß Michael verzweifelt hervor. »Das ist der Schlüssel! Bitte, Jule soll kommen …« Zu seiner eigenen Überraschung brach er in Tränen aus. Es konnten nur die Nachwehen der Narkose sein.

Aus irgendeinem Grund veränderte sich plötzlich der Gesichtsausdruck des Hauptkommissars, wurde irgendwie weicher. »Ist ja schon gut«, brummte der Mann verlegen. »Nicht heulen, ja? Wir unterhalten uns später noch. Hat ja im Moment doch keinen Zweck.«

Und dann war er fort. Dankbar schloss Michael die Augen.

Endlich durfte sie zu ihm. Wesseling hatte das Feld geräumt. Jule saß an Michas Bett und knetete seine Hand. Er schlief.

»Was machst du für Sachen?«, flüsterte sie. »Schatz, ich …«

»Elsie Metzen«, sagte er plötzlich leise, und sie fuhr erschrocken zusammen.

»Du bist ja wach!« Verblüfft sah sie, dass er die Augen halb geöffnet hatte.

»Bitte, du musst mir zuhören …«

Es wurde schon dunkel, als Jule mit Gerti auf dem Beifahrersitz durch den Regen Richtung Steinbach brauste. Unglaublich, was sie von Micha erfahren hatte.

»Fahr fürsichtich«, mahnte Gerti sie mehrmals. »Et nötz keijnem, wenn du oss duet fährs!«

Jule dachte an Michael, und wie blass und zerbrechlich er inmitten der reinweißen, steifgemangelten Krankenhausbettwäsche ausgesehen hatte, und versuchte, sich zu zügeln.

»Ich muss mit der Frau sprechen.«

»Hück Ovend wi-ed dat suwisu nühs mieh. Bess mir beim Hoff der Metzens ahnkomme, litt die längs im Bett.«

»Aber ich …«

»Dat kann bis morje wahde. Jetz bruchs du nur e-int: Rouh!«

Jule schüttelte zwar widerborstig den Kopf, musste Gerti jedoch insgeheim recht geben. Sie war ziemlich geschafft und am Ende ihrer Kräfte. Erst der Streit mit Jana, dann der mit Ellen, schließlich die Hiobsbotschaft Michael betreffend und ihre Hatz über die Autobahn bis nach Mechernich. Gott sei Dank hatte sich sein Zustand inzwischen stabilisiert.

Sie runzelte ärgerlich die Stirn, als sie an ihren Disput mit Kriminalhauptkommissar Wesseling zurückdachte. Was für ein borniertes Arschloch! Nicht eine Sekunde hatte er ihr zuhören wollen. Keinen Deut hatte es ihn interessiert, was Jule über den Mordversuch an Lars-Friedrich herausgefunden hatte. Sie solle sich bloß aus seinen Ermittlungen heraushalten, hatte er sie angeschnauzt.

Unwillig musste sie jetzt einräumen, dass er im Grunde genommen natürlich recht hatte. Sie war eine Privatperson, die sich in polizeiliche Angelegenheiten mischte. Aber konnte es nicht trotzdem immens wichtig für die Aufklärung des Falles sein, welche Konflikte in der Dyckerhof'schen Familie schwelten? Durfte Wesseling Hinweise solcherart, von wem sie auch kamen, bei seiner Suche nach dem Täter außer Acht lassen? War er wirklich so blöde? Seine Ignoranz ergäbe nur dann einen Sinn, wenn die Kripo längst irgendwelche Spuren gesichert hatte, die klar bewiesen, dass keiner der Dyckerhofs als Täter infrage kam.

Auch Pfarrer Weimann und Andreas Windinger waren aus einem ihr unbekannten Grund urplötzlich auf freien Fuß gesetzt worden. Deutete das nicht daraufhin, dass die Polizei über neue Erkenntnisse verfügte?

Oh Mann, war das alles verwirrend. Und vor allem: Wer hatte Micha angeschossen? Und warum? Wegen der Dinge, die er über Elsie Metzen herausgefunden hatte? Kaum vorstellbar, fand sie. Die Geschichte war fast 70 Jahre her.

Sie war nur froh und dankbar, dass sein Krankenzimmer weiterhin von einem Polizeibeamten bewacht wurde.

Als Gerti Weyers und Jule Maiwald im *Eifelwind* ankamen, wurden sie auf dem Parkplatz vor der Schranke von niemand Geringerem als von Professor Lehmann begrüßt.

»Endlich!«, rief er händeringend aus. »Frau Maiwald! Wie geht es Ihrem ... äh ... Lebensgefährten?«

Jule wuchtete ihre Reisetasche aus dem Kofferraum, schloss den Twingo ab und versenkte den Autoschlüssel in der Jackentasche. »Er hat die OP gut überstanden. Danke schön«, sagte sie und wollte schon weitergehen.

»Gott sei Dank«, stieß der Archäologe da geradezu euphorisch aus. »Das ist ja eine wunderbare Nachricht!« Jule blieb verdattert stehen.

»Noch wunderbarer wär, wenn hä jarnet ahnjeschosse wohre wäre«, lautete Gertis trockener Kommentar. Sie schwankte vor Müdigkeit und drückte den Rücken durch. »Un seng Orjane noch all an Oet und Stell söhße.«

Lehmann verzog das Gesicht, als habe er in eine Zitrone gebissen, und plapperte schon weiter: »Wie dem auch sei. Ende gut, alles gut, nicht wahr? Im Übrigen bin ich sehr froh, Sie zu sehen, Frau Maiwald. Und auch Hajo freut sich auf Sie.«

Jule verstand sein Verhalten nicht, aber ihre Erschöpfung wich und machte Neugierde Platz.

Nachdem Gerti sich verabschiedet hatte und Richtung Kneipe davonging, stellte Jule erst ihr Gepäck im Mobilheim ab, um anschließend dem Archäologen durch den Nieselregen an der Baugrube vorbei zum Ufer des Steinbachs zu folgen. Dort wuselten Erckenried und seine in weiße Overalls gekleideten Mitarbeiter herum. Die Wassermassen, die seit dem Anschlag auf den Tatort niedergegangen waren, schienen allerdings die Untersuchungen zu erschweren. Das Erdreich war glitschig und aufgeweicht, und an den weißen Plastiküberziehern an den Füßen der Männer, die Jule an Hasenpfoten erinnerten, klebten dicke Matschklumpen und Grasreste.

»Hallo, Frau Maiwald«, grüßte Erckenried sie äußerst zuvorkommend. »Wie geht es ihm?«

»Gut so weit«, wiederholte sie. »Er ist außer Lebensgefahr und muss sich jetzt erholen.«

Das Gesicht des Gerichtsmediziners glänzte nass im

Licht der Baustellenstrahler, die die gesamte Szenerie aus-
leuchteten, sein Haar klebte am Kopf. Seltsamerweise tat
beides seiner Attraktivität keinen Abbruch. Seine Augen
funkelten sie unternehmungslustig an. In dem Moment realisierte sie, was es war, das sie an diesem Mann dermaßen
faszinierte: seine unbändige Energie, gepaart mit einer vor
Lebenslust strotzenden Selbstsicherheit. Davon konnte
Micha sich ruhig ein paar Scheibchen abschneiden, fand
sie, wenn er wieder auf den Beinen war.

»Wir sind hier gleich fertig, Frau Maiwald. Dann würden Manni und ich Ihnen gern einen kurzen Besuch zu
Hause abstatten. Hätten Sie freundlicherweise einen Kaffee für uns? Einen so vorzüglichen wie beim letzten Mal?«

Hajo Erckenried und Manfred Lehmann gaben sich auch
am Tisch in Jules und Michas Essecke äußerst leutselig.
Genießerisch schlürften sie ihren Latte macchiato, den
sie in den höchsten Tönen lobten. Jule spürte mit jeder
Faser, dass sie dringend ins Bett gehörte, doch die Neugier vibrierte in ihren Adern und lud ihre Glieder ener-
getisch auf.

»Was für ein Sauwetter!«, stieß Erckenried inbrünstig
aus und linste missmutig aus dem Fenster. »Wir haben
wenige verwertbare Spuren sichern können!«

»Nun ja, wie man's nimmt.« Lehmanns Einspruch
klang geradezu kryptisch. Er lehnte sich auf dem Holz-
stuhl zurück, verschränkte die Arme vor der Brust und
betrachtete Jule nachdenklich.

»Okay«, pflichtete Erckenried ihm gedehnt bei. Dabei
streifte er den Alten mit mahnendem Blick. Jule fragte sich
einen kurzen Moment lang, ob ihr hier gerade eine Art
Theaterstück kredenzt wurde. »Bis auf die eine Sache. Aber
das gehört nicht hierher. Hajo, erkläre Frau Maiwald bitte,

was wir ... was du von ihr willst. Ich habe nicht die Befugnis, wie du weißt. Aber du als Externer ...«

Jule schaute verwirrt von einem zum anderen. »Was ist denn los?«

»Nun ja«, hob der Archäologe an. »Wir haben ein kleines Problemchen mit dem Leiter der Ermittlungen ...«

»Dem fetten Wesseling«, ergänzte Jule grimmig.

»Genau. Der Fall des ermordeten Jungen in diesem Keller interessiert ihn überhaupt nicht. Er verfolgt weder Spuren noch hört er auf Experten. Darum hatte ich Ihren Freund, Herrn Faßbinder, gebeten, sich im Dorf umzuhören und ein paar diskrete Fragen zu stellen. Von Bürger zu Bürger sozusagen.« Er seufzte übertrieben und biss sich auf die Lippen. »Ich gehe davon aus, dass er genau das getan hat und es jemandem nicht passte. Wissen Sie eventuell Näheres?«

Zwei Paar Augen musterten sie neugierig. Jule zog die Brauen zusammen. Was war das hier? Ein Schuldeingeständnis oder ein Verhör? Oder beides?

»Nein, nicht viel«, antwortete sie daher zögernd. »Okay, etwas gibt es tatsächlich. Michael wollte Wesseling darüber informieren, doch der hat nicht hingehört, was – wie Sie ja selbst andeuten – typisch für ihn ist.« Plötzlich kam ihr eine Idee, ihr Blick wanderte zwischen den Männern an ihrem Esstisch hin und her, und sie formulierte bedächtig: »Wenn ich Ihnen das jetzt verrate, möchte ich dafür im Gegenzug wissen, was Sie vorhin am Tatort gefunden haben. Wie sagt man so schön? Eine Hand wäscht die andere, oder?«

Erckenried und Lehmann verständigten sich wortlos, um dann einhellig zu nicken.

Jule lächelte: »Okay, Ihre Neuigkeit zuerst!«

Wieder war es Lehmann, der sprach. »Ihr Mann wurde offensichtlich mit einer Pistole verletzt, die nur bis kurz vor dem Zweiten Weltkrieg hergestellt wurde. Eine Mauser HSc. Wir haben ein leeres Stangenmagazin an der Stelle gefunden, an der vermutlich der Schütze stand. Die Mauser HSc war damals sehr verbreitet unter den deutschen Militäreinheiten.«

»Auch wenn ich die Patrone, die im Körper Ihres Lebenspartners steckte, noch nicht begutachten konnte, um die Tatwaffe zweifelsfrei zu identifizieren«, ergänzte Erckenried, »liegt nach dem jetzigen Sachstand der Verdacht nahe, dass der Täter von damals, also der, der jenes Kind im Keller von Hannis Hütte ankettete und sterben ließ, heute noch lebt und aus Angst vor Entlarvung agiert. Manni meint, dass es sich nur um einen Einwohner von Steinbach handeln kann. Und ich muss ihm inzwischen beipflichten. Auch wenn es nicht in mein Metier gehört, eigenmächtig zu ermitteln und der Staatsanwalt mir den Kopf abreißen würde, wenn er davon wüsste, ist mir ebenso wie Manni daran gelegen, den Fall schleunigst aufgeklärt zu wissen. Zumal sich Ihr Lebensgefährte so lange wahrscheinlich in Lebensgefahr befindet.« Er straffte sich und sagte etwas leiser: »Ich kenne Dieter Wesseling schon seit meiner Jugend, wissen Sie. Trotz gewisser ... ähm ... Schwächen mag ich ihn. Das macht es mir so schwer, ihn zu hintergehen. Aber wenn ich ihn mit der Information zur Tatwaffe füttere und Sie mir an die Hand geben, was Ihr Lebenspartner herausgefunden hat, wird er sich hoffentlich endlich bewegen und den Fall adäquat bearbeiten.«

Jule nickte langsam. In diesem Moment begriff sie das verquere Verhalten und das Herumeiern der beiden Wissenschaftler. Loyalität versus Wahrheitsfindung, ziemlich vertrackt. Kurz überlegte sie, dann traf sie eine Entscheidung.

Zum Teufel mit Heinz Metzen und seiner Geheimniskrämerei. Sie holte tief Luft und leierte die Geschichte von Hanni und ihrem Sohn herunter, so, wie Micha sie ihr aus zweiter Hand geschildert hatte. Abschließend berichtete sie von dem Widerspruch zwischen Heinz' Erzählung und der seiner Großtante Elsie, den er entdeckt zu haben glaubte.

Erwartungsgemäß machten der Gerichtsmediziner und der Archäologe große Augen.

»Das kann tatsächlich von immenser Bedeutung sein«, stieß Erckenried aus, und Lehmann pflichtete ihm bei.

»Die alte Dame muss dringend verhört werden«, sagte er entschieden. »Sie weiß sicher noch mehr.«

»Ja, ganz bestimmt«, bekräftigte Jule. »Und ich hoffe, Sie kommen bei Wesseling weiter. Ansonsten wenden Sie sich doch einfach an diese nette rothaarige Kommissarin. Ich habe den Eindruck, dass sie wesentlich kompetenter ist als ihr Chef.«

DIE BÜCHSE WIRD
EIN ZWEITES MAL GEÖFFNET

Das erste Mal erwachte Jule um 5 Uhr morgens. Ein grauer, trüber Tag bahnte sich seinen Weg, passend zu ihrer Stimmung. Selbst die Vögel schienen keine Lust zu haben, den Morgen zu begrüßen. Draußen blieb alles still.

Wie es wohl Micha ging? Ihr Optimismus von gestern Abend hatte sich in neue Besorgnis gewandelt. Die Operation war schließlich kein Pappenstiel gewesen. Allerdings war es noch viel zu früh, im Krankenhaus anzurufen, um sich nach seinem Befinden zu erkundigen.

Um sechs hielt sie es nicht mehr unter der Bettdecke aus und stieg unter die Dusche. Anschließend schlüpfte sie in T-Shirt, Dreivierteljeans sowie Sandalen und lief über den Hauptweg hinüber zur Rezeption, vorbei an vor Feuchtigkeit dampfenden Rasenflächen, auf deren Halmen Tropfen wie winzige Diamanten glitzerten.

Dort stellte sie die Alarmanlage ab und das Licht an, öffnete die Läden, fuhr den Rechner hoch und holte die Kasse aus dem Tresor. Wenige Minuten später erschien Gerti. Sie sah aus, als habe sie gestern Nacht überhaupt nicht geschlafen. Ihre Haut war fahl, die Ringe unter den Augen schimmerten bläulich und ihre Kleidung roch nach abgestandenem Zigarettenrauch.

Die Frauen frühstückten zusammen, wortkarg und bedrückt. Anschließend fuhr Jule ins Krankenhaus. Der Polizist, der gelangweilt neben der Zimmertür saß, war ein anderer als gestern, jünger, dünner und pickelig. Vage erinnerte er sie an Benny Zierowski.

Ihr fielen Annalena Dyckerhof und ihr Spruch von dem Experiment ein, das sie an Benny ausprobiert habe. Sie drängte den Gedanken beiseite.

Der junge Polizeibeamte ließ sie erst durch, nachdem sie ihm ihren Ausweis gezeigt hatte. Mit klopfendem Herzen drückte sie die Klinke herunter.

Micha lag halb aufgerichtet im Bett. Er war blass, aber hellwach. Bei ihrem Anblick glitt ein Lächeln über sein Gesicht.

»Morgen, mein Schatz«, sagte er, und es klang schwach. »Hab' schon auf dich gewartet.«

Sie setzte sich auf die Bettkante, küsste ihn erleichtert und streichelte vorsichtig seine Hand, in der immer noch die Kanüle steckte. Aus einem Tropf sickerte stetig Flüssigkeit in Michas Blutbahn.

»Wie geht's dir?«

»Besser, aber trotzdem beschissen«, gab er zu. »Die Schwester sagt, dass ich nachher noch ein zusätzliches Schmerzmittel kriege. Nach der Visite.«

»Was machst du nur für Sachen?« Zärtlich sah sie ihn an. »Nicht mal für ein paar Tage kann ich dich allein lassen.«

»Bin halt ein Pechvogel und ohne dich nicht lebensfähig«, flachste er mit schiefem Grinsen. Hinter dem Scherz lauerte ein Körnchen Wahrheit. »Aber jetzt bist du ja da. Alles in Ordnung. Nur der Bulle da draußen nervt.« Er nickte mit dem Kinn Richtung Tür. »Jede Viertelstunde glotzt er hier ins Zimmer und beäugt mich, als sei ich ein Schwerverbrecher.«

»Sei froh, dass er dort sitzt«, erwiderte sie ernst und berichtete ihm von ihrem Gespräch mit Erckenried und Lehmann.

»Na, und?« Micha lachte auf, um sofort schmerzhaft das Gesicht zu verziehen und sich mit der freien Hand die Seite zu halten. »Oh Scheiße, tut das weh! Aber, mal ehrlich, was soll mir hier schon passieren? Glaubst du, Elsie Metzen schwingt sich flott auf Heinz' Traktor, düst nach Mechernich und killt mich hier im Krankenbett? Mit dieser Uraltknarre aus dem Zweiten Weltkrieg? Schatz, die Frau ist weit über 90 und fast scheintot! Hättest sie mal sehen sollen! Du denkst doch nicht im Ernst, dass die mir am Waldrand aufgelauert und mich abgeknallt hat?«

Eigentlich konnte Jule sich das auch nicht vorstellen, doch wer sonst sollte es auf Micha abgesehen haben? Sie war mit ihrem Latein am Ende und reagierte daher umso ängstlicher.

»Wir haben so viele verschiedene Fäden, die nicht zueinander passen«, sagte sie nervös. »Und wir wissen immer noch nicht, von wem das Skelett ist, das du und deine Kumpels beim Ausheben des Pools gefunden habt.«

»Doch«, antwortete Micha leise. »Doch, Schatz, das wissen wir. Mir ist es klar, seit ich kapiert habe, dass die Elsie sich verplappert hat.«

»Aber …« Jule hielt inne und überlegte. Dann fiel der Groschen. »Ja, du hast recht! Ich weiß, was du meinst. – Oh Gott, dann … dann wussten vielleicht noch mehr Leute im Dorf Bescheid, oder?«

»Zumindest, dass der kleine Georg regelmäßig im Keller eingesperrt und angekettet wurde.«

»Wie kann jemand so grausam sein?« Jule kamen bei der Vorstellung die Tränen.

»Der Schlüssel sind verhaltensauffällige Jungs, wie du selbst gesagt hast. Wer kommt schon damit zurecht? Dieser Georg war garantiert so einer. Gezündelt hat er, böse Streiche ausgeheckt, sich geprügelt und sich allen Regeln widersetzt. Seine Mutter war bestimmt völlig am Ende seinetwegen. Vergiss nicht, die Steinbacher hatten die zwei gnädig ihrer Mitte aufgenommen, und ihr Sohn hat ihr freundliches Angebot mit Füßen getreten. Also sind die Strafen von dieser Hanni immer härter ausgefallen. Spuren sollte er, endlich Gehorsam zeigen.

Geendet hat es bei den Eisenketten im Keller. Ich meine, von Therapien und so weiter hatte man ja damals keine Ahnung. Und Medikamente gab es auch nicht, falls der Kleine wie Lars-Friedrich dieses ADHS hatte.«

»Und du meinst, die Hanni hat ihn kaltblütig seinem Schicksal überlassen und ist ohne ihn nach Köln gezogen?«

»Ja, das glaube ich. Ich glaube allerdings auch, dass Elsie Metzen Bescheid wusste. Von wem hat sie denn einen Tag nach Hannis Weggang erfahren, dass die keine Wollseifenerin war, wenn nicht von Hanni selbst? Ich stelle mir vor, dass die ihr eine Nachricht hinterlassen hat. In der stand dann sicher auch, dass sie den Georg zurückgelassen hat. Nur so erklärt sich, warum Elsie mir gegenüber diesen Spruch von der Büchse der Pandora losgelassen hat.«

»Aber das würde auch heißen: Elsie hat den Kleinen eiskalt sterben lassen.«

Micha nickte. »Genau. Und das ist Mord durch Unterlassen. Und wer weiß: Vielleicht wussten auch andere Steinbacher damals davon und haben sich nicht gerührt.«

Jule wurde übel; Säure sammelte sich in ihrem Mund. Hatten tatsächlich rechtschaffene Bürger gemeinsam die Augen verschlossen und einen kleinen Jungen in einem dunklen, kalten Keller verhungern und verdursten lassen? Bloß, weil er ihnen lästig geworden war? Die Vorstellung war ungeheuerlich, jedoch leider nicht völlig abwegig.

»Der Wunsch nach Strafe ist manchmal größer als der nach Menschlichkeit«, sagte Michael leise, und Jule begriff sofort, dass er damit nicht bloß auf das Schicksal des kleinen Georg abzielte. Sie strich mit dem Daumen über seinen

Arm und gab ihm recht. Dann konzentrierten sich beide wieder auf ihre gemeinsamen Überlegungen.

»Dementsprechend könnte tatsächlich auch jemand anders als Elsie Metzen der Schütze sein, ein weiterer Zeitzeuge von damals. Die Kripo müsste sich einfach alle Leute in Steinbach vorknöpfen, die im passenden Alter sind und schon zu Kriegszeiten dort lebten.« Micha bettete seinen Kopf erschöpft auf das Kissen und schloss die Augen. »Und das ist echt überschaubar. Kann nur noch eine Handvoll sein. Falls Wesseling tatsächlich mal seine Pflicht tut, müsste dieser Scheiß bald ein Ende haben.«

»Na, hoffentlich«, gab Jule zurück und glaubte doch nicht wirklich daran.

Die Wolken hatten sich verzogen und gaben die Aussicht auf einen blassblauen Himmel preis. Die Luft war immer noch dunstig vor Feuchtigkeit, aber langsam gewannen Sonne und Wärme die Oberhand. Dieser Mittwoch versprach, entgegen allen Erwartungen von heute Morgen, ein schöner Frühsommertag zu werden, dachte Jule während der Rückfahrt zum *Eifelwind*.

Als sie auf dem Parkplatz aus dem Auto stieg, fischte sie Ellens Foto vom Beifahrersitz. Mist, Gerti hatte wohl darauf gesessen. Jetzt war es total verknickt. Jule strich es glatt und betrachtete es erneut. War die Frau auf der Aufnahme eine Verwandte von Ellen und oder von Detlef? Keine Ahnung, und wahrscheinlich auch nicht wichtig.

Sie nahm das Foto mit ins Mobilheim und legte es auf die Kommode im Wohnzimmer.

Kurz vor zwei ging sie rüber zur *Eifelwind*-Kneipe. Zuvor hatte sie mit Erckenried telefoniert und ihn auf den neuesten Stand gebracht. Der versprach, sich sofort an Wesseling zu wenden. Die Kompetenz und die Besonnenheit, die ihr durch die Leitung entgegenströmten, nahmen ihr ein schweres Gewicht von den Schultern.

Blieb nur noch Lars-Friedrich. Hoffentlich schaffte er es! Vielleicht geschah ja noch ein Wunder, und er erwachte unbeschadet aus dem Koma. Sie wünschte es den Dyckerhofs so sehr, allen voran Ellen.

Für Jule stellte die Attacke am Steinbach inzwischen nicht mehr und nicht weniger als eine Familientragödie dar. Annalena war diejenige, die ihren Bruder niedergeschlagen und ins Wasser gestoßen hatte. Anders konnte es nicht gewesen sein.

Jule glaubte auch, herausgefunden zu haben, was hinter dem ominösen Experiment steckte, das Annalena an dem unwissenden und gutgläubigen Benny durchgeführt hatte. Ihre Theorie ergab auf bestechend logische und perfide Weise Sinn: Annalena war das Verhalten Lars-Friedrichs mächtig auf die Nerven gegangen, und die Eltern unternahmen offensichtlich nichts. Also überlegte sie, wie sie selbst ihn ruhigstellen konnte.

Und dann lief ihr im *Eifelwind* Benny Zierowski über den Weg, Benny, dessen zerstreute und chaotische Art sie sofort an Lars-Friedrich erinnerte. Ihr war klar: Er litt unter derselben Störung wie ihr kleiner Bruder. Es war ein leichtes, sich den naiven jungen Mann zum Freund zu machen. An ihm konnte sie nun problemlos ausprobieren, ob Marihuana eine beruhigende Wirkung auf ihn hatte und ob es die ADHS-Symptomatik abschwächte.

Gott sei Dank hatte Jule die zwei rechtzeitig beim Kiffen erwischt und somit unbeabsichtigt diesem Plan einen Riegel vorgeschoben. Wer weiß, was Annalena sonst mit ihrem sechsjährigen Bruder angestellt hätte! Marihuana konnte man schließlich nicht nur rauchen, sondern auch in Form von Tee oder Plätzchen zu sich nehmen. Das hätte gefährlich werden können. Und der arme Benny! Er hatte tatsächlich geglaubt, in Annalena eine Freundin gefunden zu haben; dabei war er lediglich ein Versuchskaninchen für sie gewesen.

Sie atmete tief durch und versuchte alle Gedanken rund um die Familie Dyckerhof aus ihrem Hirn zu bannen, bevor sie den Schankraum betrat. Helles Sonnenlicht fiel durch eines der Fenster mit den Butzenscheiben, ließ den Staub in der Luft tanzen und leuchtete die Szenerie an einem der vorderen Tische aus.

Dirk und Eddie saßen sich dort an der blankgeschrubbten Holzplatte gegenüber, vor sich zwei leere Kaffeetassen, ein Notizbuch und einen Haufen voller Kassenbons. Ansonsten war die Kneipe leer.

»Hallo, ihr zwei.«

Dirk schaute auf, schob sich die Lesebrille in die spärlichen Haare und blinzelte Jule an. Seine Augen waren gerötet, wie so oft. Er sah erschöpft aus.

»Hi, wir brüten gerade über der Abrechnung. Schwarze Zahlen sehen anders aus«, sagte er. »Hast du schon von der Geschichte mit Heinz' Großtante gehört?«

Sie sah ihn fragend an und setzte sich zu ihm und Eddie an den Tisch. »Was genau?«, erkundigte sie sich vorsichtig. Ihr Herz pochte, und ihre Handflächen wurden feucht. Hatte Wesseling die alte Frau etwa vom Fleck weg verhaften lassen? Zuzutrauen wäre es ihm.

»Die hat 'nen Schlag gekriegt, gestern.« Das kam von Eddie, dessen gutmütiges Gesicht sich zu einer mitfühlenden Grimasse verzogen hatte.

Und Dirk ergänzte: »Der Heinz hat sie am Abend noch ins Krankenhaus gebracht, nach Mechernich, da, wo auch der Micha liegt. Sie ist halbseitig gelähmt. Sieht nicht gut aus.« Er schüttelte bedauernd den Kopf. »Aber der Micha hört sich wieder echt fit an. Hat vorhin hier angerufen und uns wegen der Kneipenabrechnung auf die Finger geklopft. Oh Mann, wenn der uns rumscheuchen kann, ist er auf dem Weg der Besserung.«

»Moment mal, nicht so schnell.« Jule musste die Neuigkeit erst mal verdauen. »Ihr wollt mir erzählen, dass Elsie Metzen einen Schlaganfall hatte? Gestern? Wann denn?«

»Am Abend, sagt der Heinz. Er kam in ihre Wohnung, und da lag sie regungslos mitten im Wohnzimmer auf dem Teppich. Sie war bei Bewusstsein, konnte sich aber nicht rühren und hat bloß was Unverständliches gelallt.«

»Die macht's bestimmt nicht mehr lange, ist ja auch schon an die 100«, orakelte Eddie.

Plötzlich hatte Jule eine Eingebung. Es juckte ihr in den Fingern, diese sofort auf ihren Wahrheitsgehalt zu überprüfen. »Wisst ihr, wo Heinz gerade ist?«

»Ja, der war vor ein paar Minuten noch hier, mit 'ner vollbepackten Schubkarre. Hat ein Bierchen gezischt und wollte dann rüber zu diesem Viehunterstand auf seiner Weide oben am Waldrand, um das undichte Dach zu reparieren. Du gehst ein Stück am Steinbach entlang und hältst dich dann links. Ist nicht weit. Paar Minuten zu Fuß.« Eddie wies vage mit einem dicken, schmutzigen Zeigefinger gen Osten.

Jule hatte gerade die Kneipe verlassen, den Schädel zum Bersten voll mit Mutmaßungen, als sich oben im Dachgeschoss ein Fenster öffnete und Gerti Weyers herausspähte. »Jule?«

»Ja?« Sie legte den Kopf in den Nacken, um Gerti besser ins Gesicht schauen zu können.

»Detlef Dyckerhof hät ahnjeroofe, vor ene Stund in dr Rezeption.«

»Und was wollte er?«

Gerti hustete. Sie hielt eine Kippe zwischen den Fingern und schnippte die Asche aus dem Fenster. Jule fühlte sich vage an das Märchen von Frau Holle erinnert.

»Hann ich net jenau verstohn!«, rief Gerti. Sie räusperte sich und fuhr mit lauterer Stimme und in klarem Hochdeutsch fort: »Dem Kleinen geht's wohl unverändert, aber er klang trotzdem ziemlich aufgeregt. Ist mal wieder auf der Suche nach seiner Tochter. Und er sagte irgendwas von einer Taxifahrt seiner Großmutter. Ich hab das nicht richtig verstanden. Er ruft später noch mal an.«

»Okay.« Jule kniff verwirrt die Augen zusammen, aber diese Informationen waren im Moment einfach zu viel für sie. Sie würde sich später damit beschäftigen. Jetzt ging es erst einmal um Elsie Metzen. Und um das, was gestern passiert war.

Hatte etwa doch sie … mit der Armeepistole?

Heinz Metzens Schubkarre stand leer am Rand des Fußwegs, der an die Kuhweide angrenzte. Auf beiden Seiten des niedrigen Zauns mit seinen krummen Pfählen aus rohem Holz blühten zwischen den hohen Gräsern Kamille, Klatschmohn und Kornblumen in bunter Fröhlichkeit. Der blaue Himmel darüber tat sein Übriges für das idyllische Bild. Es hätte einer Postkarte entsprungen sein können und gaukelte Jule vor, dass die Welt schön und friedvoll war. Leider wusste sie es besser.

Jenseits des Zauns, auf der gegenüberliegenden Seite der Weide, erblickte sie den Viehunterstand, den Eddie und Dirk ihr beschrieben hatten; er war nicht mehr als ein einfacher Bretterverschlag, auf dem Heinz, die obligatorische Pfeife zwischen die Zähne geklemmt, äußerst wendig herumturnte. In der Rechten schwang er einen Hammer.

In der hinteren linken Ecke des eingezäunten Areals grasten gemächlich einige schwarzbunte Kühe. Gut, dass sie so weit weg waren! Die Viecher waren Jule nicht geheuer. Vorsichtig kletterte sie über den Stacheldraht und stakste durch das hohe Gras hin zum Unterstand. Um sie nicht aufzuscheuchen, unterließ sie es, Heinz laut zu rufen.

Daher bemerkte er sie erst, als sie direkt vor dem Viehunterstand angekommen war. Er schob sich den Hut in den Nacken, wischte sich den Schweiß von der Stirn, nahm die Pfeife aus dem Mund und starrte unfreundlich auf sie herunter.

»Was willst du denn hier?«, blaffte er unwirsch.

»Mit dir über deine Großtante Elsie reden«, antwortete sie.

»Was gibt's da zu reden? Dein Michael hat es doch geschafft: Sie pfeift aus dem letzten Loch. Was willst du noch?«

Jule überlegte krampfhaft. Wie fing sie an? »Es tut mir leid, dass es ihr schlecht geht, aber … Ich muss wissen, was sie mit dem Öffnen der Büchse der Pandora gemeint hat.«

»Häh?« Heinz zog die buschigen Brauen zusammen.

»Das hat sie Michael gegenüber erwähnt, als sie bei euch auf dem Hof war …«

»Ach, als dein feiner Kleinganove sie so ausgequetscht hat, dass sie ihren ersten Schwächeanfall erlitt, meinst du?«

Jule gefiel es gar nicht, wie abfällig Heinz, der doch eigentlich Michas Freund war, mit einem Mal über ihn sprach. Sie trat einen Schritt zurück und schaute dem Landwirt herausfordernd in die Augen. »Nenne es, wie du willst. Ich glaube, dass es die Konfrontation mit der Wahrheit war, die ihr zu schaffen gemacht hat. Und wo war deine Tante eigentlich, bevor sie gestern den Schlaganfall kriegte? Am Waldrand etwa?«

»Nein, verdammt noch mal!« Heinz brüllte jetzt. Die Kühe am Ende der Weide richteten die Köpfe auf und schauten zu ihnen herüber, was Jule ein mulmiges Gefühl im Magen verursachte. »Sie war zu Hause, den ganzen Nachmittag! Es ging ihr verdammt schlecht, seit Pfingstsonntag schon! An dem Tag hat sie morgens das letzte Mal den Hof verlassen, für ihren Kirchgang.«

Mit leisem Klicken fügten sich zwei Puzzleteile in Jules Kopf zusammen. Trotzdem schaffte sie es nicht zu realisieren, was sie soeben herausgefunden hatte.

»Verschwinde hier!«, schimpfte Heinz weiter. Sein Gesicht war inzwischen dunkelrot vor Wut. »Tante Elsie ist die liebste und gütigste Person, die man sich vorstellen kann. Und ihr treibt sie mit euren infamen Vermutungen in den Tod! Sie ist schon so durcheinander, dass sie, als ich sie gestern fand, dauernd gemurmelt hat, sie habe die Hanni wiedergetroffen!«

Jule ließ sich nicht beirren. »Was hat sie mit dem Öffnen von Pandoras Büchse gemeint?«, wiederholte sie halsstarrig.

»Was weiß denn ich?«

»Doch, du weißt es ganz genau. Und zwar schon die ganze Zeit über, stimmt's? Elsie hat …«

»Halt dein dreckiges Maul!«

Plötzlich flog etwas Großes durch die Luft, es blitzte metallisch im Sonnenlicht auf. Der Hammer! Instinktiv duckte sie sich, aber er traf sie trotzdem an der Schulter. Der Schmerz war furchtbar und ließ sie taumeln. Entsetzt nahm sie wahr, wie Heinz' Gesicht sich zu einer hämischen Grimasse verzerrte. Er ging in die Hocke und machte Anstalten, zu ihr hinunterzuspringen. Reflexartig rannte sie los, zurück zum Zaun, dorthin, wo die Schubkarre stand. Sie hörte ihn hinter sich fluchen. Er folgte ihr! In dem Moment umschlang irgendetwas ihre Füße, und sie schlug lang hin. Oh nein, sie hatte sich mit den Knöcheln in den klebrigen Ranken einer Ackerwinde verfangen!

Ihr schossen die Tränen in die Augen, verzweifelt riss sie sich los und rappelte sich auf. Der Schmerz in der linken Schulter schwoll an. Tränenblind und voller Panik erreichte sie den Zaun. So schnell sie konnte, kraxelte sie darüber, wobei der Stacheldraht ihr die Innenseite des rechten Oberschenkels aufriss. In dem Moment traf sie etwas im Rücken. Ihr wurde schwarz vor Augen. Dann spürte sie nichts mehr.

Sie kam zu sich, weil sie entsetzlich fror. Ihre Beine fühlten sich kalt, steif und nass an – und wie Fremdkörper, so als gehörten sie nicht zu ihr. Mühsam öffnete sie die Augen. Gleichzeitig erreichten sie die Wellen eines heftigen Schmerzes, der dumpf und stechend zugleich war. Ihre linke Schulter tat so weh, dass sie es kaum ertragen konnte. Halb aufgerichtet lag sie auf dem Rücken, ihre Beine wurden seltsamerweise von Wasser umspielt, im Hintergrund hämmerte ein Specht seinen fröhlichen Rhythmus an einen Baumstamm.

Was war hier los? Wo war sie, und warum hatte sie solche Angst? Und wieso lag sie völlig angekleidet in einem Bach? Mitten im Wald?

Dann begriff sie, wo sie sich befand. Dies hier war die Stelle, an der Andreas Windinger und Martin Weimann Lars-Friedrich entdeckt hatten. Hier füllte sich der Steinbach zu einem Becken, das so tief war wie nirgends sonst am Rande des Campingplatzes. Aber was zum Teufel machte sie hier? Und wie war sie hergekommen? Sie versuchte, ein Stück nach hinten zu robben, um die Beine aus dem Wasser zu ziehen, aber es gelang ihr nicht; außerdem schoss ein Schmerz in ihren Rücken, der sie sofort innehalten ließ. Ihr kamen die Tränen.

Jetzt vernahm sie rechts eine Bewegung neben sich. Unter größter Anstrengung drehte sie den Kopf. Etwas erhöht, auf einem Stein, hockte Heinz Metzen.

Schlagartig fiel ihr alles ein. Dieser Mann hatte sie töten wollen. Mit dem Hammer war er hinter ihr her gewesen und hatte ihn geworfen, gleich zwei Mal. Wegen seiner Großtante.

Heinz Metzen, der sie erst schwer verletzt und dann hergeschleppt hatte, stöhnte und schniefte. Jule hatte es schon immer seltsam gefunden, Männer weinen zu sehen, die es offensichtlich nicht gewohnt waren, Schwäche zu zeigen. Sie weinten unterdrückt, krampfhaft; es hörte sich künstlich und kein Stück befreiend an. So auch jetzt.

Heinz Metzen saß neben ihr im Uferschlamm, den Filzhut in den riesigen Pranken, und wirkte in seinem Elend wie ein schlechter Schauspieler.

»Ich kann das nicht«, stöhnte er, »aber ich muss.«

Sie versuchte, etwas zu sagen, aber es kam kein Ton heraus. Stattdessen bebten und zitterten ihre Lippen, und die Zähne schlugen aufeinander. Wenn sie nur nicht so frieren würde!

»Warum habt ihr das getan?«, jammerte der Mann neben ihr in vorwurfsvollem Ton. »Warum konntet ihr die Vergangenheit nicht ruhen lassen? Warum musstet ihr herumschnüffeln und die Polizei und diesen penetranten Archäologen auf uns ansetzen? Warum nur?«

Sie versuchte noch einmal, etwas zu erwidern, und presste schließlich zwischen klappernden Zähnen hervor: »Der *Eifelwind* …«

Sie wusste erst nicht, ob sie überhaupt zu hören gewesen war, denn in ihren eigenen Ohren klangen die beiden Worte nicht lauter als ein Windhauch, doch Heinz Metzen hatte sie offensichtlich tatsächlich verstanden.

Sein Kopf ruckte in ihre Richtung; sofort wurde seine Stimme um einige Grade kälter: »Euer drecks Campingplatz ist nicht der Nabel der Welt! Aber Steinbach und die Metzens gibt es schon seit Jahrhunderten in diesem Tal! Weißt du eigentlich, dass mein Urgroßvater hier Bürgermeister war? Ach was, du bist bloß eine Zugezogene, eine, die alles besser weiß und doch nichts versteht!« Er malte mit dem Hammerstiel Linien in die weiche Erde. »So wie diese Hanni nach dem Krieg! Was konnte meine Tante Elsie dafür, dass die sie nach Strich und Faden belogen und betrogen hatte? Und was hatte sie zu tun mit diesem kleinen Nazibastard? Der Teufel steckte in ihm, sagt Elsie.«

Er wischte die Augen trocken, erhob sich und schaute verächtlich auf sie herunter. Den Hammer hielt er weiterhin in der Hand. Jule sah, dass seine Fingerknöchel weiß waren, so fest umklammerten sie das abgewetzte Holz.

»Ich will dir mal was sagen. Etwas, was du bestimmt noch nicht mit deiner Schnüffelei rausgekriegt hast. Der Vater von dem Satansbraten war ein SS-Mann! Den hatten die Polen am Kriegsende in Schlesien erschlagen! So stand es in dem Brief, den die Hanni meiner Tante Elsie hinterlassen hat. Und dass sie daraufhin mit dem Kind bis in die Eifel floh, in Wollseifen Zuflucht suchte und nach der Auflösung der Dorfgemeinschaft hier nach Steinbach kam. Dass sie ihren Sohn niemals würde lieben können. Der Junge war nicht zu bändigen, sagt Elsie. Eine Ausgeburt des Teufels, der einem noch dreist ins Gesicht gespuckt hat, wenn man ihn schlug! Den die härtesten Strafen nicht kleinkriegten! Und um den sollte sie sich kümmern, nachdem die Hanni einfach abgehauen war in ein besseres Leben? Nein, das ging zu weit.«

Micha hatte mit allem recht gehabt, erkannte Jule. Nur, dass Heinz eine weit größere Gefahr als seine klapprige Großtante darstellte.

Verzweiflung überkam sie. Hier lag sie hilf- und sprachlos, diesem komplett verrückt gewordenen Eifelbauern ausgeliefert. Und eines wurde ihr plötzlich mit absoluter Deutlichkeit klar: Heinz Metzen fühlte sich in erster Linie als

Steinbacher, er war ein Steinbacher mit Leib und Seele. Alles, was ihm, der kinderlos geblieben war, am Herzen lag, waren offenbar das Dorf, der Hof und Elsie.

Die Existenz des Campingplatzes interessierte ihn, wenn überhaupt, nur am Rande. Ein Bier konnte man sich dort in der Kneipe genehmigen und mit ein paar Bekannten lockere Männergespräche führen, um die Zeit totzuschlagen. Aber eigentlich zählte das alles nichts, nichts im Vergleich zu Hof und Dorf.

Was würde jetzt geschehen?, fragte sie sich bange. Würde Heinz, der früher immer freundlich und respektvoll mit ihr umgegangen war, es tatsächlich über sich bringen, sie zu töten? Und dann? Würde er auch Micha beseitigen, um ihn zum Schweigen zu bringen? Immerhin hatte er es schon einmal versucht, oder?

»Die Pistole. Micha …«, flüsterte sie.

Heinz lachte rau auf und kratzte sich hinter dem Ohr, dort, wo Jule nun einen großflächigen Hautausschlag bemerkte. Trug der Mann deshalb immer diesen Filzhut? Fiese Geheimnisse verdecken, war das bei ihm Methode?

»Keine Ahnung, wer das war!«, verkündete er locker. »Die Elsie oder ich jedenfalls nicht! Aber es war echt eine gute Idee. Hätte fast geklappt, oder? Obwohl ich den Micha eigentlich immer recht gut leiden konnte. Geradeheraus ist der und nicht so geschwätzig wie manch anderer. Aber ohne Ehrgefühl im Leib nützt das alles nichts! Die Elsie so zu quälen! Nicht aufzuhören mit dieser verfluchten Schnüffelei! Die Leute im Dorf haben eben doch recht gehabt: Einmal Verbrecher, immer Verbrecher!« Jetzt hatte er sich wieder in Rage geredet. Jeden seiner Sätze begleitete er mit einem Schlag des Hammers in die offene Handfläche.

Jule nahm alle Kraft zusammen, um zu flüstern: »Freunde … Nachbarn … Krieg, so lange her …«

»Du hast es immer noch nicht begriffen, was?« Entschlossen warf er den Hammer weg. »Ohne Vergangenheit und Tradition sind wir nichts! Diese Wälder hier gehörten ursprünglich zum Besitz meiner Familie, vor rund 200 Jahren war das. Aber meine Vorfahren waren einfache Bauern, naiv und arm, haben viel falsch gemacht und das Land verkaufen müssen. Doch inzwischen haben wir Metzens uns wieder hochgearbeitet. Ich habe studiert, Agrarwissenschaften, genau wie mein jüngerer Bruder, weißt du das eigentlich? Und Hochdeutsch mussten wir lernen, bis zum Erbrechen. Weil Tante Elsie uns dazu genötigt hat! Es sei wichtig, um es im Leben zu etwas zu bringen. Von Kind an hat sie uns unterstützt, mit ihrer Liebe, mit ihrer Klugheit und ihrem Geld! Und zu Recht! Wir Metzens sind nicht blöd. Wenn ich zu alt für die Leitung des Hofes bin, wird mein Neffe aus Bad Münstereifel ihn übernehmen! Ein kluger, gebildeter Junge! Nein, wir lassen uns unseren Ruf im Tal nicht kaputt machen. Nicht von einem Nazibastard, den seine Drecksmutter loswerden wollte! Und garantiert auch nicht von einem dahergelaufenen Michael Faßbinder oder von dir!«

Urplötzlich bückte er sich und riss Jule an den Haaren hoch. Es tat scheußlich weh und ließ ihre Kopfhaut wie Feuer brennen, doch sie konnte sich nicht wehren. Ihr Körper fühlte sich an wie ein nasser Sack, leblos und tonnenschwer. Ohne ein weiteres Wort schleifte Heinz Metzen sie mit dem Kopf voran in den Steinbach. Ihr wurde schwarz vor Augen. Wasser und Grünalgen umspülten ihren Mund. Es summte hinter ihrer Stirn, das Summen schwoll an, wurde lauter und lauter. Sie konnte nichts tun, rein gar nichts. Sie ergab sich ihrem Schicksal.

Das Motorrad durchbrach laut aufheulend das Gebüsch. Zweige, Blätter und Steinchen spritzten zur Seite. Kurz vor dem Bachbett kippte die schwere Maschine um, der Motor röchelte und verstummte, gleichzeitig kollerten zwei Personen herunter. In dem Moment ließ Metzen Jule los und ihr Gesicht geriet unter die Wasseroberfläche. Die Welt verschwamm zu grauen Schlieren. Sie hörte ein lautes Planschen, das in den Ohren widerhallte, dann nichts mehr. Die Zeit stand still. Die Ruhe und die Schwerelosigkeit, die sich in ihr ausbreiteten, taten gut.

Doch plötzlich war wieder jemand bei hier und riss sie an den Schultern hoch. Der Schmerz im Schlüsselbein war unbeschreiblich. Sie spuckte Bachwasser und schnappte nach Luft. Erst sah sie nur einen schwarzen Motorradhelm, groß, rund, glänzend. Aber die Gesichtspartie hinter dem Visier kam ihr bekannt vor. Und da begriff sie. Wie konnte das möglich sein?

»Alles gut«, beschwichtigte er sie und griff ihr unter die Achseln. In dem Moment wurde sie ohnmächtig.

Als sie erwachte, lag ihr Kopf in jemandes Schoß gebettet. Micha, hoffte sie, und sie öffnete die Lider einen Spalt weit. Es erforderte ihre ganze Kraft. Doch die braungrünen Augen, in die sie blickte und die sie äußerst sorgenvoll musterten, waren die eines Mädchens.

»Der Notarzt ist gleich da«, sagte Annalena Dyckerhof in dem für sie so typisch distanzierten Tonfall, der eine Souveränität durchscheinen ließ, die überhaupt nicht zu ihrem Alter passte. »Bleiben Sie still liegen, ja? Alles wird gut!«

DIE WAHRHEIT ENTWEICHT

Die Welt war still, friedlich und heiter; Jule fühlte sich wie in weiche Wattewolken gekuschelt. Es war wunderbar, einfach dazuliegen, warm, geborgen und regungslos. Sie war in Sicherheit, das spürte sie mit jeder Pore ihres betäubten Körpers.

Den Lärm und die Stimmen, die plötzlich zu ihr durchdrangen, blechern und viel zu laut für ihre Ohren, hätte sie am liebsten aus ihrem Bewusstsein ausgeblendet, doch es gelang ihr nicht. Widerstrebend öffnete sie die Augen.

»Raus hier!«, sagte jemand sehr entschieden, und die Stimme wärmte ihr Herz. In ihr und in der verschwommenen Gestalt, die sich jetzt näherte, erkannte sie Micha. »Sie sind nachher dran, Wesseling. Keine Angst, sie wird ihnen nicht weglaufen.«

Dann klappte die Tür. Er setzte sich neben sie und nahm ihre Hand. Sie verlor sich in seinem weichen Blick.

»Alles klar mit dir?«, erkundigte er sich behutsam.

Sie konnte nur nicken.

»Du musst dich noch ausruhen, sagen die Ärzte. Aber du kommst wieder ganz in Ordnung. Das Schlüsselbein ist gerichtet, und die eingeklemmten Nerven im Rückgrat erholen sich auch.«

Sie wunderte sich, wie fit er sich anhörte. Außerdem saß er anstatt im Bademantel oder Schlafanzug völlig angezogen in Jeans und T-Shirt neben ihr.

»Wie lang habe ich …?«

»Vier Tage«, antwortete er. »Du warst total unterkühlt und fiebrig. Die Wunde am Oberschenkel hatte sich entzündet. Dann die Operation. Mich haben sie übrigens gestern entlassen, zwar mit dickem Verband und jeder Menge Vorschriften, aber immerhin.«

»Und Elsie Metzen?«

Er schüttelte den Kopf. »Sie hat es nicht geschafft.«

»Und Heinz?«

»In U-Haft.« Micha presste die Lippen zusammen und sein Blick wanderte durch die transparenten Gardinen vor dem Fenster ins Freie hinaus. »Wegen versuchten Mordes. Er wollte dich ertränken! Und ich dachte, er sei unser Freund!«

Plötzlich hatte Jule Heinz Metzens vor Hass und Abscheu verzerrtes Gesicht vor Augen; ihr Herz begann, wild zu pochen und ihre Finger zuckten. Sie versuchte, sich zu beruhigen. Sie war in Sicherheit, betete sie sich vor und bemühte sich, der friedlichen Stimmung von vorhin nachzuspüren. Es bestand doch überhaupt keine Gefahr mehr.

»Er war komplett durchgedreht und nicht er selbst!«, formulierte sie schließlich vorsichtig.

Micha nickte langsam, doch wirkte er traurig dabei. Sie wusste, dass er niemandem wünschte, ins Gefängnis zu gehen, egal, was er verbrochen hatte. Aber ihm war offensichtlich auch klar, dass es für Heinz der einzig gangbare Weg sein würde. Der Eifelbauer hatte eine Grenze überschritten, von der aus es kein Zurück gab.

»Er ist immer noch nicht zurechnungsfähig, sagt Wesseling, aber wenigstens hat er eine vollständige Aussage gemacht. Und du glaubst nicht, was sich noch alles herausgestellt hat! Lore Dyckerhof …« Er hielt inne und musterte sie voller Besorgnis. »Aber weißt du was? Ruh dich erst mal aus. Ich kann dir doch später alles erzählen.«

Heftig schüttelte sie den Kopf, wobei sie das Gefühl hatte, dass ihr Gehirn hinter der Schädeldecke hin und her schwabbelte wie Wackelpudding. Ihr wurde schlecht. Sie schluckte.

»Von wegen!«, begehrte sie auf, und vor Aufregung wurde ihr ganz schwindelig. »Ich will alles wissen, und zwar sofort!«

»Okay, schon gut. Reg dich nicht auf, ja?« Er streichelte ihren Arm, legte den Kopf schief und überlegte. »Wo fang ich an?«

»Am besten am Anfang.«

»Okay, also mit der Hanni. Alles, was ich inzwischen von Detlef und Ellen erfahren habe.«

Später, als Micha längst gegangen war, formten sich die Fragmente der Geschehnisse, so wie er sie ihr erzählt hatte, in ihrem Kopf zu einer schlüssigen Geschichte, deren grausame, aber durchaus bestechende Logik Jule lange noch beschäftigen sollte.

Hannelore von Bittner, die Gattin von SS-Offizier Hans Georg von Bittner, verließ Schlesien zusammen mit ihrem sechsjährigen Sohn Georg im November 1944, nachdem ihr Ehemann zusammen mit einigen anderen deutschen Offizieren von einem Trupp polnischer Soldaten erschlagen worden war.

Frau von Bittner, die aus einfachen Verhältnissen kam und des Geldes wegen und nicht etwa aus Liebe den ihr eher unsympathischen und selbstverliebten, aber einflussreichen Hans Georg geheiratet hatte, war inzwischen Reichtum und Luxus gewöhnt. Dieser Lebensstandard war nun bedroht. Sie war eine intelligente, pragmatisch denkende Frau, die schnell einsah, dass sie aufs falsche Pferd gesetzt hatte. Als Witwe eines Nazis würde sie bald nichts mehr zu lachen haben, ahnte sie. Flucht erschien ihr die einzige Lösung aus der Misere.

Also schloss sie sich einer benachbarten Bauernfamilie an, die mit Traktor und Anhänger aus der schlesischen Heimat fliehen wollte, und versuchte, so viel von ihrem Besitz zu retten, wie ihr möglich war. Kleidung, Geld, einige Wertgegenstände und ihren gesamten Schmuck packte sie in mehrere Koffer, bezahlte den Bauern großzügig und nahm alles mit auf die beschwerliche Reise.

Diese endete nach vielen Irrungen und Wirrungen im Eifeldorf Wollseifen, wo der jungen Frau als Hanni Bittner Unterschlupf gewährt wurde. Dass sie die Witwe eines SS-Offiziers war, verschwieg sie natürlich. Ebenfalls verbat sie ihrem Sohn, der sie vom Aussehen und der Art empfindlich an den ungeliebten Gatten erinnerte, den Mund. Außerdem erzog sie ihn mit äußerster Strenge, um ihm die Charakterfehler auszutreiben, die sie früh an ihm bemerkt hatte.

Hanni hatte sich gerade mit einem gutmütigen Wollseifener Bäckersohn angefreundet und hegte schon die Hoffnung auf eine Verlobung, als der Befehl zur Räumung des Dorfes kam. Die Dorfgemeinschaft wurde zerschlagen, ebenso ihr Traum von einer Ehe mit dem jungen Mann, der mit seiner Familie nach Aachen zog.

Hanni war erneut auf sich allein gestellt. Weil sie sich weiterhin genötigt sah, ihre wahre Identität zu verschleiern, konnte sie sich nicht offiziell als Kriegsflüchtling ausweisen und etwaige Mittel oder eine Unterkunft in Anspruch nehmen.

Sie versuchte also noch einmal, auf eigene Faust ein neues Leben zu beginnen, und landete letztendlich in dem verschlafenen Dörfchen Steinbach bei Bad Münstereifel. Wieder wurde sie freundlich aufgenommen, was vor allem in ihrer offenkundigen Attraktivität begründet lag. Männer, die sie kennenlernten, schmolzen dahin, ob sie alleinstehend waren oder verheiratet. Und Hanni beherrschte den Drahtseilakt, ihnen gegenüber freundlich, aber dennoch unverbindlich aufzutreten.

In Windeseile verschaffte sie sich einen hervorragenden Ruf im Dorf. Sie war klug und fleißig und sich für keine Arbeit auf den Feldern und Höfen zu schade. Allein ihr Sohn bereitete ihr Kopfzerbrechen, weil er sich mehr und mehr wie ein Berserker gebärdete. In der Schule benahm er sich dermaßen ungehörig, dass er dauerhaft des Unterrichts verwiesen wurde; und seine Streiche in Steinbach und Umgebung wurden auch immer schlimmer.

Elsie Metzen, selbst Witwe und aus Schlesien kommend, allerdings kinderlos, stand ihr als neue Freundin mit Rat und Tat beiseite.

Als einfacher Hausarrest nicht mehr fruchtete, weil Georg immer wieder aus dem Fenster kletterte und die Gegend unsicher machte, sperrte sie ihn in den fensterlosen Keller, der nur von außerhalb ihres Häuschens über eine Falltür zu erreichen war. Aber der Junge war schlau. Er machte sich seine Freundschaft zu dem Dorftrottel Otto zunutze, welcher ihn immer wieder aus seinem Verlies befreite.

Bald wusste Hanni sich nicht mehr zu helfen; ihre Antipathie gegen Georg, der ihrem verstorbenen Mann inzwischen frappant glich und der offensichtlich ihre Zukunft zerstören wollte, war so angewachsen, dass sie seine Gegenwart kaum mehr ertragen konnte.

In ihrer Verzweiflung wandte sie sich an den Schmied im Ort, einen Familienvater, der stets bereit war, ihr einen Gefallen zu tun.

Nach ein paar Monaten sah niemand mehr den Jungen im Dorf, bald fragte auch keiner mehr nach ihm, und Hanni fühlte sich endlich frei und leicht. Je mehr Georg sich in der Gefangenschaft veränderte, jammerte, schwächer und unterwürfiger wurde, dabei gleichzeitig unansehnlicher und unappetitlicher, desto leichter fiel es ihr, ihn angekettet im

Keller schmoren zu lassen. Er hat es nicht besser verdient, redete sie sich ein, er ist die Ausgeburt des Bösen.

Schließlich zog sie ihm einen Kittel an, den sie aus einer alten Dienstbluse Hans-Georgs genäht hatte. Der war nicht nur praktisch, sondern hielt ihr auch die Herkunft Georgs und seine Verderbtheit vor Augen.

Im Frühjahr 1948 reichte Hannelore Bittner, die sich inzwischen offizielle Ausweispapiere auf diesen Namen verschafft hatte, die Enge des kleinen Eifeltals nicht mehr aus. In aller Stille bereitete sie ihren Weggang vor; ihr Sohn würde ihr dabei nur hinderlich sein. Aber wie sollte sie ihn loswerden? Er hing ihr ja wie ein Klotz am Bein.

Nach langem Grübeln kam ihr eine Idee. Sie schrieb ihrer Freundin Elsie einen ausführlichen Brief. In diesem offenbarte sie, wer sie in Wirklichkeit war und wer ihr Sohn. Sie überließ ihr den Großteil ihres wertvollen Schmucks, verbunden mit der Bitte, dass Elsie den Erlös daraus für die Pflege und Erziehung Georgs verwenden solle. Elsie würde nicht noch einmal heiraten, dessen war sich Hanni gewiss, denn sie trauerte viel zu sehr um ihren verstorbenen Mann. So hätte sie wenigstens jemanden, um den sie sich kümmern konnte. Dieser Plan erleichterte ihr Gewissen.

Dann ging sie fort. Am Tag ihrer Abreise folgte ihr Otto, der Dorftrottel. Sie ließ ihn ihren Koffer tragen. Er fuhr sogar noch ein Stück im Bus mit ihr. Wo er hinwollte, wusste sie nicht – es interessierte sie auch nicht weiter. Sie jedenfalls hatte das Rheinland als Ziel, die Großstadt Köln, in deren Anonymität sie untertauchen konnte. Dort würde sie ein neues Leben beginnen.

Ende 1948 lernte Hannelore Bittner in einem Kölner Café unweit des Doms, in dem sie als Servierkraft arbeitete, den

Neusser Industriellensohn Arnold Dyckerhof kennen. Sie verliebten sich, heirateten zügig und bezogen eine geräumige Stadtvilla in der Neusser Innenstadt unweit des Stadtgartens.

Hanni, von ihrem Mann Lore genannt, wurde schwanger und entband im Herbst 49 einen gesunden Jungen. Er wurde auf den Namen Friedrich getauft. An Georg Bittner, ihren Sohn aus erster Ehe, verschwendete Lore keinen Gedanken mehr; er gehörte zu einer anderen, längst vergangenen Zeit.

Aber dass sie damals nach der Flucht aus Schlesien in der Eifel eine Art neuer Heimat gefunden hatte, war ihr kurioserweise im Gedächtnis geblieben. So schwärmte sie viele Jahrzehnte später ihrem Enkel Detlef gegenüber von dem kleinen Tal in der Nordeifel vor, nicht ahnend, dass der wiederum seiner Frau davon erzählen würde und dass es dort, ganz in der Nähe ihrer ehemaligen Unterkunft, inzwischen einen Campingplatz namens *Eifelwind* gab.

Elsie Metzen schaute aus dem Fenster ihres Zimmers auf den Hof und sah ihre beste Freundin, wie sie mitsamt eines großen Koffers und eines blonden Jungen aus Steinbach fortging, ohne auch nur einen Blick zurück zu werfen. Es tat ihr so sehr in der Seele weh, dass sie an diesem Tag ihr Zimmer nicht mehr verließ, und sie reagierte auch nicht, als ihr Bruder Heinrich ihr einen dicken Umschlag überreichte, der mit ihrem Namen beschriftet vorn am Hoftor im Briefkasten gesteckt hatte.

Hanni hatte sie verlassen, ohne ein persönliches Wort des Abschieds, dabei war sie für Elsie in den letzten zwei Jahren der wichtigste Mensch auf Erden gewesen! Natürlich hatte sie geglaubt, dass ihre Freundin umgekehrt genauso empfand.

Elsie konnte den Tod ihres geliebten Mannes nicht verwinden. Die charakterlich viel stärkere Hanni war für sie in ihrer bodenlosen Trauer zum sprichwörtlich rettenden

Strohhalm geworden. Jetzt war dieser Halt fort; es fühlte sich wie Verrat an.

Erst am nächsten Morgen las Elsie Metzen die Zeilen, die Hanni ihr hinterlassen hatte. Jetzt trat zutage, wie groß der Verrat an Elsie war. Nach Strich und Faden hatte die Naziwitwe sie belogen. Ihre Gutmütigkeit und ihre Sehnsucht nach Liebe hatte sie gnadenlos ausgenutzt. Nie war sie Elsies Freundin gewesen! Und dann die Sache mit ihrem Sohn, diesem schrecklichen Bengel: Kein Wunder, dass der von Grund auf missraten war!

Und um den sollte sie sich jetzt kümmern, während Hanni, ohne sich auch nur einmal umzublicken, in ein schönes, freies Leben gewandert war?

Elsie Metzen überlegte lange. Sie war schließlich kein Unmensch. Am nächsten Tag würde sie nach dem Jungen sehen, nahm sie sich fest vor. Und als der vorbei war, sagte sie sich, dass es noch bis zum nächsten Morgen Zeit hätte. Später wiederum redete sie sich ein, Hanni habe ihr Balg doch letztendlich mitgenommen. Schließlich hatte sie, Elsie, mit eigenen Augen gesehen, wie er in ihrer Begleitung das Dorf verließ. Ja, so war es, sagte sie sich. In letzter Minute hatte Hanni sich doch anders entschlossen und war Hand in Hand mit ihrem kleinen Satansbraten fortgegangen.

Elsie Metzen legte Hannis Schmuck in ihr eigenes, bescheidenes Schmuckkästchen und verbannte die Frau, die sie so dermaßen enttäuscht hatte, aus ihrem Herzen. An den kleinen Georg dachte sie auch nicht mehr.

Aber viele Jahre später, als ihr Neffe und seine reizende Frau Kinder bekamen, Heinz und Peter, versetzte sie Hannis Schmuck und trug mit dem Geld zur Schulbildung der Jungen bei. Eine gute Erziehung sollten sie genießen und sich zu benehmen wissen. Nur so konnte aus Kindern etwas werden.

Und dann, gut 65 Jahre später, legten ihr geliebter Großneffe und seine Freunde kurz vor Pfingsten den Keller von Hannis Hütte frei. Als Heinz ihr erzählte, dass man darin die Knochen eines Kindes gefunden hatte, geriet für Elsie Metzen die Welt aus den Fugen. Die alte Geschichte bahnte sich einem verheerenden Sturm gleich einen Weg durch das Vergessen. Zu Tode erschrocken war sie und wusste nicht mehr ein noch aus. Ganz wirr im Kopf erzählte sie Heinz ihre Variante des Geschehens von damals und versuchte auf die Weise, das Lügengebilde, das sie selbst geformt hatte, auch in der Gegenwart zu manifestieren. Nur, dass sie sicherheitshalber noch dazu erfand, sie habe erste Jahre nach Hanni Bittners Weggang erfahren, dass die gar keine Wollseifenerin gewesen war.

Trotz dieser Versuche der erneuten Verdrängung und Rechtfertigung trieben sie die Furcht und der Verdacht um, ein Kind getötet zu haben, als sie am Pfingstsonntag zur Kirche wanderte. Die Feierlichkeit der heiligen Messe half ihr, einen Hauch inneren Friedens wiederzuerlangen. Der Pfingstgeist war über die Welt gekommen, ein tröstlicher Gedanke, fand sie.

Zurück nahm sie den Waldweg, der am Steinbach entlang zum Campingplatz und von dort zum Hof der Metzens führte. Dort war es schattig und friedlich.

Plötzlich sah sie den Irrwisch! Er war klein und weißblond, kicherte wie wahnsinnig, rannte vor ihr her über den Pfad und streckte ihr dreist die Zunge heraus. Dann beschimpfte er sie. Eine alte Hexe sei sie. Ob sie nachts auf einem Besen reite. Er sprang vor ihr her und bewarf sie mit Schottersteinchen. Sofort war die Angst mit aller Macht zurück.

Und schlagartig begriff sie, wen sie vor sich hatte: Den Geist von Georg Bittner! Er sah nicht nur haargenau aus wie Hannis Sohn, nein, er benahm sich auch so. Völlig verschreckt schrie sie ihn an, er solle weggehen, zurück in sein Grab! Aber der Geist gehorchte nicht. Er foppte sie weiter, schnitt schreckliche Grimassen und versuchte sogar, sie mit einem Zweig zu stechen.

Das war der Augenblick, in dem sie die Beherrschung verlor und das Wesen schubste. Das hörte auf zu lachen, schrie: »Du spinnst ja, du alte Hexe!«, und lief weg, geradewegs in den Wald hinein.

Warum sie ihm folgte, würde sie später niemandem erklären können, aber sie tat es und beobachtete, wie Georgs Geist sich dicht an das Ufer des Steinbachs stellte und schamlos seinen Hosenschlitz öffnete. Der kleine Satansbraten wollte ins Wasser pinkeln!

Der heilige Zorn, der sie übermannte, war so unbeschreiblich groß, dass es in ihren von Gicht versteiften Fingern kribbelte. Er sollte verschwinden, der furchtbare Irrwisch, dachte sie nur, bückte sich mühsam und hob einen der Gesteinsbrocken auf, die dort zwischen den Farnbüscheln lagen. Bereits der erste Stein traf den Geist am Hinterkopf. Zur Sicherheit warf sie noch ein paarmal; die Wurfgeschosse trafen den Irrwisch und landeten danach platschend im Wasser. Erst als sich der Quälgeist nicht mehr rührte, ging Elsie davon.

Jetzt war Ruhe, hoffentlich für immer.

Lore Dyckerhof, ehemals von Bittner, erfuhr erst aus dem Mund von Jule Maiwald, der Campingplatzbesitzerin, dass im Wald bei Steinbach nicht nur ihr Urenkel schwer verletzt worden war, sondern dass man beim Freilegen ihres ehemaligen Kellers ein Kinderskelett gefunden hatte.

Für sie standen beide Ereignisse in keinem Zusammenhang, aber sie begriff mit Entsetzen, dass die Knochen nur die von Georg sein konnten. Erst als sie diesen Gedanken zulassen konnte – und das dauerte eine ganze Weile! –, realisierte sie, dass ihre Freundin aus der Nachkriegszeit, Elsie Metzen, sich offensichtlich nicht adäquat, wie sie gebeten hatte, um ihren zurückgelassenen Sohn gekümmert hatte. Georg von Bittner war in seinem Verlies gestorben. Woran und wann, das wusste Lore nicht, aber sie musste es herausfinden. Hatte der Junge noch einige Jahre gelebt, war er einer Krankheit zum Opfer gefallen oder einer Vernachlässigung durch Elsie?

Lore ließ die Sache keine Ruhe. Sie rief bei der Auskunft an und erfuhr, dass unter Elsies Namen und der Adresse der Metzens tatsächlich eine Telefonnummer existierte. Sie lebte offensichtlich noch.

Doch jetzt stand Lore Dyckerhof vor einem großen Problem. Der Drang, die Freundin von einst mit ihren Fragen zu konfrontieren, wurde übermächtig. Das konnte sie allerdings unmöglich am Telefon erledigen. Sie wollte und musste Elsie dabei ins Gesicht schauen. Gleichzeitig wurde ihr schmerzlich bewusst, dass ihre Gebrechlichkeit ihr bei ihrem Plan hinderlich war. Um das Tal in der Nordeifel aufsuchen zu können, benötigte sie tatkräftige Unterstützung.

Nur ihre Urenkelin kam als Begleiterin infrage, schloss sie messerscharf, denn Detlef oder Ellen waren zurzeit wegen Lars-Friedrichs Gesundheitszustand nicht ansprechbar und eine 13-Jährige überdies einigermaßen lenkbar. Also überredete sie Annalena unter einem Vorwand zu einer Taxifahrt in die Nordeifel: Sie behauptete, den Ort aufsuchen zu wollen, an dem Lars-Friedrich seinen schrecklichen Unfall gehabt hatte.

Annalena willigte ohne Zögern ein. Denn auch wenn das Mädchen nach außen hin so tat, als ob der Zustand ihres kleinen Bruders sie nicht weiter interessiere, trieben die

Geschehnisse es doch aufs Äußerste um. Davon ahnte Lore Dyckerhof allerdings nicht das Geringste, als sie Annalena zu ihrer Begleiterin auserkor.

Sie rüstete sich für den Ausflug mit der alten Armeepistole, die ursprünglich ihrem ersten Mann gehört und die sie auf ihrer Flucht immer mit sich getragen hatte. Falls Elsie nicht von selbst mit der Wahrheit herausrückte, brauchte sie ein Druckmittel.

Als Annalena und Lore Dyckerhof auf dem Campingplatzgelände aus dem Taxi ausstiegen, wimmelte es dort von Reportern und Schaulustigen. Erst jetzt wurde Lore klar, welches Ausmaß an Öffentlichkeit der Skelettfund und das Verbrechen an ihrem Urenkel bereits erreicht hatten. Es erschreckte sie bis in ihre Grundfesten.

Annalena führte sie unverzüglich in den Wald hin zu der Stelle am Steinbach, wo der Anschlag auf Lars-Friedrich verübt worden war.

Hier, im Schutze der fieberhaft nach Spuren suchenden sensationslustigen Menschen, offenbarte die Jugendliche ihrer Urgroßmutter das, was ihr seit Tagen auf dem Herzen brannte. Sie hatte ihre Mutter im Verdacht, Lars-Friedrich geschlagen und in den Bach gestoßen zu haben: aus Verzweiflung, weil sie mit seinem gestörten Verhalten nicht mehr zurecht gekommen war. Annalena weinte und erhob außerdem schwere Vorwürfe gegen ihren Vater und die Uroma, weil die nicht hatten sehen wollen, welche Dramen sich in der Familie abspielten. Sie gestand sogar, der Mutter einen Tag nach der Tragödie von hinten als eine Art impulsiver Racheakt einen schweren Stock an den Kopf geworfen zu haben, worauf diese in das Kellerloch von Hannis Hütte gestürzt sei.

»Ich wollte ihr zeigen, wie das ist, geschlagen zu werden.

Lars-Friedrich war total nervig, aber er konnte doch nichts dafür«, brach es aus ihr heraus. »Es steckt etwas in ihm, das ihn dazu zwingt, immer wieder Mist zu bauen! Und ihr alle habt die Augen davor zugemacht.«

In dem Moment fügten sich in Lores Kopf mehrere Dinge zusammen: Hannis Hütte, die sie unmittelbar mit dem Tod ihres ersten Sohnes in Verbindung brachte, die Charakterbeschreibung ihres Urenkels, die genauso auf Georg hätte zutreffen können, und ihr eigenes unerbittliches Verhalten als Mutter und Urgroßmutter.

Als Annalena sie dann schnurstracks zum Waldrand führte, um ihr die Stelle zu zeigen, wo ihre Mutter gestürzt war, nahm das Drama seinen Lauf.

Vor den Überresten ihres alten Kellers stand ein Mann. Ein starker Regen prasselte inzwischen nieder, und die Meute im Wald hatte längst das Weite gesucht.

»Guck mal, da ist der Campingplatzbesitzer«, sagte Annalena und deutete mit dem Finger auf Michael Faßbinder, der gerade skeptisch in die Grube hinunterschaute. »Der hat das Skelett ausgegraben, und seine Freundin, diese Frau Maiwald, habe ich in Neuss getroffen. Die hat mir ganz komische Fragen gestellt.«

Bei Lore Dyckerhof brannten schlichtweg die Sicherungen durch. Sie nestelte die uralte Armeepistole aus ihrer Jackentasche und schoss.

Jule schlief. Sie träumte, dass sie in einer Badewanne mit eiskaltem Wasser lag, unfähig, sich zu rühren. Kalt war ihr, schrecklich kalt, aber niemand kam ihr zu Hilfe. Dann hörte sie Stimmengewirr. Warum ließ denn keiner das Wasser aus der Wanne? Erfrieren würde sie. Die Stimmen schwollen an, es tat in den Ohren weh. Unter großer Kraftanstrengung öffnete sie die Augen.

»Ich sagte Ihnen doch, Frau Maiwald schläft!«, beharrte eine verschwommene Gestalt ganz in Weiß streng. Jule runzelte verwirrt die Stirn. Was um alles in der Welt …? Dann kam sie zu sich.

»Schon gut«, flüsterte sie. »Ich bin ja wach.«

Plötzlich wurde ihr ein riesiger Blumenstrauß wie eine dicke, duftige Wolke direkt vors Gesicht gehalten.

»Nicht doch, Annalena, leg das bitte erst mal auf den Tisch, ja?«, sagte Ellen Dyckerhof, und das bunte Blumengebinde vor Jules Augen verschwand. »Wir organisieren gleich eine Vase.«

»Schön, dass ihr da seid«, hauchte sie verwirrt. »Wie geht es Lars-Friedrich?«

»Etwas besser. Die Ärzte sagen, dass es nicht so schlecht aussieht. Sein Körper zeigt … Reaktionen. Das ist ein gutes Zeichen.«

Jule sah die Hoffnung in Ellens müden Augen aufwallen und wieder abebben. Sie wollte sich offenbar nicht zu früh freuen, und Jule verstand das. »Oh Ellen, das … das … wäre ja wunderbar.«

»Ja, nicht wahr. Aber darum sind wir nicht hier. Wir wollen uns vor allem bei dir bedanken. Ohne dich würde ich vielleicht immer noch glauben, dass Annalena Lars-Friedrich das angetan hat. Und sie wäre der Meinung, dass ich es war.« Sie wechselte einen liebevollen Blick mit ihrer Tochter, die sich auf der Bettkante niedergelassen hatte.

»Ach, ist schon okay«, murmelte Jule verlegen. Peinlich berührt vermied sie es, Ellen anzuschauen, und blieb an einem blassen Gesicht mit strähniger dunkler Mähne hängen, das sie im Hintergrund schemenhaft ausmachte.

»Oh … hallo, Benny.«

»Hi.« Er nickte ernst auf seine zurückhaltende Art.

Sie klopfte mit der Hand auf die Bettdecke. »Komm doch zu uns.«

»Okay.« Nur widerstrebend ließ er sich ans Fußende des Bettes sinken. »Wie geht es dir?«

»Viel besser. Danke.« Vage erinnerte sie sich an den Gesichtsausschnitt hinter dem Visier des Motorradhelms. »Du ... du hast mich aus dem Wasser gezogen! Ohne dich wäre ich gestorben.«

»Ach was«, murmelte er und schüttelte den Kopf, nur seine spitze Nase lugte zwischen den Haaren hervor. »Annalena und ich waren nur zur rechten Zeit am rechten Ort, nichts weiter.«

»Aber warum? Ich begreife das nicht!«

Annalena räusperte sich. Sie wechselte einen kurzen Blick mit ihrer Mutter, die nickte bekräftigend. »Meine Uroma war total durchgeknallt, nachdem sie auf Ihren ... ähm ... auf Herrn Faßbinder ... geschossen hatte«, hob das Mädchen an. »Ich wusste überhaupt nicht, was los war. Sie hat mich vom Campingplatz gescheucht und gezwungen, mit ihr zu diesem großen Bauernhof zu laufen, der an der Straße nach Steinbach liegt. Ich hab' geweint und immer wieder gesagt, dass wir Herrn Faßbinder helfen müssen, aber sie war wie weggetreten und hat mich mit dieser krassen Pistole bedroht. Ich hatte Schiss ohne Ende! Dann waren wir in dieser kleinen Wohnung auf dem Hof, und die Uroma hat sich mit einer alten Frau unterhalten.« Annalena hielt inne und korrigierte sich: »Nein, nicht unterhalten. Eher haben die sich angeschrien. Ich habe gar nicht gecheckt, worum es ging. Abwechselnd war von einem Georg die Rede, dann von einem Gespenst, dann von Lars-Friedrich. Wie alles zusammenhing, habe ich erst viel später kapiert. Auf einmal ist die andere Frau hingefallen. Sie hat so komisch gezuckt, dann war Ruhe.

Die Uroma hat mich am Arm gepackt und wir sind raus. Auf dem Hof sind wir noch diesem Bauern begegnet, dem mit dem ollen Filzhut, den kannte ich vom Campingplatz. Ich wusste gar nicht, dass dem der Hof gehört. Dort war alles wie geleckt, riesengroß und ultramodern, aber der Typ sah eigentlich immer schmandig aus, eher wie ein Penner als wie ein reicher Landwirt.«

Sie schaute Benny an und holte tief Luft. »Auf der Landstraße hat die Uroma mir gesagt, ich soll mit meinem Handy ein Taxi rufen. Es wäre an der Zeit, nach Hause zu fahren. Ich war zu geschockt, um zu widersprechen. Aber als das Auto kam, bin ich nicht eingestiegen. Ich habe darauf gedrängt, einen Notarzt und die Polizei zu verständigen, aber der Uroma war das egal. Sie hat stur die Lippen zusammengepresst und den Kopf geschüttelt. Dann ist sie weggefahren, und ich war allein. Ach du Scheiße, habe ich gedacht, und bin zurück zum Campingplatz.

Von Weitem habe ich den Rettungswagen an der Baugrube stehen sehen, ich war unendlich erleichtert, weil Herr Faßbinder nun Hilfe bekam. Dann bin ich in den Wald. Auf dem Jägerhochsitz hat man ziemlich guten Empfang, das wusste ich, ich war ja schon ein paarmal mit Benny dort gewesen.

Da oben habe ich erst mal 'ne Runde geheult und überlegt, was ich tun soll.«

»Du hättest Papa oder mich anrufen müssen, Kind«, wandte Ellen ein. »Wir haben uns solche Sorgen gemacht. Und natürlich wären wir sofort in die Eifel gefahren, um dir zu helfen.«

Annalena zog die Schultern hoch. Ihr Gesichtsausdruck blieb skeptisch. »Aber ihr wart doch ständig bei Lars-Friedrich im Krankenhaus und hattet dann immer eure Handys aus! Und außerdem: Wie sollte ich Papa klarmachen, dass seine geliebte Oma bekloppt geworden war und was alles passiert ist? Ihr hättet mir doch nie geglaubt!« Annalena straffte sich und konzentrierte sich wieder auf Jule. »Also habe ich erst mal dort oben gehockt und geheult und geheult. Irgendwann, es war schon dunkel, hab' ich mich bei Facebook eingeloggt und gepostet, wo ich bin und dass es mir voll scheiße geht. Aber keine von meinen Freundinnen hat reagiert. Keine! Dann war mein Akku alle.« Sie seufzte. »Was sollte ich jetzt machen? Zum Campingplatz laufen? Nee, da war alles stockdunkel, außerdem wusste ich doch, dass Sie«, bei diesen Worten grinste sie Jule schief an, »mich hassen.«

Die wollte spontan widersprechen, aber dann besann sie sich. Das Mädchen hatte vollkommen recht. Nach der Begegnung in der Neusser Innenstadt war sie zutiefst davon überzeugt gewesen, dass Annalena ihren Bruder hatte töten wollen und dass sie ein egozentrisches kleines Ding war, das andere Menschen nach Strich und Faden manipulierte und ausnutzte.

»Ich habe die ganze Nacht kein Auge zugemacht«, fuhr Annalena fort. »Irgendwann wurde es hell, ich bin zum Bach und habe mich gewaschen. Dann bin ich wieder auf den Hochstand geklettert. Jetzt war es nicht mehr so unheimlich dort und auch nicht mehr so arschkalt wie in der Nacht, deshalb konnte ich endlich schlafen.« Annalena machte eine kurze Pause, schluckte und bedachte anschließend Jule mit einem mitleidigen Blick.

»Ich wurde von einem Quietschen und einer tiefen Stimme wach. Als ich runtergeguckt habe, habe ich diesen Bauern gesehen, wie er eine Schubkarre zum Bach hingeschoben und mit sich selbst geredet hat. In der Karre lag jemand wie eine weggeworfene Puppe. Sie! Ich hab' echt gedacht, ich bin in einem Horrorfilm! Unfassbar! Als der Typ hinter den Bäumen verschwunden war, bin ich die Leiter runtergeklettert. Ich hatte gerade überlegt, ob ich hinterherschleichen soll, als plötzlich …«

»… ich mit Papas Harley aufgetaucht bin«, mischte Benny sich ein. »Ich musste echt lange überlegen, ob ich Annalena helfen soll, nachdem ich ihren *Post* bei Facebook gesehen hatte. Ich war so enttäuscht von ihr! Aber irgendwie ging es nicht anders. Außerdem fand ich es krass, dass Annalena genau wie ich ein paar Tage vorher die Nacht auf dem Hochstand verbracht hatte – von aller Welt verlassen. Also hab ich mir mal wieder Papas Bike geschnappt und bin in die Eifel gedüst.« Er zuckte mit den mageren Schultern und guckte verlegen.

Ein strahlendes Lächeln glitt über Annalenas Gesicht, machte es weich und sehr weiblich. Sie streckte einen Arm aus und strich sanft über seine knochige Hand. »Benny ist immer da, wenn man ihn braucht, das weiß ich jetzt. Er ist kein Freak, nur irgendwie anders. Er war es auch, der Ihnen das Leben gerettet hat, er allein.«

PANDORAS TROST, DIE HOFFNUNG

Die Sonne brannte heiß von einem vor Hitze flimmernden strahlend Himmel herunter. Gesättigt war die Sommerluft mit Stimmengewirr, Blumendüften und dem Qualm schwelender Grillkohle. Von der Zeltwiese wehten leise Rhythmen herüber. Jule hörte die Kinder, wie sie im Wasser des Pools planschten und dabei kreischten und lachten.

Eigentlich war sie nach der Mittagspause auf dem Weg zur Rezeption gewesen, um Gerti abzulösen, doch sie wollte es sich nicht nehmen lassen, zunächst eine Runde über den Platz zu drehen.

Jetzt, im August, war der *Eifelwind* zwar nicht komplett ausgebucht, aber immerhin waren Dreiviertel aller Stellplätze belegt und nur eines der Mobilheime war noch frei. Die betreffenden Gäste, die es reserviert hatten, würden heute anreisen. Die Sommerferien hatten insgesamt verheißungsvoll und gewinnbringend angefangen, konstatierte Jule zufrieden, und auch das Wetter zeigte sich von seiner besten Seite. Seit über einer Woche war es stetig wärmer geworden, ohne ein Wölkchen am Himmel.

Jule ging an den Stellplätzen vorbei, auf denen sich im Schatten der Wohnwagenmarkisen und Sonnendächer mollige Frauen in kneifenden Bikinis mit verbrannten Dekolletés auf den Liegestühlen rekelten und sich beleibte, rotgesichtige Männer das erste Bier des Tages genehmigten. Kinderfahrräder und Roller lagen im trockenen Gras herum; überall herrschte gepflegtes Chaos, wie es auf Familiencampingplätzen üblich war. Ein kleiner weizenblonder Junge in Badehose, der an einem Wassereis schleckte, kreuzte ihren Weg.

Das friedliche Bild versetzte ihr einen schmerzhaften Stich. Lars-Friedrich Dyckerhof war noch lange nicht so weit, so unbeschwert herumlaufen zu können. Aber er machte Fortschritte, immerhin.

Von Ellen, die sich regelmäßig meldete, hatte Jule gehört, dass der Junge inzwischen wieder über einen annähernd altersgemäßen Wortschatz verfügte und sich seine Motorik von Tag zu Tag verbesserte. Trotzdem würde er für immer ein anderer sein. Zu lange hatte sein Gehirn ohne Sauerstoff auskommen müssen.

Ohne die Dyckerhofs würde es den *Eifelwind* wohl nicht mehr geben, gestand sie sich ein. Nur dank eines zinslosen Darlehens von Detlef und Ellen, mit dessen Hilfe sie die Poolanlage doch noch hatten bauen können, war die Neueröffnung des Platzes im Juli möglich gewesen.

Zunächst war Micha strikt dagegen gewesen, das Geld anzunehmen. »Wir brauchen keine Almosen«, hatte er geknurrt und ungewohnt stur die Arme vor der Brust verschränkt. »Detlef will nur sein schlechtes Gewissen beruhigen, wegen seiner geistesgestörten Oma.«

»Jeder von uns hat bei dieser Geschichte Federn gelassen«, hatte Jule ihn bekniet, »nicht nur du oder ich oder die Metzens. Und die Dyckerhofs hat es am schlimmsten erwischt. Denk doch an Lars-Friedrich! Und wenn Detlef uns unter die Arme greifen will, dann sicher auch, weil seine Familie für immer mit diesem Ort verbunden ist. Vergiss nicht, der kleine Georg war quasi sein Onkel, den er nie kennenlernen durfte. Außer diesem einen Foto, auf dem er mit seiner Mutter zu sehen ist, existiert nichts mehr von ihm, wenn man von den Knochen mal absieht.«

»Un et hätt jo jet für sich, dat an der Stell, wo dä ärme Jong mutterseelenalleijn en sengem Verließ krepiert es, demnäks Kenner richtije Kenner senn dürfe«, warf Gerti ein.

»Ävver ohne de Finanzspritz von dänne Dyckerhofs kre-
jen mir dat net henn.«

Micha grollte noch ein bisschen, willigte letztendlich
jedoch ein.

Jule ahnte, was ihn eigentlich umtrieb und ihn dermaßen
unversöhnlich stimmte: dass er seiner Meinung nach nur
durch Lore Dyckerhofs Schuld einen guten Freund verloren hatte. Das würde er der alten Frau nicht verzeihen, vor
allem, weil sie aufgrund ihres derzeitigen Gesundheitszu-
standes – sie zeigte starke Anzeichen von Demenz – wahrscheinlich um ein Strafverfahren herumkam.

»Aber der Heinz fährt ein, für zig Jahre«, hatte er sich mehrmals verzweifelt bei Jule beschwert. »Dabei ist der echt kein
Krimineller und schon lange kein Soziopath, wie die Gutachter
behaupten. Dem ging es nur um seine Elsie. Und er wusste ja
nicht mal, dass die den kleinen Lars-Friedrich beinahe um die
Ecke gebracht hatte! Bloß, dass sie sich nicht um den Georg
kümmern wollte und ihn nicht befreit hat. Heinz befand sich
in einem Ausnahmezustand. Überleg mal, wie oft er sich bei
uns, und vor allem bei dir, in seinem Brief entschuldigt hat.
Wenn diese hartherzige Schrulle damals nicht einfach ihren
Sohn zurückgelassen hätte, wäre es nie so weit gekommen.

Ach Scheiße, und schon wieder bin ich schuld daran, dass
einer meiner Freunde in den Bau wandert.«

Jule hatte kräftig schlucken müssen, denn ihr missfiel, wie
Micha den Mordversuch Heinz Metzens an ihr im Nach-
hinein herunterspielte. Sie wäre schließlich fast gestorben!
Trotzdem mahnte sie sich zur Fairness: Sie hatte Heinz Metzens Entschuldigung angenommen, und Micha wusste das
natürlich; die Worte des Bauern in seinem Brief waren eindringlich gewesen und hatten aufrichtig geklungen.

Allerdings war sie in einem Punkt anderer Ansicht als
Micha: Heinz Metzen hatte etwas Gefährliches und Kaltblü-

tiges an sich. Ohne mit der Wimper zu zucken, hätte er sie im Steinbach ertränkt, Ausnahmezustand hin oder her. Das war absolut nicht normal, sondern ziemlich gestört, fand sie, mindestens so gestört wie Lore Dyckerhof oder Elsie Metzen.

Aber dass Micha nicht in der Lage war, das anzuerkennen, konnte sie genauso nachvollziehen. Für ihn bestand die Gesellschaft aus zwei unversöhnlichen Lagern.

Im einen landeten die, die an ihr gescheitert waren, und im anderen jene, die erstere am liebsten für immer wegschließen wollte. Sicher lag er manchmal richtig, und mehr Menschlichkeit konnte nie schaden, aber ganz so einfach lagen die Dinge auch wieder nicht. Wie verfuhr man mit Menschen wie Heinz Metzen oder Lore Dyckerhof, die offensichtlich kein Mitgefühl in sich trugen? Wie ging man mit den Elsie Metzens dieser Welt um, die die Augen zumachten und sich keinen Deut für die interessierten, die ihnen unbequem waren?

Jule dachte darüber nach, wie hilflos vor allem Kinder solchen Menschen und ihrer Willkür ausgeliefert waren. Konnte man Herzenswärme erlernen?

Verantwortung ist das Zauberwort, überlegte sie. Wir sind verantwortlich für die, die uns anvertraut wurden. Wir sind verantwortlich für die Schwachen, die sich nicht selbst helfen können. Doch halt: Wer war sie denn, dass sie sich anmaßte, besser als Lore Dyckerhof oder Heinz Metzen zu sein? Wie gnadenlos war sie mit Benny Zierowski umgegangen, als sie noch glaubte, er sei ein gestörter Sonderling ohne Pflichtgefühl und Solidarität?

Ein kleiner Soziopath steckt in uns allen, hielt sie sich selbstkritisch vor und spazierte weiter.

Sie hielt auf den Pool am Waldrand zu. Ihre nackten Füße in den Sandalen knirschten vor Staub, und Schweißperlen bildeten sich auf ihrer Stirn. Mensch, war das heiß! Sich jetzt abzukühlen, wäre wunderbar.

In einer Mischung aus Wohlwollen und Neid ließ sie ihren Blick über die im türkisen Wasser spielenden Kinder schweifen und über Mütter und Väter, die ihre dick eingecremten, in Schwimmflügeln oder Schwimmreifen gepfropften Kleinkinder liebevoll beaufsichtigten. Sie sah einen etwa achtjährigen Jungen, der sich waghalsig mit dem Kopf voran die Rutsche herunterstürzte, und eine Gruppe Teenager, die sich kichernd, und von altersgemäßer Pseudo-Coolness gehemmt, neben dem Beckenrand einen Wasserball zuspielten.

Schade, dass Benny fort war, schoss es ihr plötzlich durch den Kopf. Seit Beginn der Sommerferien arbeitete er nicht mehr im *Eifelwind*, weil er in einer Neusser Abendschule einen Crashkurs absolvierte, an dessen Ende die mittlere Reife winkte. Anschließend würde Benny auf ein Aufbaugymnasium gehen.

Auf Drängen von Ellen Dyckerhof war Benny Zierowski nach den Vorfällen im *Eifelwind* Ende Mai auf ADHS getestet worden, inklusive eines umfangreichen Intelligenztestes.

Es stellte sich überaus Erstaunliches heraus: Der junge Mann war keineswegs hyperaktiv oder in anderer Weise verhaltensgestört, sondern mit einem IQ von knapp 140 einfach nur hochbegabt.

»Menschen wie er fühlen sich oft als Außenseiter und kapseln sich von der Umwelt ab. Ihre soziale Reife ist meist weniger ausgeprägt als ihre intellektuelle. Und wenn sie nicht adäquat gefördert werden, bleiben sie weit hinter ihren Möglichkeiten zurück«, hatte der hinzugezogene Spezialist versucht, Willi das Potenzial und die Probleme seines Sohnes zu erklären, dessen erste Reaktion eine krude Mischung aus Ungläubigkeit, peinlicher Berührung und väterlichem Stolz gewesen war.

Wie um alles in der Welt hatten er und die kaputte Mutter des Jungen eine solche Intelligenzbestie hervorbringen können?

Nur langsam gewöhnte Willi sich an die Vorstellung, diesen *Nerd* gezeugt zu haben, wie er sagte. Benny war ein Schlauberger, mein Gott, es gab Schlimmeres. Aber das bedeutete doch nicht, dass er automatisch ein Streber sein musste, oder? Bitte nicht!

Micha trank in der *Eifelwind*-Kneipe einen Kaffee mit Dirk Grotens. Seit ein paar Wochen verstanden sich die beiden Männer wieder richtig gut.

Nachdem Micha nach seiner Entlassung aus dem Krankenhaus begriffen hatte, welche Rolle sein alter Schulfreund bei den Geschehnissen rund um die Dyckerhofs gespielt hatte, war es allerdings sein erster Impuls gewesen, den Koch achtkantig rauszuschmeißen. »Was du nach Feierabend machst, ist mir egal, Dirk, Hauptsache, du bist am nächsten Tag fit. Aber dass sich jugendliche Gäste an deinem Gras bedienen können, weil du es draußen neben der Küche auf dem Tisch liegen lässt, geht gar nicht!«

Dirk hatte die Hände gerungen und sich gewunden wie ein Aal. »Ich habe erst gar nicht gerafft, dass sie mir das Zeug geklaut hatte. Erst als ich hörte, dass Benny sich mit ihr einen Joint geteilt und Jule ihm deshalb gekündigt hatte, kam mir der erste Verdacht. Und plötzlich verhielt sich die Kleine mir gegenüber so merkwürdig. Die konnte mir gar nicht mehr in die Augen schauen. Da dämmerte mir, wo mein Tütchen mit dem Gras abgeblieben war. Aber ich wäre doch blöd gewesen, dir davon zu erzählen. Ich wollte meinen Job behalten, so wie jetzt auch!« Dabei hatte er verzweifelt aus der Wäsche geschaut und beteuert: »Ich mach das bestimmt nicht wieder. Keine Joints mehr am Arbeitsplatz, nie mehr, ehrlich!«

Natürlich war Micha weich geworden, und seine Gnade hatte sich bereits vielfach ausgezahlt. Dirk arbeitete sich im *Eifelwind* die Finger wund; sogar das Gemüse schnippelte er inzwischen selbst, manchmal jedenfalls.

Micha schlürfte den letzten Schluck Kaffee aus der Tasse, als das Telefon hinter der Theke klingelte: Gerti aus der Rezeption.

Nach dem kurzen Gespräch wählte er Jules Mobilfunknummer.

In der Tasche von Jules Shorts vibrierte es. Sie fischte das Handy heraus und ging dran.

»Sie sind gerade angekommen«, sagte Michas Stimme in ihr Ohr. »Und sie möchten, dass wir mit ihnen anstoßen. Am besten gleich. Gerti sagt, sie übernimmt deine Schicht noch bis zum Abendessen.«

»Okay, bin in ein paar Minuten da.«

Michael Faßbinder fühlte sich in der Gegenwart der beiden Männer, mit denen er seit ein paar Minuten auf der Holzterrasse des Mobilheimes *Eichenblatt* herumstand, reichlich unwohl und gehemmt. Sie wirkten so weltgewandt und wie ein eingespieltes Team. Neben ihnen kam er sich wie ein kompletter Prolet vor.

Martin Weimann zog gerade mit routiniertem Schwung den Korken aus der Champagnerflasche, während Andreas Windinger vier Sektkelche auf dem runden Gartentisch platzierte.

Micha registrierte, wie gelöst und heiter sich der ehemalige Priester und sein junger Begleiter verhielten, völlig anders als an jenem verhängnisvollen Pfingstwochenende. In aller Öffentlichkeit mit der Wahrheit zu leben, auch wenn es den Verlust von Beruf und Ansehen mit sich zog, war eben immer besser als mit einer Lebenslüge.

Jule hatte darauf bestanden, die zwei zu einem Aufenthalt im *Eifelwind* einzuladen. »Ohne irgendetwas verbrochen zu haben, sind sie zur Zielscheibe von Hauptkommissar Wesseling geworden. Wegen seiner Homophobie und nur, weil sie in aller Stille füreinander da sein wollten. Seitdem ist für sie nichts mehr, wie es war.«

»Stimmt«, hatte er ihr beigepflichtet. »Okay, laden wir sie ein. Aber ob die kommen wollen? Die haben doch nur schlechte Erinnerungen an den *Eifelwind*.«

»Eben drum. Das muss geändert werden.«

Und jetzt waren Martin Weimann und Andreas Windinger tatsächlich hier. Jule hatte mal wieder recht gehabt.

Wo blieb sie bloß? Er atmete erleichtert auf, als er sie im selben Augenblick über den Rasen laufen und hinauf zu ihnen auf die Holzterrasse steigen sah. Ihre wirren Haare waren verschwitzt, die Wangen gerötet, ihr Begrüßungslächeln strahlend. Nie hatte er sie mehr begehrt als in diesem Moment.

Martin Weimann trat vor. »Liebe Frau Maiwald«, hob er an, und sein voller Bariton gab der Begegnung etwas Bedeutungsvolles. »Darf ich Ihnen meinen geliebten Sohn Andreas vorstellen?«

ENDE

Dieses Kind hab' ich geboren!
Kulleraugen, Herzchenmund,
Süß, vollkommen und gesund.
Bin hin und weg, in dir verloren.
Du kamst aus mir und bist nicht ich …
Wunderbar und wunderlich.

Dieses Wunder tut so gut.
Mutterliebe, Elternstolz,
Doch du bist aus anderem Holz,
reizt mich manchmal bis aufs Blut.
Du schreist, du trotzt, bist nicht wie ich …
Sonderbar und sonderlich.

Du quälst mich, merkst du das denn nicht?
Ich kann einfach nicht mehr.
Diese Liebe ist zu schwer.
Tonnenschwere Mutterpflicht!
Mein Limit ist schon längst erreicht …
Von wegen: alles kinderleicht!

ANHANG

Beim Aufmerksamkeitsdefizit/Hyperaktivitätssyndrom – AD(H)S – handelt es sich um eine psychische Störung, die bereits im Kindesalter auffällt. Die Betroffenen leiden unter einer Beeinträchtigung der Aufmerksamkeit, impulsivem Handeln und oft Hyperaktivität. Man schätzt, dass drei bis zehn Prozent alle Kinder betroffen sind, der größere Anteil sind Jungen. Damit ist AD(H)S die häufigste Verhaltensstörung bei Kindern.

AD(H)S ist multifaktoriell bedingt; zugrunde liegt eine erbliche Disposition. Aber auch psychosoziale Faktoren, traumatische Erlebnisse und Umweltbedingungen begünstigen das AD(H)S.

Medizinisch gesehen ist AD(H)S eine Stoffwechselstörung im Gehirn. Das Syndrom kann daher mit Medikamenten wie zum Beispiel Ritalin oder Medikinet mit dem Wirkstoff Methylphenidat behandelt werden. Diese Medikamente haben jedoch auch Nebenwirkungen wie Appetitlosigkeit oder die Entwicklung von Ticks. Andere oder ergänzende Therapieansätze sind Ergo-, Verhaltens- oder Nährstofftherapie.

Fest steht, dass betroffene Kinder und ihre Angehörigen meist unter einem immensen Druck stehen. Kinder mit AD(H)S fallen überall auf und ecken an. Der Umgang mit ihnen ist extrem anstrengend, weil sie ständig Grenzen überschreiten: die von anderen Kindern, Eltern, Lehrern oder völlig Fremden. Die Kinder leiden dabei selbst unter ihrer Andersartigkeit und Ablenkbarkeit und neigen zu Depressionen. Ihr Selbstwertgefühl ist wenig ausgeprägt, sie finden schwer Freunde.

Wird AD(H)S nicht behandelt, kann das im weiteren Lebensverlauf schwerwiegende Folgen für die Betroffenen haben: Schulversagen, Vereinsamung, Depressionen, Suchtanfälligkeit, Kriminalität, Straffälligkeit. Es wird geschätzt, dass circa 70 Prozent aller Gefängnisinsassen an AD(H)S leiden.

ADHS-Kinder haben aber auch besondere Begabungen: Sie zeichnen sich oftmals durch Kreativität, Erfindungsreichtum, Ehrlichkeit und Intelligenz aus. Besonderen Interessen können sie mit Hingabe und äußerster Intensität nachgehen.

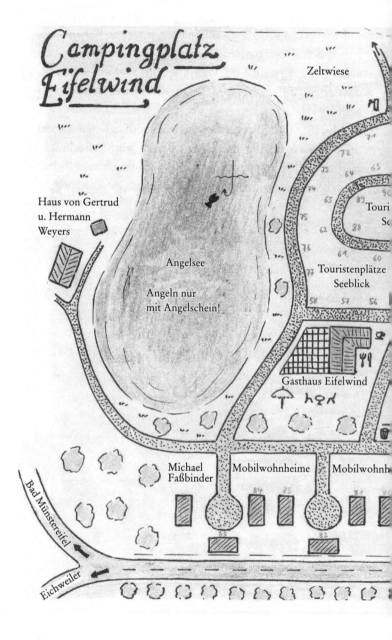

Unser Lesermagazin
2 x jährlich das Neueste aus der Gmeiner-Bibliothek

24 x 35 cm, 40 S., farbig; inkl. Büchermagazin »nicht nur« für Frauen und HistoJournal

Das KrimiJournal erhalten Sie in Ihrer Buchhandlung oder unter www.gmeiner-verlag.de

GmeinerNewsletter
Neues aus der Welt der Gmeiner-Romane

Haben Sie schon unsere GmeinerNewsletter abonniert?

Monatlich erhalten Sie per E-Mail aktuelle Informationen aus der Welt der Krimis, der historischen Romane und der Frauenromane: Buchtipps, Berichte über Autoren und ihre Arbeit, Veranstaltungshinweise, neue Literaturseiten im Internet und interessante Neuigkeiten.

Die Anmeldung zu den GmeinerNewslettern ist ganz einfach. Direkt auf der Homepage des Gmeiner-Verlags (www.gmeiner-verlag.de) finden Sie das entsprechende Anmeldeformular.

Ihre Meinung ist gefragt!
Mitmachen und gewinnen

Wir möchten Ihnen mit unseren Romanen immer beste Unterhaltung bieten. Sie können uns dabei unterstützen, indem Sie uns Ihre Meinung zu den Gmeiner-Romanen sagen! Senden Sie eine E-Mail an gewinnspiel@gmeiner-verlag.de und teilen Sie uns mit, welches Buch Sie gelesen haben und wie es Ihnen gefallen hat. Alle Einsendungen nehmen automatisch am großen Jahresgewinnspiel mit attraktiven Buchpreisen teil.

Wir machen's spannend